# Buffy – Im Bann der Dämonen

## GEFALLENE ENGEL

Yvonne Navarro

# Buffy
# IM BANN DER DÄMONEN

## Gefallene Engel

Aus dem Amerikanischen
von Frauke Meier

Bibliografische Information Der Deutschen Bibliothek
Die Deutsche Bibliothek verzeichnet diese Publikation in der
Deutschen Nationalbibliografie; detaillierte Daten sind auch
im Internet über http:::/dnb.ddb.de abrufbar.

Erstveröffentlichung bei Pocket Books, eine Unternehmensgruppe von
Simon & Schuster, New York 2002.
Titel der amerikanischen Originalausgabe: *Buffy, The Vampire Slayer.*
*Tempted Champions.*

© der deutschsprachigen Ausgabe:
Egmont vgs verlagsgesellschaft, Köln 2003
Alle Rechte vorbehalten.
Lektorat: Sabine Arenz
Produktion: Wolfgang Arntz
Umschlaggestaltung: Sens, Köln
Titelfoto: © Twentieth Century Fox Film Corporation 2002
Satz: Kalle Giese, Overath
Druck: Clausen & Bossen, Leck
Printed in Germany
ISBN 3-8025-2991-x

**Besuchen Sie unsere Homepage im WWW:**
www.vgs.de

# Danksagung

Eine große Runde Dankeschöns an Lisa Clancy, Howard Morhaim, Nancy Holder, Chris Golden, Weston Ochse, Martin Cochran und meine Freunde und Lehrer von der Degerberg Martial Arts Academy in Chicago – Dan, Jill, Rick, Lucilla, Raynay, Angela, Julie, Dennis, Charles, Gary, Jaime, Oscar und einen ganzen Haufen anderer großartiger Leute von der Academy und, natürlich, Fred Degerberg.

# 1

»Das war ein hervorragender Tag zum Geldverdienen«, verkündete Anya zufrieden.

Natürlich hörte ihr niemand zu, denn sie war allein in der *Magic Box*. Giles war schon vor einer halben Stunde gegangen, irgendwas mit Gitarrespielen irgendwo in einem Café heute Abend hatte er gemurmelt, als er den Laden verließ. Sie fand es ziemlich sympathisch, dass ein Mann in seinem Alter sich immer noch hinsetzen und vor anderen Leuten singen wollte. Ihr machte das nichts aus, aber der Rest der Truppe schien das irgendwie peinlich zu finden. Sie verstand nicht, warum – eigentlich verstand sie das gesamte Konzept von Peinlichkeit nicht, besonders, wenn es um das Verhalten anderer Menschen ging. Die Leute sind doch selbst für ihre Taten verantwortlich, oder etwa nicht? Wie kann man sich dann durch das Verhalten eines anderen gedemütigt fühlen?

In der *Magic Box* war es an diesem Abend Anfang November recht kühl und still, der Verkauf lief zwar gut, war aber nach dem Halloween-Andrang gegen Ende des Vormonats wieder zurückgegangen. Sie liebte diesen Ort und sein warmes, goldenes Licht, die Regale, in denen sich alles Mögliche befand, von wertlosem Plunder und harmlosen Zaubertränken bis hin zu Waffen, die sogar einen mächtigen Dämon niederstrecken konnten, soweit ihr Besitzer den richtigen Spruch aufsagte und vielleicht noch ein oder zwei Quäntchen der passenden Kräuter nebst getrockneten Echsenteilen hinzufügte. Es war einfach schön hier, und sicher – jedenfalls meistens. Nur mit Xander verbrachte Anya ihre Zeit noch lieber als hier im Laden. Und dass Giles ihr die *Magic Box* endlich vollends anvertraut hatte, ihr nun erlaubte, die Abrechnung allein zu machen und abzuschließen, machte die ganze Sache nur noch besser.

Als sie die Tagesabrechnung fertig hatte, legte sie das Geld in den Safe und fegte rasch mit einem Staubwedel über die Vitrinen, um sicherzustellen, dass alles hübsch sauber war. Dann vergewisserte sie sich ein letztes Mal, dass die Hintertür abgeschlossen war, griff nach ihrer Tasche und ging hinaus. Sie schloss die Vordertür ab, drehte sie sich um und …

Kein Xander.

Verdammt, er war wieder zu spät dran. Was war es wohl dieses Mal? Vermutlich irgendein stinkender Vampir oder ein unbedeutender Dämon – sie liebte Xander, aber manchmal hatte Anya das Gefühl, ihm wäre einfach alles in Sunnydale wichtiger als sie. Warum konnte sie nicht die Nummer Eins auf der Liste seiner Prioritäten sein? Er war eben ein typischer Mann, so wie Tausende anderer, die sie im Lauf der Jahrhunderte verflucht hatte.

Okay, vielleicht war Xander doch nicht so typisch. Schließlich würde sie sich mit einem solchen Normalzustand niemals zufrieden geben und niemals die Art von Fehlverhalten tolerieren, die sie im Namen anderer früher gerächt hatte. Er behandelte sie ausgesprochen gut, und er ließ keinen Zweifel daran, dass er sie liebte. Außerdem war er großartig im Bett, obwohl es ihm seltsamerweise peinlich war, wenn sie jedem davon erzählte. Und da war es wieder, das Problem mit der Peinlichkeit: Männer sollten doch eigentlich stolz auf ihre sexuelle Leistungsfähigkeit sein, oder nicht? Sollte er sich dann nicht auch wünschen, sie würde sich auf einen Berg stellen und seine Vorzüge in alle Welt hinausbrüllen?

Anya seufzte und ging ein paar Schritte weit auf die Straße, um sie in beide Richtungen überblicken zu können, aber sie konnte keine Spur von Xanders Wagen entdecken. Sie trat wieder auf den Bürgersteig und ging nervös auf und ab. Es war eine wunderbare kühle Herbstnacht, und eine leichte Brise raschelte durch die Blätter, die gerade ihre Farbe wechselten. Aber es war auch eine ruhige Nacht, und sie stand ganz allein am Straßenrand und wünschte sich, Xander würde es endlich auf die Reihe kriegen, sie zur Abwechslung einmal pünktlich abzuholen. Natürlich würde er sagen, sie hätte drinnen warten sollen, und vermutlich hatte er Recht damit. Hier draußen kam sie sich wirklich wie ein lebender Appetithappen vor.

Anya hörte Schritte hinter sich. Sie wirbelte herum und sah, wie ein Typ auf dem Bürgersteig auf sie zukam. »Stehen bleiben!«, schnappte sie. »Was tun Sie hier?«

Der Fremde erstarrte und blickte sie entgeistert an. »Ähm ... ich gehe den Bürgersteig entlang?«

Sie verschränkte die Arme vor der Brust. »Und wohin denken Sie, dass Sie gehen?«

Nun spiegelte sich Ärger in seiner bisher so verblüfften Miene. »Ich möchte Ihnen nicht zu nahe treten, Lady, aber ich glaube kaum, dass Sie das irgendetwas angeht. Soweit ich gehört habe, ist das hier ein freies Land.«

Anya musterte ihn misstrauisch, entspannte sich aber dann ein wenig. Er war jung, Anfang zwanzig, und ordentlich gekleidet mit einem blau karierten Hemd und einer gelben Weste aus Sweatshirtstoff. Er trug sogar eine kleine Nickelbrille. Alles in allem erinnerte sie sein Aussehen vage an Giles. Er sah ein bisschen wie ein Bücherwurm aus, und sie konnte keine Graberde an seinem Hemdkragen entdecken. Außerdem würde sich kein junger Mann, der etwas auf sich hielt, in Gelb beerdigen lassen, also musste er wohl in Ordnung sein.

»Sorry«, sagte sie schließlich. »Ich schätze, ich bin nur etwas nervös.«

Seine Miene entspannte sich. »Das kann ich verstehen. Warten Sie auf jemanden?«

Anya nickte und erwiderte: »Mein Freund holt mich ab«, wobei sie den Fremden nicht aus den Augen ließ.

»Sieht so aus, als hätte er sich verspätet.« Er blickte sich um. »Würden Sie sich besser fühlen, wenn ich Ihnen Gesellschaft leiste?«

Anya überlegte. »Na ja ...«

»Ich sage Ihnen was«, unterbrach der Typ sie. »Lassen wir es einfach.«

Anya blinzelte ihn verständnislos an. »Lassen? Was?«

»Augenblick«, sagte er und verwandelte sich in einen Vampir. »Oh, warum müssen Frauen bloß immer Recht behalten?«

Rein instinktiv holte sie mit der Tasche aus und traf die widerliche Bestie am Kopf, kurz bevor die Verwandlung abgeschlossen war. Er schrie überrascht auf und stolperte zur Seite, was ihr die nötigen zwei Sekunden einbrachte, die sie brauchte, um davonzulaufen. Aber sie kam nicht weit. Das Kleid, die Tasche, die Schuhe – dieses ganze Zeug, das notwendig war, um wie eine richtige Frau auszusehen – das alles war ein Riesennachteil in einer Fluchtsituation.

Anya merkte, dass er sie eingeholt hatte, noch bevor sich seine runzligen Finger um ihr Handgelenk schlossen. Sie schrie auf und schlug wild mit ihrer Handtasche um sich. Er wich den Schlägen aus, ließ aber nicht los; stattdessen gelang es ihm, den Riemen der Tasche mit der anderen Hand zu ergreifen und sie ihr zu entreißen. Ohne sie eines Blickes zu würdigen, warf er sie achtlos weg.

»Hey!«, protestierte Anya, während sie sich redlich darum bemühte, sich irgendetwas einfallen zu lassen, um Zeit zu schinden. Xander musste schließlich jeden Moment auftauchen. »Was fällt Ihnen ein, da ist mein Geld drin. Und mein Lippenstift.«

»Da, wo du hingehst, brauchst du das nicht mehr«, entgegnete der Vampir und grinste sie an.

»Sie sollten sich wirklich öfter die Zähne putzen. Sie sind schon richtig gelb. Und Sie haben fürchterlichen Mundgeruch.« Er setzte eine finstere Miene auf, ließ aber nicht los, sondern zerrte sie zu einem Gebüsch, gut fünf Meter entfernt. »Lassen Sie mich gehen!«, schrie Anya.

»Sei still«, bellte er. »Du bist mein Abendessen, schon vergessen? Und ein Essen hat nichts zu sagen.«

»So wenig wie Vampire.«

Sowohl Anya als auch ihr Angreifer zuckten zusammen, sie waren beide gleichermaßen überrascht von der fremden Stimme, einer leisen, samtenen und unverkennbar femininen Stimme. Die Kreatur war voll und ganz damit beschäftigt gewesen, sie zu einem netten, verschwiegenen Plätzchen zu zerren, und Anya war ebenso damit beschäftigt gewesen, sich ihr zu widersetzen, sodass keiner von ihnen die junge Frau bemerkt hatte, die ihnen gefolgt war. Sie war groß und hübsch, hatte kurze, stachelige rotblonde Haare, was Anya an die Frisur erinnerte, die Oz früher hatte. Sie trug zerrissene Kleider wie ein Punk, und ihre dunklen Augen waren im Gothicstil mit schwarzem Kajal umrandet, der einen harten Kontrast zu ihrer blassen Haut und ihren farblosen Lippen bildete.

Statt Anya nun endlich gehen zu lassen, riss Beißerlein sie herum und griff nach der Fremden. »Oh, schön, ein Appetithappen als Vorspeise!«

»Hey, ich denke, ich bin der Appetithappen!« Moment, dachte Anya, während sie erneut vergeblich versuchte, sich zu befreien. Was habe ich da gerade gesagt?

Das fremde Mädchen ließ sich nicht einschüchtern. »Wie wäre es mit einer Menüempfehlung?« Sie grinste, als er seine Hand um ihren Arm legte. »Allerdings fürchte ich, du hast deine letzte Bestellung schon hinter dir.«

Er starrte erst sie an, dann die Hand, mit der er ihren Unterarm umklammert hielt. »Sei still. Du bist kaum …«

Ehe er seinen Satz beenden konnte, packte ihn Rotschopf an den Haaren, riss seinen Kopf nach vorn und knallte ihn gegen ihre Stirn.

Er heulte vor Schmerz, und Anya war plötzlich frei. Sie

stolperte und fiel, krabbelte dann zu ihrer Handtasche, während der Vampir und ihre Retterin anfingen, heftig aufeinander einzuprügeln. Anya hielt ihre Tasche umklammert, wich zurück und beobachtete trotz ihrer Furcht fasziniert das Geschehen. Eigentlich sollte sie die Flucht ergreifen, andererseits ... Schlag um Schlag wurde offensichtlicher, dass nicht das Mädchen, sondern der Vampir der Schwächere war. Irgendwann lachte die junge Frau laut auf, als wäre dies nichts weiter als ein verdammt gutes Spiel.

Der Vampir war nicht dumm, und er wusste sehr wohl, wann er verloren hatte. Er zog den Schwanz ein und wandte sich zur Flucht, aber die Fremde war damit nicht einverstanden. Ihre Hand schoss vor und langte nach seinem Hemdkragen. Dann stieß sie ihn brutal zurück, direkt auf die Spitze des Holzpflocks, den sie aus einer Tasche ihrer Armyhose gezogen hatte.

Der Blutsauger löste sich in der traditionellen Staubwolke auf, aber Rotschopf hatte den Pflock nicht losgelassen. Anyas Retterin zog den Arm zurück und wirbelte die Waffe herum, als wäre sie die Heldin in einem Western, ehe sie sie wieder in die Tasche steckte. Schließlich klatschte sie in die Hände, um sie von den Überresten des Vampirs zu befreien.

»Wow«, sagte Anya und trat näher. »Das war super. Ich kann dir gar nicht genug dank ...«

»Wo ist Buffy, die Jägerin?«, fragte das Mädchen mit fordernder Stimme, während sie gleichzeitig herumwirbelte und Anya musterte.

Anya erstarrte. »Sie, äh, sie ist nicht hier.«

»Hältst du mich für blind?«

Anya schluckte. »Äh, nein, blind bist du wohl nicht.«

»Dann beantworte meine Frage.«

»Na ja, ich weiß nicht, wo sie jetzt, in dieser Minute, ist. Ich meine, es ist ja nicht so, dass sie jeden ihrer Termine mit mir abspricht und mich über alle Änderungen informiert.

Sie könnte überall sein, es gibt mindestens ein Dutzend Plätze, an denen sie sein könnte ...« Anya war sich vage bewusst, dass sie plapperte und gleichzeitig vor der Frau zurückwich. Die Hochstimmung über ihre Rettung hatte sich in neue Furcht verwandelt; irgendetwas stimmte nicht mit dieser Fremden, die ihrem Rückzug Schritt für Schritt folgte. Irgendetwas stimmte ganz und gar nicht mit ihr. Der Tonfall, ihr Gesichtsausdruck – nein, die süße Miss Kampfmaschine war weder blind noch eine alte Freundin von Buffy.

»Du fängst langsam an, mir ernsthaft auf die Nerven zu gehen«, verkündete Rotschopf. »Wenn du mir nicht sagst, wo sie ist, werde ich dir die Augäpfel herausreißen und sie als Murmeln benutzen.«

Anya versuchte zu lachen, brachte aber nur ein panisches Piepsen zustande. So etwas konnte auch nur ihr passieren, von einer Horrorgestalt gerettet zu werden durch eine andere, die sich als mindestens ebenso unheimlich entpuppte. »Oh, das ist nicht nötig. Wenn du Murmeln brauchst, wir haben welche in der *Magic Box*. Wir haben auch Augäpfel. Schöne sogar, gesegnet von einer ...«

»Ich kann dich riechen«, sagte die Frau plötzlich und zog schnüffelnd die Nase kraus. »Irgendetwas an dir ist anders. Was ...« Anyas Retterin kniff die Augen zusammen. »Das könnte unbezahlbar sein.«

Anya riskierte einen Blick über die Schulter. Zwischen ihr und dem Mädchen lagen etwa sechs Meter, und zum nächsten Gebüsch war es nicht mehr weit. Aber welche Chance hätte sie schon, wenn sie vor jemandem davonlief, der einen Vampir derart zusammenprügeln konnte? Das wäre dasselbe, als würde sie versuchen, vor Buffy zu flüchten. Dennoch heulte in ihrem Kopf noch immer eine unmissverständliche Alarmsirene auf und schrie sie geradezu an, verdammt noch mal von hier zu verschwinden und zwar auf der Stelle.

»Oh, ja, so bin ich«, sagte Anya mit gespielter Ausgelassenheit. »Unbezahlbar! Da kannst du jeden fragen.«

In diesem Moment bahnte sich etwas Vertrautes seinen Weg in ihre Wahrnehmung, das unverwechselbare Rattern des Motors von Xanders Wagen. Bisher war ihr dieses Geräusch immer auf die Nerven gegangen; jetzt hätte sie sich kaum einen schöneren Laut vorstellen können.

»*Wen* fragen«, höhnte die Fremde. »Deine Familie? Die ist doch schon eine Weile futsch, nicht wahr?«

Anyas Augen weiteten sich. Wie konnte diese Frau etwas über ihre Familie wissen? »Wer bist du überhaupt?«

Die Frau grinste und wollte nach ihr greifen. »Das wirst du nie erfahren.«

Aber Anya hatte längst kehrtgemacht und rannte auf das plötzlich so beruhigende Motorrattern zu. Sie konnte die Scheinwerfer einen halben Block entfernt sehen; als sie die Schritte ihrer ehemaligen Retterin hinter sich hörte, drang gleichzeitig das willkommene Aufheulen von Xanders Motor an ihr Gehör – was für ein pflichtbewusster Freund, er hatte sie laufen gesehen und war fest entschlossen, ihr zu Hilfe zu eilen. Wie es aussah, würde sie – hoffentlich – ein zweites Mal in einer einzigen Nacht gerettet werden.

»Hey«, brüllte die Frau. »Ich bin noch nicht fertig mit dir.«

Anya machte sich nicht die Mühe, ihr zu antworten – sie brauchte jeden Atemzug, um weiterzurennen. Diese Frau war schneller, stärker und viel brutaler als sie, und ihre einzige Hoffnung war, in Xanders Auto zu gelangen, bevor Rotschopf sie eingeholt hatte. Für einen scheinbar endlosen Moment reduzierte sich ihre ganze Welt auf eine winzige Kleinigkeit – Xanders Scheinwerferlicht – und dann fühlte sie, wie die Frau mit den Fingern über die Rückseite ihres Kleides strich.

Sie sperrte den Mund zu einem Schrei auf, und Xanders Hupe plärrte schauderhaft. Das Geräusch erschreckte sie, aber nicht so sehr wie die Frau, die sie verfolgte. Diese kurze Atempause war alles, was Anya brauchte. Als Xander auf die Bremse stieg und mit quietschenden Reifen neben ihr zum Stehen kam, riss sie die Tür auf und sprang in den Wagen.

»Fahr los!«, keuchte sie und schlug mit dem Ellbogen auf das Türschloss. »Ganz schnell und ganz sofort!«

Die Frau erreichte die Beifahrerseite des Wagens und schlug gegen das Fenster. Anya schrie auf, als das leicht getönte Glas neben ihr plötzlich von einem Spinnwebmuster aus Sprüngen überzogen wurde.

Xander trat das Gaspedal durch, ehe die Frau noch einen Schlag anbringen konnte. »Was zum Teufel war das?«, hörte Anya ihn fragen, während sie in den Sitz gepresst wurde. Xander umklammerte krampfhaft das Steuer, während Schaufenster und geparkte Fahrzeuge an ihnen vorbeischossen, und sein Blick huschte immer wieder zum Rückspiegel, um sicherzustellen, dass sie nicht verfolgt wurden, dass die Frau sich nicht plötzlich Flügel hatte wachsen lassen und durch die Luft die Verfolgung aufnahm. In Sunnydale musste man einfach mit allem rechnen. »Wer war das?«

Zitternd drehte Anya sich um und starrte zum Rückfenster hinaus, aber ihre Angreiferin war längst außer Sichtweite. »Ich weiß es nicht, aber ich glaube, sie könnte eine Freundin von Buffy sein.« Dann wanderte ihr Blick zu Xander. »Oder eine alte Feindin.«


Celina, wie sie sich derzeit nannte, sah zu, wie die Frau, die sie gerettet hatte, mit dem dunkelhaarigen Mann flüchtete, ehe sie sich in die Schatten zwischen Gebäude und Gebüsch zurückzog. Nur eine geringfügige Enttäuschung, weiter nichts, und sie hatte schon vor langer Zeit gelernt, ihre Handlungen nicht durch Frustrationen gleich welcher Art beeinflussen zu lassen – so ein Verhalten führte nur zu neuem Unheil. Trotzdem war es wirklich schade, dass sie entkommen waren; sie konnte riechen, dass mit dem hübschen jungen Ding irgendwas nicht stimmte, und sie wusste, der Geruch bedeutete, dass sie zwar menschlich aussah, inzwischen vielleicht sogar menschlich *war*, früher aber etwas ganz anderes gewesen war. Die Spuren einer Herkunft aus der Unterwelt konnten nie ganz ausgelöscht werden. Sie hätte dem Mädchen einige Informationen abgewinnen können, dummerweise war sie ihr aber mit viel Glück entkommen.

Aber nicht für lange.

# 2

»Und dann«, sagte Anya, die mit ihrer Geschichte schon fast am Ende angelangt war, »hat Xander neben mir gehalten und ich bin in den Wagen gesprungen. Ich bin gerade noch mit dem Leben davongekommen.« Sie drehte sich um und schenkte ihrem Freund ein strahlendes Lächeln. »Genau wie im Film. Xander hat mich gerettet!«

Noch ehe Giles einen Kommentar abgeben konnte, runzelte Willow die Stirn und sagte: »Bist du sicher, dass du nicht übertreibst? Vielleicht wollte die Frau nur ein bisschen mit dir reden.«

»Hast du zufällig das Fenster auf der Beifahrerseite meines Wagens gesehen?«, konterte Xander mit hektischen roten Flecken im Gesicht. »Wenn das ihre Art ist, zu zeigen, dass sie reden will, dann wäre ich lieber nicht dabei, wenn sie anfängt zu brüllen.«

»Sie hat das Fenster zertrümmert«, fügte Anya hinzu. »Direkt neben meinem Kopf.« Dann blickte sie Buffy an, die aufmerksam zugehört hatte. »Sie hat zugeschlagen wie du, wenn du den Sandsack im Trainingsraum bearbeitest. Und als sie gegen den Vampir gekämpft hat, war sie beinahe genauso schnell wie du.«

»Und dann seid ihr weggefahren?«, hakte Giles nach.

Xander sackte auf seinem Stuhl zusammen. »Wenn Sie Wegfahren als Synonym für Gaspedal durchtreten und beten, dass die Karre nicht verreckt, verstehen, dann ja. Wir sind weggefahren.«

»Interessant.« Giles trat hinter den Verkaufstresen der *Magic Box*. Er nahm seine Brille ab und begann, geistesabwesend die Gläser zu putzen. »All diese Kraft, und ihr sagt, sie war kein Vampir?«

Anya sah aus, als hätte sie sich bereits vollkommen von dem Abenteuer des Abends erholt. Glücklich und zufrieden wühlte sie im Warenbestand des Ladens. »Wenn sie einer war, dann hat sie es nicht einmal gezeigt, als sie mich verfolgt hat. Außerdem hat sie einen Vampir getötet, um mich zu retten. Sonst teilen sie sich doch die Beute einfach, oder?«

»Ich frage mich, warum sie sich nach mir erkundigt hat«, sagte Buffy. »Ihr Profil passt jedenfalls nicht zu den Freundschaftskriterien in meinem Datenspeicher.«

»Wer solche Freunde hat, braucht sich keine Feinde ...« sagte Tara, brach dann aber mitten im Satz ab und schauderte.

»Und sie hat auch nicht besonders nett gefragt«, fügte Anya hinzu. »Darum habe ich beschlossen, ihr nichts über Buffy zu erzählen.«

Giles nickte. »Eine kluge Entscheidung, Anya.«

Anya legte den Kopf zur Seite. »Wisst ihr, ich glaube, sie hatte einen Akzent. Ihre Aussprache klang irgendwie europäisch, wenn ihr mich fragt. Irgendetwas an ihr war ... seltsam. Richtig unheimlich.« Sie schüttelte sich.

»Unheimlicher als die üblichen Blut saugenden Dämonen?«, fragte Tara mit großen Augen.

Anya nickte energisch. »Viel unheimlicher. Das war wie damals, als ich diesem Mädchen einen Wunsch gewährt hatte. Sie wollte, dass der Kopf ihres nichtsnutzigen Freundes explodiert, sobald seine neue Freundin ihn das nächste Mal ansah, nur hat sie mir verschwiegen, dass die neue Freundin ihre eigene Schwester war, und als er dann ...«

Xander räusperte sich, um ihr das Wort abzuschneiden. »Also, oh weiser Rat«, wandte er sich an Giles, »wer, glauben Sie, ist sie? Ein Vampir?«

Willow richtete sich auf ihrem Stuhl auf. »Hey, vielleicht ist sie auch so eine böse Jägerin wie Faith.« Doch noch während sie es aussprach, erschrak sie über ihre eigenen Worte und riss die Augen auf. »Ich meine, sie kommt einfach an und verprügelt Vampire, ohne sich selbst in einen zu verwandeln, und sie will alles über Buffy wissen. Was sollte sie sonst sein?«

Tara warf Willow einen ängstlichen Blick zu. »Muss die aktuelle Jägerin nicht sterben, bevor eine neue berufen wird?«

»Grundsätzlich ja«, antwortete Giles. »Aber es gibt Ausnahmen für diese Regel, wenn besondere Umstände dies erfordern. Kendra, zum Beispiel, wurde berufen, als Buffy gestorben ist, aber dann hat Xander Buffy reanimiert. Da Kendra aber schon berufen worden war, hatten wir plötzlich zwei Jägerinnen.«

»Und Faith wurde die neue Jägerin, als Kendra getötet wurde«, fügte Buffy hinzu. »Also haben wir immer noch zwei.«

Nachdenkliche Stille senkte sich über den Raum. Nach einer Weile sprach Buffy schließlich aus, was alle dachten, aber niemand zu fragen wagte: »Giles, Sie glauben doch nicht, dass in Los Angeles irgendwas passiert ist, oder? Da ich immer noch Sauerstoff umsetze und nur eine zweite Jägerin zur gleichen Zeit existiert wie ich …«

»… könnte das bedeuten, dass jemand Faith umgebracht hat«, beendete Xander den Satz für sie.

Wieder kehrte Stille ein, und die Truppe, die Faith zur Genüge kennen gelernt hatte, sortierte ihre Gefühle. Viel von dem, was Faith an Erinnerungen hinterlassen hatte, war düster und schmerzlich, aber ihre Anwesenheit in ihrer aller Leben hatte auch Gutes zurückgelassen – ein gerettetes Leben hier, ein Moment der Fröhlichkeit dort, für Xander eine Einführung in eine mannhafte Existenz. Manchmal waren die Lektionen nur schwer zu verstehen, beispielsweise wie jene, in der Buffy gelernt hatte, auf Angels Liebe zu vertrauen, aber sie boten dennoch Einsichten in ein Leben, das auf verschiedenen Seiten gelebt worden war.

»Ich werde Angel anrufen«, sagte Buffy mit angespannter Miene. »Wenn er nicht schon längst Bescheid weiß, dann kann er es zumindest herausfinden.«

Willow erschauerte. »Gefängnis – klingt einfach schrecklich. Ich meine, stellt euch nur vor, wie das sein muss, Tag und Nacht zusammen mit Mördern und Dieben und wer weiß was noch eingesperrt zu sein und jahrelang nicht herauszukönnen.«

Xander krempelte die Ärmel hoch, stellte dann fest, dass sie ihm so nicht gefielen und krempelte sie wieder herunter. »Faith *ist* eine Mörderin, falls du es vergessen hast. Darum sitzt sie da drin.«

»Aber sie ist nicht unbesiegbar«, mahnte Giles mit leiser Stimme. »Sie kann genauso sterben wie jeder von uns.«

»Womit wir eine neue Jägerin hätten«, kommentierte Willow.

»Es gibt auch noch andere Möglichkeiten«, meinte Giles. »Andere Dimensionen, parallele Universen, geöffnete Portale ...«

Anya hatte sich hinter den Tresen begeben und stellte sich neben Giles auf. »Irgendjemand scheint immer mit der Struktur der Zeit herumspielen zu müssen«, verkündete sie. »Und das geht jedes Mal nach hinten los.«

Willow runzelte die Stirn. »Du bist nicht unbedingt die richtige Person, um darüber zu urteilen.«

»Und du ganz sicher auch nicht. Du bist doch diejenige mit dem Doppelgänger, der immer wieder ungefragt auftaucht wie ein unerwünschter Verwandter an Weihnachten.«

»Und wessen Schuld ist das?«, schoss Willow zurück.

Spike, der Tara direkt gegenüber am Tisch saß, hatte sich bisher ruhig verhalten; doch nun ließ er ein schweres Buch auf die Tischplatte fallen, und das Donnern war laut genug, dass alle um ihn herum zusammenzuckten. »Können wir vielleicht mal wieder in die Gegenwart zurückkehren? Oder wollt ihr lieber warten, bis euch jemand ohne Vorankündigung ins Jenseits schickt, nur weil ihr mit der Jägerin befreundet seid?«

Xander musterte ihn finster. »Solltest du nicht eigentlich in irgendeiner feuchten, dunklen Gruft hocken?«

»Kein Grund, direkt persönlich zu werden«, entgegnete Spike beleidigt. »Außerdem bemühe ich mich immer, meine Bude sauber zu halten. Und ich habe gelernt, auch bei Tageslicht klarzukommen, wenn es nötig ist, danke. Ich komme gut zurecht.«

»Es reicht wirklich. So ungern ich Spike in irgendeiner Sache zustimme, er hat definitiv Recht.« Buffy stand auf und schnappte sich ihre Tasche. »Ich muss Dawn abholen. Wenn ich sie nach Hause gebracht habe, rufe ich Angel an und lasse mir einen Exklusivbericht über alle Faith-relevanten Neuigkeiten in L.A. geben.«

Giles rückte seine Brille zurecht. »Ich werde einige diskrete Erkundigungen unter den Mitgliedern des Rates einziehen, vielleicht kann ich so ein paar nützliche Informationen sammeln. Manchmal ist der Rat ein ziemlich intriganter Haufen, also werde ich unauffällig nachforschen und mich vergewissern, dass sie nichts vor mir geheim halten.«

»Das wäre nicht das erste Mal«, kommentierte Buffy finster.

»Wahrhaftig!«, stimmte Xander ihr zu. »Was können wir tun?«

Buffy sah sich nach Anya um, die selbst für ihre Verhältnisse übertrieben nervös wirkte. Vermutlich eine Nachwirkung ihrer noch nicht verarbeiteten Erlebnisse. »Warum bringst du nicht Anya nach Hause?«, schlug sie vor. »Sie scheint mir etwas nervös zu sein.«

»So etwas passiert manchmal, wenn jemand von einer Frau mit übermenschlichen Kräften verfolgt wurde«, erklärte Xander, sprang auf und musterte seine Freundin. »Was meinst du, An, gehen wir nach Hause, bestellen vielleicht eine Pizza und gucken uns ein Video an?«

»Ja!« Anyas Stimme war ein bisschen zu laut, der Ton ein bisschen zu fröhlich. »Das ist eine hervorragende Idee. Pizza ist gut. Ich *liebe* Pizza.« Der Rest der Truppe tauschte viel sagende Blicke miteinander aus. Theoretisch könnte der Laden noch ein paar Stunden geöffnet bleiben, und die Tatsache, dass Anya bereit war, innerhalb potentiell einträglicher Geschäftsstunden zu gehen, zeigte mehr als deutlich, dass sie etwas verwirrt war.

»Okay«, sagte Xander fürsorglich und führte sie zur Tür. »Wir sehen uns dann morgen wieder. Aber ruft bitte an, wenn ihr Hilfe bei irgendeinem dämonischen Katastrophenalarm braucht.«

»Machen wir«, erwiderte Giles.

»Ich muss auch weg«, sagte Buffy, als die Tür hinter Xander und Anya ins Schloss fiel. »Dawn hat heute Abend irgendein außerplanmäßiges Ding laufen, eine Art Wissenschaftsprojekt, und ich will unbedingt da sein, wenn sie aus der Schule kommt. Sagt mir Bescheid, wenn ihr etwas herausfindet.«

Damit überließ sie Giles dem bereits begonnenen Studium seiner Bücher, und Willow und Tara steckten die Nasen in irgendwelche Unterlagen, die sie für ihr Studium durcharbeiten mussten. Ihre Anwesenheit in der *Magic Box* genügte Giles, um sicher zu sein, dass sie ihm jederzeit unter die Arme greifen würden, wenn er ihre Hilfe benötigte.

Als Buffy die Tür hinter sich schloss, warf sie noch einen Blick auf Tara und Willow. Sie war gegen ihren Willen und gegen ihre Entscheidung, das Beste aus den Dingen zu machen, so unglücklich sie sich auch entwickelt hatten, doch ein wenig neidisch auf die beiden. Sie vermisste das College und das Lernen, ja, ihr fehlten sogar die Kurse, mit denen sie nie zurechtgekommen war. Doch noch mehr vermisste sie die Illusion einer strahlenden Zukunft, die sie sich von der Immatrikulation versprochen hatte. Sie hatte sich so bemüht, an dieser bescheidenen Illusion festzuhalten, doch sie hatte immer und immer wieder erkennen müssen, dass sie im großen Weltenplan so gut wie gar nichts bedeutete – sie war eine Ameise unter dem Stiefelabsatz von etwas unfassbar Großem, Gewaltigem, das niemand wirklich vollständig begreifen konnte. Daran wurde sie ständig erinnert, ganz besonders in der Abwesenheit ihrer Mutter und der Anwesenheit von Dawn, die sich selbst als Teil ihres Lebens empfand, obwohl Buffy doch wusste, dass sie das niemals gewesen war.

Und nun war da diese Fremde, jemand, der neu in Sunnydale war und sie suchte. Wer war diese Frau? Buffy hatte sich unzählige Feinde innerhalb und außerhalb der Unterwelt gemacht, seit sie hier lebte, aber sie war ziemlich sicher, dass sie sich an jemanden mit punkartigem Aussehen und roten Haaren und einer unglaublichen Schlagkraft, wie Anya sie beschrieben hatte, erinnern würde. Das Mädchen schien ein bisschen zu schwer auf Draht zu sein, als dass sie irgendein Dämon sein konnte, den die Hölle ausgespuckt hatte, und mit denen man normalerweise kurzen Prozess machen konnte – die Art war normalerweise rasch auszumachen, egal wie sehr sie sich bemühten, sich hinter einer Kaufhausgarnitur neuester Mode zu verschanzen.

Vielleicht hatte Anya einfach nur überreagiert und die Absichten der Fremden falsch gedeutet, bis jene frustriert genug gewesen war, ihr hinterherzulaufen. Die Sache mit Xanders Wagen war vermutlich nichts weiter als ein Glücks- oder vielmehr Unglückstreffer, der das Glas zufällig mit der richtigen Wucht an der richtigen Stelle getroffen hatte. Anyas Retterin des vergangenen Abends war wahrscheinlich lediglich eine ehemalige Schülerin der Sunnydale High, die fortgezogen war, bevor Anya die Szene betreten hatte, was erklären würde, warum Anya sie nicht kannte. Aber das würden sie alles noch herausfinden … und sie würde Angel später anrufen, nur um sicher zu gehen. Buffy wollte gern positiv denken, wie jeder normale Mensch, aber in dieser

Umgebung konnte das tödlich enden. Immerhin war dies der Höllenschlund.

Celina huschte flink durch die Straßen, sie folgte der Straßenbeleuchtung, bis sie die Innenstadt erreicht hatte. Für einen ganz normalen Abend mitten in der Woche war es hier bemerkenswert hell und laut. Die Menschen bevölkerten die Straßen, als glaubten sie sicherer zu sein, wenn sie sich zusammenrotteten. Was kaum anzunehmen war, denn in Sunnydale wimmelte es von Untoten – auch so eine Sache, die sie buchstäblich riechen konnte. Ihr Geruch umwaberte sie wie tote Erinnerungen, die aus einer uralten Katakombe krochen.

Wenn sie sich unter Menschen bewegte, achtete sie stets darauf, sich nicht zu nahe an Schaufenstern oder Spiegeltüren oder den Fenstern geparkter Fahrzeuge aufzuhalten. Während all der Jahrhunderte, die seit ihrer Umwandlung verstrichen waren, hatte sie sich so oft angepasst und sich gleichzeitig mit der Welt weiterentwickelt. Es hieß, Menschen wären die anpassungsfähigsten Kreaturen der Welt und dass sie sich als Spezies in die unterschiedlichsten Umweltbedingungen fügen konnten wie keine andere. Celina hatte nichts anderes getan. Im Grunde hatte sie nur gelernt, sich wie ein amerikanischer Teenager zu bewegen, zu kleiden und auch so zu sprechen.

Bald entdeckte sie ein Eiscafé, das nicht allzu voll und frei von all diesen verflixten spiegelnden Oberflächen war. Sie kaufte sich das größte, mit Kaffee aromatisierte klebrige Getränk auf der Karte, nahm es mit hinaus und setzte sich im Schneidersitz auf den Bürgersteig, um die Menschen und den Verkehr zu beobachten. Sie hatte schon viel gesehen, aber die Leute in Sunnydale, Kalifornien, waren irgendwie anders; sie waren eher bereit, die dunkle Seite des Lebens hinzunehmen, von der sie nicht einmal wussten, dass sie existierte, beinahe als gäbe es etwas in ihrem Unbewussten, das die natürliche Furcht vor der Finsternis einfach ausschaltete. Vielleicht war das so eine evolutionäre Sache, eine Art Schalter, der umschlägt, damit die Leute nicht überschnappen, wenn sie Dinge sehen, die sie nicht erklären oder verstehen können.

Celina grinste vor sich hin und sog gierig an ihrem Strohhalm.

Wenn die wüssten ...


Buffy wartete vor dem Schulgebäude, als die letzten Gehirnakrobaten des Wissenschaftsprojektes aus der Sunnydale High kamen, und der Ausdruck auf dem Gesicht ihrer kleinen Schwester – Verlegenheit, Ärger, Erschrecken – hätte sie beinahe dazu getrieben, kehrtzumachen und davonzulaufen.

Beinahe ... aber nicht ganz.

Dawn war ihr Ein und Alles, ihre ganze Welt. Jeder andere hatte irgendjemand oder irgendetwas für sich: Giles hatte seine *Magic Box*, seine Bücher und dann und wann eine überraschende romantische Ausschweifung, um die Buffy ihn insgeheim beneidete; Xander und Anya hatten einander, ebenso wie Willow und Tara. Angel hatte seine Agentur in Los Angeles, Riley hatte die Initiative oder wie auch immer sich diese Gruppe jetzt nennen mochte, nachdem sich Frau Professor Walshs kleines Underground-Dream-Team aufgelöst hatte. Jedenfalls hielt es ihn davon ab, zu ihr zurückzukommen. Vielleicht gab es aber auch noch einen anderen Grund.

Buffy hatte zwar sehr viel verloren, doch sie hatte noch Dawn. Und das war auch sehr viel.

»Hi«, sagte sie und förderte ein fröhliches Lächeln zu Tage. Dawn sah sie nur leidend an, während die zwei oder drei Freundinnen, die mit ihr die Stufen hinuntergegangen waren, Buffy misstrauisch beäugten und zurückblieben.

»Was willst du hier?«, fragte Dawn sie gereizt. »Ich wollte mit meinen Freundinnen nach der Projektarbeit zum *Espresso Pump*.«

»Ich war ganz in der Nähe, und da ist mir eingefallen, dass du bald fertig sein würdest, also dachte ich, ich warte auf dich.«

Beide schwiegen verlegen.

»Buffy . . .«

»Ich dachte, wir könnten in die Mall gehen«, fügte Buffy hastig hinzu. »Ein bisschen einkaufen, ein bisschen richtig ekliges Fastfood mit gebuttertem Popcorn und einem Film zum Nachtisch.« Reine Bestechung, noch dazu ungeplant, und sie wussten es beide.

»Ich muss Hausaufgaben machen«, entgegnete Dawn mit vorwurfsvollem Blick. »Du weißt doch, dass ich einiges tun muss um meine Noten zu halten.«

Für einen Augenblick brachte Buffy keinen Ton hervor, grollend erinnerte sie sich daran, wie der Schuldirektor ihr gesagt hatte, Dawn würde in einer Pflegefamilie untergebracht werden, sollte sich der Eindruck ergeben, dass Buffy nicht anständig für sie sorgte. Dawn war nicht einmal real – mit welchem Recht wollten sie sie ihr dann wegnehmen?

Nein, so darf ich nicht denken, ermahnte sich Buffy. Sie ist meine Schwester, und sie ist real – sie steht direkt vor mir und deckt mich mit bösen Blicken ein, weil ich ihr vor ihren Freunden das Gefühl gebe, sie wäre gerade mal acht Jahre alt. An ihrer Stelle würde ich mich genauso ansehen. Ja, das alles kommt mir ziemlich real vor.

»Du hast Recht«, sagte Buffy. Dawns Augen wurden vor Überraschung ganz groß, und Buffy stellte insgeheim fest, wie hübsch sie war mit ihren langen dunklen Haaren, die im Licht der Straßenlaternen vor der Highschool schimmerten. »Dann lass uns nur kurz einkaufen gehen. Danach schiebe ich uns zu Hause was in die Mikrowelle, während du dich in deine Bücher vergräbst.« Sie schenkte ihrer Schwester ihr schönstes Lächeln. »Wie wäre es damit? Ich kaufe dir ein neues Sweatshirt.«

Und wieder Bestechung, aber schließlich war Dawn ein Teenager. Am Ende winkte Dawn ihren Freundinnen zum Abschied noch einmal zu und machte sich gemeinsam mit Buffy glücklich und zufrieden auf in Richtung *Sunnydale Mall*.

# 3

Sie waren kaum zu Hause angekommen, und Anya fühlte sich schon besser, viel besser. Das Appartement war ihr kleiner sicherer Hafen – hier war noch nie irgendetwas Schlimmes passiert, kein Dämon hatte je die Schwelle verdunkelt, kein Vampir war je zum Eintreten eingeladen worden. Nicht einmal Spike hatte das Appartement je betreten, und wenn es nach ihr ging, würde das auch für alle Zeiten so bleiben – das hier war eine monsterfreie Zone, und verdammt, sie war fest entschlossen, es dabei zu belassen.

»Also«, sagte Xander, als sie die Tür hinter sich geschlossen hatten, »Pizza mit der ganzen klebrigen, käsigen, Arterien verstopfenden Ausstattung?«

»Nein.«

Xander stand am Küchentresen und hielt das Telefon in der einen, die Karte des Pizza Service in der anderen Hand, und blinzelte ungläubig. »Nein? Aber ich dachte, wir wären uns einig?«

»Ich habe es mir anders überlegt.«

»Aber ...«

Anya bedachte ihn mit einem finsteren Blick. »Gibt es irgendein Problem? Frauen ändern nun mal öfters ihre Meinung. Das wird sogar von uns erwartet. Darüber wurden schon unzählige Songs geschrieben.«

Xander legte den Telefonhörer auf und warf die Karte auf den Tisch. »Es gibt ein paar menschliche Eigenschaften, die du dir nicht hättest aneignen müssen, weißt du. Alberne Stereotypen gehören dazu.«

»Ich will kochen.«

Xanders Brauen schossen hoch. »Kochen ...?«

»Mit Hilfe von Nahrungsmitteln und Küchenutensilien eine Mahlzeit zubereiten. Andere Leute machen so etwas ständig.«

»Du bist aber nicht andere Leute.«

Mit halsstarriger Miene verschränkte Anya die Arme vor der Brust. »Ich will keine Pizza!«

»Aber ich habe dich deutlich sagen gehört, dass du Pizza möchtest.« Xanders Hand bewegte sich in Richtung der Pizza Service Karte. »Ich habe sogar Zeugen, andere Leute, die auch Ohren haben.«

»Ich mag Pizza. Aber nicht heute Abend.« Seine Hand verharrte in der Luft. »Heute Abend will ich Hamburger und gebackene Kartoffeln machen.«

Xander gab auf und vergrub die Hand in seiner Hosentasche. »Ich glaube, zu Hamburgern werden normalerweise keine gebackenen Kartoffeln serviert. Dazu passen eigentlich besser Pommes Frites.«

Anya nahm eine Bratpfanne aus dem Schrank und kramte eine Flasche Gewürzketchup hervor, um das Hackfleisch aus dem Eisschrank zu verfeinern. »Ich weiß nicht, wie man Pommes Frites macht«, erklärte sie ihm, »aber ich kann eine Kartoffel ebenso gut wie jeder andere in der Mikrowelle heiß machen.« Sie runzelte die Stirn. »Oder ist das unerwünscht? Soll ich vielleicht einen Kochkurs machen oder ...«

»Gebackene Kartoffeln ist okay«, fiel ihr Xander eilends ins Wort. »Alles bestens, ja, Sir.«

»Gut«, sagte Anya in einem Tonfall, der keinen Widerspruch duldete. »Außerdem werden wir Wäsche waschen.«

»Werden wir?«

»Ja.« An Xanders Miene konnte sie unschwer ablesen, dass er sich den Abend anders vorgestellt hatte. »Ich möchte heute eben mal ganz häuslich sein«, verkündete sie schließlich. Eine bessere Erklärung fiel ihr nicht ein. »Das gibt mir ein sicheres Gefühl.«

Eine Sekunde lang blickte Xander sie nur verwundert an, doch dann begriff er. »Hey«, sagte er, ging zu ihr und legte den Arm um sie. »Mach dir keine Sorgen, okay? Diese Frau ... sie hat keine Ahnung, wo wir wohnen. Sie kennt nicht einmal deinen Namen, und du hast selbst gesagt, dass du die *Magic Box* schon abgeschlossen hattest, also kann sie vermutlich nicht einmal dazu eine Verbindung herstellen. Du bist zu Hause und in Sicherheit und bei mir, okay?«

Anya holte tief Luft und zwang sich, sich zu entspannen. Natürlich hatte Xander Recht. Und hatte sie nicht selbst das Appartement gerade noch in Gedanken als monsterfreie Zone bezeichnet? »Okay«, antwortete sie.

»Ich sag dir was«, sagte Xander. »Du fängst mit den Hamburgern und den, äh, gebackenen Kartoffeln an, und ich bringe die dreckige Wäsche in die Waschküche.«

»In Ordnung.« Als er zum Schlafzimmer ging, blickte sie sich dennoch ängstlich nach ihm um. »Nimm einen Pflock mit – da unten ist es dunkel, und es ist ein öffentlicher Raum.«

»Ich gehe bestimmt nicht unbeholzt«, rief er. Dann hörte sie Xander im Nebenzimmer rumoren, und kurz danach schloss sich die Wohnungstür hinter ihm.


Sie langweilte sich.

»Was tun, was tun«, murmelte Celina vor sich hin. Die Dinge interessant halten – das war das Problem mit der Unsterblichkeit. Sie verstand nicht, wie die anderen Vampire damit fertig wurden ... oder vielleicht doch. Sie hatten diese ganze komplizierte Sozialisation zu bewältigen, schlossen sich zu kleinen Blutsaugergangs zusammen und heckten immer irgendeinen Plan aus, um Chaos auszulösen, diesen Teil der Welt zu zerstören und alle Menschen in jenem Teil der Welt umzubringen, Tore in andere Dimensionen zu öffnen und all die schleimigen Scheußlichkeiten herauszulassen. Und sie mussten eine Menge Tritte in ihre untoten Ärsche einstecken, wenn nicht von irgendeiner gerade aktiven Jägerin, dann von jemand anderem. Weltverbesserer gab es schließlich in Hülle und Fülle: ehemalige Wächter, Dämonen, denen es in ihrer eigenen Dimension nicht mehr gefiel, dann diese lästigen kleinen weißen Hexen – in L.A. gab es sogar einen Vampir mit einer Seele. Eines Tages würde sie ihn umbringen.

Aber das hatte noch Zeit. Jetzt hatte sie andere Dinge zu erledigen. Was die heutige Abendunterhaltung betraf, kam Celina zu dem Schluss, dass es ein großartiger Anfang wäre, sich aus dem hell erleuchteten und betriebsamen Stadtkern zu entfernen. Die dunkleren Viertel hatten einem hungrigen, ruhelosen Vampir zweifellos mehr zu bieten, außerdem war die Aussicht auf Ernte dort sicherer. Nicht, dass sie Angst gehabt hätte – sie hatte keine –, aber sie hatte schon vor langer Zeit gelernt, dass Menschen gesellschaftlichen Abschaum kaum zu vermissen pflegten, wohingegen sich ihre Aufmerksamkeit jedoch ziemlich schnell regen dürfte, sollten Ma und Pa McCarthy auf dem Heimweg vom abendlichen Gottesdienst verschwinden. Im Lauf der Jahrhunderte hatte sie viel erlebt und gelernt, sich auch von der Verlockung durch sorglose und ach so einfach zu überrumpelnde Teenager, die sich des Nachts auf den Straßen herumtrieben, fern zu halten; diese Jugendlichen wurden viel schneller vermisst als irgendwelche Biker oder Junkies im Entwicklungsstadium. Letztere waren am Geruch sehr einfach zu erkennen. Sie pflegte sie umzuhauen und an einen netten, dunklen Ort zu schleifen; wenn sie erwachten, verwandelte sie sich in einen Vampir und wartete, bis das durch die Furcht ausgeschüttete Adrenalin die letzten Reste der Drogen ausgespült hatte. Waren sie erst von all dem Dreck gereinigt, stellten auch sie einen leckeren kleinen Snack dar.

Trotz der geringen Größe unterschied sich Sunnydale kaum von anderen Orten. Tatsächlich stolperte sie auf

Anhieb über ein Super-Sonderangebot der Kategorie: Zwei zum Preis für einen, als sie sich in einer schmuddeligen Bar, die sich *Willi's Alibi Room* nannte, neben zwei Dealer setzte, die, ihrem Geruch nach, aus einer anderen Stadt kamen. Woher? Celina brauchte gerade einen Augenblick, um festzustellen, dass die beiden aus Monterey stammten, einer kleinen Stadt mit etwa 125.000 Einwohnern, wo sie sich vor einigen Jahren mal kurz aufgehalten hatte. Zunächst redete sie mit den Burschen wie mit alten Freunden und fand heraus, dass sie gekommen waren, um eine Ladung Stoff zu verkaufen, von dem sie behaupteten, er wäre mit getrocknetem Monsterfleisch und dem Blut eines Feuerdämons verschnitten. Eine Mischung, die die Klientel im *Willi's* vermutlich außerordentlich interessant finden würden, doch Celina erkannte schnell, dass es sich tatsächlich um nicht viel mehr als rotes Kalkpulver handelte. Wie dumm doch Menschen und Dämonen gleichermaßen waren, ihr Geld für so ein Zeug zu vergeuden, wenn doch das alltägliche Leben in seiner ganz natürlichen Form so süß und verlockend sein konnte.

Die beiden Typen waren Mitte zwanzig und nahmen selbst keine Drogen; diesen Dreck würden sie ihren eigenen Körpern niemals zumuten. Celina merkte rasch, dass sie sie mochten. Sie wusste sehr gut, wie sie dieses Spiel zu spielen hatte, und schenkte ihnen mehr als nur das ein oder andere geheimnisvolle und schwüle Lächeln. Sie hielten sie für eine Spielerin, eine kleine Dealerin, weniger bedeutend als die Männer, die ihre spezielle Marke pulverisierten Pseudovergnügens in Sunnydale verbreiten wollten. Um sie in ihrem Glauben zu bestärken, konterte Celina mit einem Gegenangebot. Als sie ihren Preis nannten, lehnte Celina ab, da sie nur zu gut wusste, dass sie sofort misstrauisch werden würden, sollte sie gleich auf das erste Angebot einsteigen. Eine Weile schacherten sie so um den Preis, doch es dauerte nicht lange, bis sie sich einig wurden.

Natürlich hatte sie das Geld nicht bei sich, doch das hatten die beiden auch nicht erwartet. Statt der üblichen Vereinbarung, sich später wieder zu treffen, schlug sie hinterhältig vor, die Männer sollten sie doch nach Hause begleiten. Sie hatte das Bare, die Männer die Ware; mit einem Grinsen, dessen Bedeutung viel weit reichender war, als die beiden ahnen konnten, erklärte Celina ihnen, dass sie den Abend bei ihr zu Hause mit einer netten Mahlzeit abschließen könnten.

Dumme nutzlose Menschen. Sie lernten nie dazu.

Ihre ausgedörrten und für alle Zeiten toten Überreste ließ sie in einem Graben am Rand einer schmutzigen Straße etwa eine halbe Meile außerhalb der Stadt zurück.

Zufrieden genoss Celina den Nachgeschmack ihres Abendessens, während sie mit dem Wagen der Männer zurück nach Sunnydale fuhr. Zu schade, dass sie ihn nicht behalten konnte, aber das flammendrote Mercedes Kabrio war alles andere als unauffällig. Ihre wilde Frisur und die Tatsache, dass es ihr nicht das Geringste ausmachte, in einer kalten Nacht mit heruntergelassenem Verdeck durch die Gegend zu fahren, dürfte sie noch mehr vom Rahmen des Üblichen abheben. Am Ende ließ Celina den Wagen in der Nähe eines Clubs für die jüngere Generation zurück, der den Namen *Bronze* trug. Nur zum Spaß ließ sie den Schlüssel stecken; welcher hirnamputierte Nichtsnutz ihn auch stehlen würde, er dürfte ziemliche Probleme haben, eine Erklärung für die beiden Leichen zu liefern, die sicher bald entdeckt werden würden. Normalerweise machten sie nicht viel Aufhebens, aber diese beiden Jungs hatten vermutlich reiche Eltern in Monterey, Rechtsanwälte oder Doktoren oder Zahnärzte. So ein Pech! Wären die beiden irgendwelche Ausreißer oder Vagabunden gewesen, hätte ihr Tod selbst die Bullen wenig gekümmert. Und wenn das Ableben eines Menschen niemanden mehr interessierte, so war das wohl der deutlichste Hinweis darauf, dass er für diese Welt nicht mehr die geringste Bedeutung hatte.

Doch genug von diesen trübsinnigen Gedanken. Ihr Appetit beschränkte sich nicht auf Blut, und Sunnydale versprach noch eine Menge anderer Vergnügungen. Wichtig war nur zu wissen, wo man suchen musste, und Celina war ziemlich sicher, dass sie das bereits herausgefunden hatte.

Das *Bronze* war zweifellos der angesagteste Laden der ganzen Stadt, und in der Menschenmenge, die sich vor der Tür versammelt hatte, fiel sie nicht weiter auf. Drinnen und draußen drängten sich Teenager und junge Erwachsene … und eine ganze Menge anderer Kreaturen, die diese furchtsamen kleinen Humanoiden kollektiv vor Angst und Schrecken aus der Haut fahren lassen würden, hätten sie auch nur den blassesten Schimmer, was wirklich um sie herum vorging. Vampire, Dämonen, Werwölfe, die auf Vollmond warteten – diese Stadt war so etwas wie die Grand Central Station der Unterwelt. Den Gerüchten zufolge gab es hier sogar einen Höllenschlund, und wie es schien, waren diese Geschichten samt und sonders wahr.

Da, direkt vor ihr, standen zwei Vampire, die beide offensichtlich davon überzeugt waren, als Anonyme Blutsauger nicht weiter aufzufallen. Was Celina betraf, hätte ebenso gut ein großer, leuchtender Pfeil auf ihre Köpfe deuten können – »Pfähl mich!«, wäre eine passende Aufschrift gewesen, oder vielleicht eine Neonzielscheibe auf der Brust, die leuchtend verkündete: »Hier spitze Holzgegenstände einführen!« Die beiden waren zu schick, zu ölig und viel zu nett, als dass irgendeine Angehörige weiblichen Geschlechts, die auch nur ein Minimum an Selbstachtung aufbrachte, auf sie hereinfallen konnte.

Aber schließlich gab es überall hirnlose Blondinen.


Nachdem sie den gefrorenen Klumpen Fleisch in die Pfanne geworfen und diese auf kleiner Flamme auf den Herd gestellt hatte, säuberte Anya ein paar Kartoffeln und legte sie für die Mikrowelle bereit. Im Waschbecken standen zwei, drei Gläser, nicht genug für die Geschirrspülmaschine, außerdem waren ihre Hände sowieso schon nass, also beschloss sie, die Gläser rasch abzuwaschen. Diese ganze häusliche Schiene hatte auf sie tatsächlich die gewünschte beruhigende Wirkung. Es war, als hätte sie all die Abscheulichkeiten der realen Welt hinter sich gelassen und sich in ihre eigene sichere kleine Märchenwelt zurückgezogen, an einen Ort, an dem sie und Xan ...

Schmerz schoss durch ihren Zeigefinger und ihre Hand. »Aua!«

Anya zuckte zusammen und keuchte. Das Wasser, das über den Rand des Glases lief, sammelte sich in einem schönen Rot auf dem Boden des Spülbeckens. Das Glas war an der Stelle zersplittert, wo sie den Schwamm hineingestopft hatte, und ein großer dreieckiger Splitter hatte sich vom Rest des Gefäßes gelöst. Die frische Kante hatte den Zeigefinger ihrer rechten Hand erwischt und ihn von rechts nach links und von der Spitze bis zum ersten Gelenk beinahe bis auf den Knochen aufgeschlitzt. Nun war dort eine klaffende, schmerzende Wunde, und sie blutete alles voll, was ihr unter die Hand kam.

Was von dem Glas übrig war, ließ sie in das Spülbecken fallen, worauf auch dieser Rest zersprang, ohne dass sie es überhaupt wahrnahm. Stolpernd wich sie zurück, überrascht über die Menge an Blut und schockiert angesichts der grell roten Farbe. Sicher, sie hatte sich schon früher Verletzungen zugezogen, einmal war es sogar so schlimm gewesen, dass sie einen Ausflug ins Krankenhaus und einen Arm in der Schlinge über sich hatte ergehen lassen müssen. Aber das hier, das war einfach verkehrt. Es war so viel Blut. Schmerz pulsierte nun bis zu ihrem Handgelenk, und die karmesinrote Flüssigkeit aus ihrem Inneren schien überall zu sein – im Spülbecken, an der Vorderseite des Spülschrankes, vor dem sie unwillkürlich zurückgewichen war, und in ihrer anderen Hand, die sie instinktiv schützend um den aufgeschlitzten Finger gelegt hatte.

Endlich kam Anya in den Sinn, nach der Rolle mit dem Küchenpapier zu greifen, die neben dem Kühlschrank hing. Dabei hinterließ sie eine deutliche Blutspur. Ihr Herz pochte heftig, als sie sah, dass das Papiertuch im Handumdrehen durchgeblutet war – würde sie hier und jetzt sterben? Einfach so verbluten, ohne jede Vorwarnung, ehe Xander aus der Waschküche zurückkam? Und was wurde dann aus all den Dingen, die sie noch hatte tun wollen? Sie war nicht bereit zu sterben, nicht jetzt schon ...

Joyce Summers war auch nicht bereit gewesen zu sterben.

Plötzlich hielt die Erkenntnis der eigenen Sterblichkeit mit dem Feingefühl eines Güterzuges Einzug in ihr Bewusstsein. Sie sank auf den Küchenboden und spürte nicht einmal, wie ihre Knie auf dem Linoleum aufschlugen. Sie *würde* sterben, vielleicht nicht heute, nicht von der Schnittwunde im Finger, aber eines Tages würde sie sterben, und solange Sunnydale blieb, was es war, würde sie vermutlich nicht bereit sein, wenn es schließlich geschah. Viel zu deutlich kehrte die Erinnerung an jene schrecklichen Stunden nach dem Tod von Buffys Mom in ihr Bewusstsein zurück, verstärkt durch die Worte, die Anya damals nicht hatte zurückhalten können und die ein klarer Beweis ihrer eigenen Furcht und Verwirrung gewesen waren ...

»... das ist nur noch ein Körper, und ich verstehe nicht, warum sie nicht in ihn zurückkehren kann und nicht mehr tot ist. Das ist dumm. Es ist sterblich und dumm!«

Aber sie war menschlich, genau wie Joyce. Eine Hülle. Sie, Xander, Buffy, Willow – sie alle waren nichts weiter als zerbrechliche Hüllen, die von einer schwer fassbaren Macht belebt wurden, einer Macht, die sie zu beweglichen, sprechenden menschlichen Puppen machte. Und eines Tages würden sie alle sterben und wie Joyce für immer fort sein.

Sie hockte immer noch auf dem Boden und umklammerte mit aller Kraft die Papiertücher, mit denen sie die Wunde verbunden hatte. Das Küchenkrepp war vollgesogen mit Blut, leuchtendem, roten Blut, das einen wunderschönen Kontrast zu dem weißen Küchenboden bildete, auf den es unablässig tropfte, ein karmesinrotes Mahnmal, das förmlich in die ganze Welt hinauszuschreien schien, dass sie eines Tages sterben würde wie jeder andere Mensch auch.

Und wenn es so weit war, wie würde es sein? Würde es schmerzen, wäre es langweilig oder würde sie sich einsam fühlen? Würde sie überhaupt wissen, wenn sie wirklich und wahrhaftig tot war? Der Tod war das letzte, endgültige Unbekannte, furchtbarer und größer als alles, was Anya sich vorstellen konnte. Sie hatte keine Antworten für diese Fragen, und dieser Mangel an Antworten erfüllte sie mit Schrecken, mit einer überwältigenden Furcht, wie sie sie noch nie zuvor empfunden hatte.

Doch alles, was sie tun konnte, war am Boden knien, bluten und vor Schmerz und Furcht zittern, bis Xander endlich aus der Waschküche zurückkam und sie fand.


Die Blondine kam zur Vordertür heraus, einen Kerl an jeder Seite, die Arme bei den Vampiren untergehakt und offensichtlich blind für die Tatsache, dass die Haut, die ihre eigene berührte, etwa die Temperatur eines eingewickelten Steaks vom nächstbesten Metzger hatte. Lachend und kichernd – zwitschernd traf es besser – stellte sie im Großen und Ganzen schlicht und ergreifend eine Schande für ihr Geschlecht dar. Die ganze Szene erweckte in Celina den Wunsch, das Mädchen zu ohrfeigen, aber im Grunde war sie mehr an den Blutsaugern interessiert. Der Vampir in ihr war dank der beiden Dealer bereits zufrieden gestellt.

Es war schon merkwürdig, dass Vampire stets paarweise oder im Rudel herumzogen, wenn sie erst einmal das

Anfangsstadium ihrer neuen Existenz überstanden hatten; sie schienen instinktiv zu wissen, dass sie allein niemals erfolgreich sein würden. Gleichzeitig schien es, als würde die Unsterblichkeit ihre Existenz als solche ihres Wertes berauben. Offenbar betrachteten die Kreaturen diese Gabe als ein Zuviel des Guten, statt sich an ihr zu erfreuen. Mit der Zeit wurden sie immer sorgloser, zielloser in der Wahl ihrer Opfer und übertrieben selbstsicher. Dies war einer der Punkte, der ihren Zorn erregte und sie gleichzeitig faszinierte, seit sie zum ersten Mal Fallschirmspringer gesehen hatte, die ein hervorragendes Beispiel für derartige Unbekümmertheit ablieferten. Celina konnte diesen Sport nicht ausprobieren (niemand sprang mit einem Fallschirm bei Nacht aus einem Flugzeug, vom Militär einmal abgesehen), aber sie hatte eine Menge darüber gelesen; einer der interessantesten Punkte war, dass Anfänger so gut wie nie verunglückten, weil sie sich in jeder Hinsicht überaus vorsichtig verhielten, was natürlich auf ihre Angst zurückzuführen war. Fast immer waren es die erfahrenen Springer, die echten Cracks, die mit fünfundachtzig Meilen in der Stunde und zu kleinen Fallschirmen runterkamen oder zu lange warteten, bis sie die Reißleine zogen, und sich auf diese Weise in den Tod stürzten.

Genau wie Vampire.

Wie diese beiden, zum Beispiel. Für jeden sichtbar schlenderten sie mit einem Mädchen im Arm zur Tür hinaus, dessen schicke Kleidung den Verdacht nahe legte, dass sie mindestens die Tochter eines hohen städtischen Beamten war. Das Glücksbringer-Armband an ihrem Handgelenk war aus echtem Gold, ebenso wie das herzförmige Medaillon an ihrem Hals, und an ihren Ohren funkelten Halbkaräter. Sie stank nach Geld und Macht und Verbindungen, und das machte sie zu einer sehr, sehr schlechten Wahl. Typisch! Wie die meisten jungen Vampire dachten auch diese zwei nur an sich. Sie verschwendeten keinen Gedanken daran, dass die anderen Vampire dieser Stadt im Verborgenen agierten, sie hatten nicht das geringste Interesse an den Auswirkungen, die ihre Taten auf die anderen Angehörigen ihrer Art haben würden.

Celinas Mundwinkel zuckten spöttisch, aber sie beruhigte sich leicht wieder. Für diese beiden würde es kaum reichen, ihnen durch ihr Mienenspiel deutlich zu machen, dass sie sie für Idioten hielt. Nein, das würde ganz und gar nicht reichen.

Anmutig fiel sie neben dem Vampir links von ihr in Gleichschritt. »Hi, Jungs.«

Der Typ neben ihr sah sich kurz um. Als er sie entdeckte, verzog er die Lippen zu einem Grinsen, das rasch verblasste, als er instinktiv erkannte, dass sie war wie er.

»Verzieh dich«, zischte er, ohne seinen Schritt zu verlangsamen. »Wir haben nicht vor zu teilen.«

Celina ignorierte seine Worte und folgte den beiden, als sie das Mädchen in eine Gasse hinter dem Club führten. Das Mädchen, das vergnügt mit dem anderen Vampir plauderte, machte ein paar Schritte, bis sie auf Celina aufmerksam wurde. »Hi«, sagte sie. »Ich heiße Cathy. Bist du mit Bill und Walter befreundet?«

Celina grinste sie an. »Klar. Wir sind *alte* Freunde. Ich könnte dir eine Menge über die beiden erzählen.«

Bill – vielleicht war es auch Walter – blieb auf der Stelle stehen. »Warum verschwindest du nicht einfach?«, schnappte er. »Wir haben dich nicht gebeten, mitzumachen.«

Sein Tonfall veranlasste das kleine Prachtweib Cathy, ebenfalls stehen zu bleiben. »Hey«, sagte sie, während ihr Blick zwischen den beiden Typen und Celina hin- und herwanderte. »Was ist hier eigentlich los? Wobei mitmachen? Warum kann sie nicht mitkommen? Ich denke, wir gehen ins Kino.«

»Nur, wenn du dir selbst beim Sterben zusehen willst«, entgegnete Celina gelassen.

»*Was!*« Schockiert riss Cathy sich los und wich zurück,

während die beiden Vampire durch Celinas schonungslose Offenheit überrascht genug waren, ihr nicht gleich nachzusetzen.

»Oh, ja«, fuhr Celina fort. »In meinen Kreisen nennen wir Typen wie die Blutsaugerküken.« So schnell, dass er ihr nicht ausweichen konnte, trat sie näher an den größeren der beiden Vampire heran und packte ihn am Kinn. Fünf schnelle Schritte, und schon hatte sie ihn rückwärts um die Ecke des Gebäudes getrieben. »Die stellen Sachen mit dir an, die du dir überhaupt nicht vorstellen kannst«, sagte sie düster, während sie sich über die Schulter nach dem verblüfften Teenager umsah. »Lauf lieber schnell nach Hause, kleines Mädchen. So schnell du kannst.«

In Bezug auf Furcht besaß Cathy offensichtlich keine sonderlich hohe Toleranzschwelle – sie machte kehrt und rannte, ohne auf eine zweite Warnung zu warten. Der andere Vampir versuchte, Celina zu packen, aber sie trat mit der Stiefelspitze zu, kurz und kräftig, direkt in das Muskelgewebe seines Oberschenkels. Er schrie auf vor Schmerz, doch jeglicher Gedanke an eine Verfolgung des Mädchens war vergessen. »Oh, Mann«, jammerte er, während sie zu dritt zusahen, wie Cathy hastig von dannen trippelte. »Bill, sie hat uns unser Abendessen ruiniert!«

Zumindest wusste sie jetzt, wer wer war. Bill war der Größere, den sie immer noch an der Kehle gepackt hielt, Walter war kleiner und erinnerte ein wenig an ein Wiesel. Außerdem war er weinerlich, wenn er unter Druck geriet.

»Lass mich los«, knurrte Bill. Gnädig beschloss Celina, ihm diesen Wunsch zu erfüllen, doch nicht, ohne ihm dabei einen kräftigen Stoß zu versetzen. Bill fiel auf den Boden, war aber gleich wieder auf den Beinen. »Was zur Hölle willst du eigentlich von uns?«, fragte er wütend, während er sich den Straßenschmutz vom Hosenboden seiner Khakihose wischte. »Kannst du dir nicht dein eigenes Essen besorgen, um dich zu amüsieren?«

Celina schenkte ihm ein zuckersüßes Lächeln. »Mein Name ist Celina. Ich bin Vampirjägerin.«

»Bestimmt nicht«, widersprach Walter mit scheelem Blick. »Vampir, ja. Jägerin? Im Leben nicht.«

»Exakt«, stimmte ihm Celina zu.

»Oh-oh«, machte Bill und wich Schritt um Schritt vor ihr zurück. Ein netter Freund war er, denn er hatte offensichtlich die feste Absicht, Walter sich selbst zu überlassen.

»Was?« Walters Blick wanderte von Celina zu seinem Freund, der sich noch immer auf dem Rückzug befand. »Hey, was ist los? Wir können sie doch fertig machen!«

»Schalt dein Hirn ein, du Idiot«, zischte Bill. »Du hast die Sache auf den Punkt getroffen – in diesem Leben nicht. Jägerin war sie, bevor . . .«

»Ich ein Vampir wurde«, beendete Celina gelassen den Satz. Walter gab einen Laut von sich, der vage an ein Quieken erinnerte, doch ehe er die Flucht ergreifen konnte, beugte sie sich vor und packte ihn mit der Linken am Schopf. Bill hatte inzwischen kehrtgemacht und rannte mit Höchstgeschwindigkeit davon, aber das konnte ihm auch nicht mehr helfen. Innerhalb eines Sekundenbruchteils lag ein Pflock in ihrer Hand und segelte gleich darauf wie ein kurzer, todbringender Speer durch die Luft. Er traf den Vampir mitten im Rücken, genau an der beabsichtigten Stelle. Schließlich konnte Celina auf einige Jahrhunderte praktischer Erfahrung zurückgreifen.

Walter versuchte, sich loszureißen, aber er war als junger Mann mit schönem, vollem Haar gestorben; mit einer echten männlichen Musterglatze wäre er besser dran gewesen, denn seine üppigen Locken boten ihr ausreichenden Halt für ihre Finger. Celina schüttelte ihn eine Weile kräftig durch und erfreute sich an den puppenartigen Bewegungsabläufen vor ihren Augen. Arme und Beine des Vampirs flatterten wild durch die Luft, aber auch das war nur ein paar Sekunden lang lustig. Heutzutage langweilte sie sich wirklich schnell.

»Also«, sagte sie in heiterem Ton, »was soll ich jetzt mit dir anfangen?«

»Wie wäre es, wenn du mich einfach gehen lässt?«, quiekte Walter. »Wir wollten sie auch wirklich nicht umbringen. Nur ein kleiner Imbiss ...«

»Erspar mir deine Ausreden«, entgegnete Celina und rammte ihm halbherzig einen Pflock in die Brust.

»Auauauauauauau!«, quäkte er.

Sie blinzelte ihn an und hätte ihn beinahe losgelassen. »Ups, das tut mir aber Leid. Da habe ich wohl nicht ganz das Ziel getroffen, was?« Sie schlug mit der Faust auf das stumpfe Ende und trieb den Pflock tiefer in den Leib des Vampirs zu seinem Herzen. Einen Herzschlag später – falls man diesen vertrockneten toten Muskel denn als Herz bezeichnen wollte – leistete er seinem Freund in seinem neuen Dasein als Straßenstaub Gesellschaft.

Schlampig, dachte sie. Über sich selbst verärgert, steckte sie den Pflock in die Tasche. Sie stand nicht so sehr darauf, Leute zu quälen, ob sie nun lebendig oder tot waren – das war für sie stets nur der letzte Ausweg, wenn sie Informationen über etwas benötigte, und die Person oder Kreatur, die sie danach fragte, zu dämlich war, ihr die geforderten Antworten zu geben. Wer hörte sich schließlich gern dieses fürchterliche Geschrei an? Sie nicht. Sie war viel mehr ...

Doch da war noch etwas in der Gasse.

Lässig beugte sich Celina vor und tat so, als suche sie etwas am Boden. Sie spürte instinktiv, dass man sie beobachtete, aber sie ließ sich nichts anmerken. In dieser Seitenstraße war es ziemlich dunkel, doch sie erkannte ohne Schwierigkeiten, dass sich zur Linken, hinter einer Reihe Mülltonnen, ein Schatten befand, der dort nicht hingehörte. Er war dunkler als die Schatten der Mülltonnen im Licht der Straßenlaternen, und er neigte dazu, in nervöse Zappelei auszubrechen; offensichtlich war sein Eigentümer zu dumm zu erkennen, dass Zappeln Bewegung bedeutete und Bewegung Geräuschbildung bedeutete und Geräuschbildung bedeutete, dass sein Arsch jeden Augenblick auffliegen würde.

Celina richtete sich langsam mit dem Pflock in der Hand auf, machte drei rasche Schritte und zerrte die Person, die sie heimlich beobachtet hatte, aus ihrer Deckung hervor.

Kein Mensch, ein Dämon.

»Oh, Mist«, stöhnte sie und stieß die Kreatur von sich. Celina neigte dazu, Dämonen nach Farben zu sortieren statt nach anderen Gesichtspunkten, und dieser gehörte zu den Grünen – sie war nie gut darin gewesen, sich die Namen all der vielen verschiedenen Spezies zu merken. Ja, ein Grüner ... jedenfalls fast, bis auf die braunen und gelben Flecken am Kopf, welcher wiederum haarlos war, abgesehen von ein paar dünnen Haarbüscheln an der Seite, die irgendwie an missglückte Rattenschwänze erinnerten. Der kleine Dämon hatte eine gedrungene Gestalt wie ein Troll und Zähne, die vorstanden wie die eines Kaninchens. Außerdem hatte er sechs Finger an jeder Hand. Die Tatsache, dass er menschliche Kleidung trug, war kaum geeignet, die Haut zu tarnen, die nach einem wirklich schlimmen Fall von Akne aussah.

Celina musterte die Kreatur finster. »Was hast du hier zu suchen?«

Das Wesen krümmte sich und versuchte, vor ihr zurückzuweichen, aber außer den Mülltonnen gab es keinen Ort, an den es hätte fliehen können. Selbst der Dämon wusste, dass ein solcher Versuch völlig sinnlos wäre.

»Nichts, ich schwöre!« Seine Stimme klang belegt, als hätte er eine Erkältung. »Ich war schon hier, als du gekommen bist und die Vampire in den Arsch getreten hast, aber ich konnte nirgends hin, und ich wollte dir auf keinen Fall in die Quere kommen und dir den Spaß verderben, und natürlich wollte ich dir keinen Ärger machen, und darum habe ich gedacht ...«

»Stopp.« Sie hielt eine Hand hoch, um seinen ungeordneten Redefluss zu unterbrechen, und verzog die Lippen zu einem spöttischen Grinsen, als er nach Luft schnappte. »Sei einfach still.«

»Sicher, natürlich, was immer du willst.« Der Dämon wich einen Schritt zurück und fing an, sich an der Mauer entlangzuschieben, die aus der Gasse hinausführte. »Ich werde einfach, na ja, meiner Wege gehen, werd dir keinen Ärger machen oder so, hab nicht mal irgendwas gesehen . . .«

Celina überlegte, ob sie ihn umbringen sollte, winkte ihm aber dann nur kurz zu, um ihm Beine zu machen. »Verschwinde.« Er huschte davon, half dann und wann mit den Händen nach, um sich wie ein Affe voranzuhangeln, oder wie einer dieser coolen fliegenden Affen aus dem *Zauberer von Oz*. Ihn umzubringen wäre vermutlich eine ziemlich scheußliche Angelegenheit gewesen, begleitet von irgendeiner Art grünlich-gelber dämonischer Körperflüssigkeit; hätte sie das Zeug auf ihre Klamotten bekommen, hätte sie sich neue besorgen müssen, und das alles wäre ein erbärmliches Elend gewesen, weil sie einfach keine Lust hatte, sich gerade jetzt mit so etwas auseinander zu setzen. Die geistlose Kreatur war so oder so irrelevant, nichts weiter als ein Käfer auf der Windschutzscheibe der Finsternis. Celina wusste Besseres mit ihrer Zeit anzufangen.

Wie zum Beispiel die Jägerin suchen.

# 4

Da Professor Schwermut – wie Spike Rupert Giles im Stillen manchmal titulierte – nichts von Bedeutung zu Tage gefördert hatte, beschloss er, dass es an der Zeit war, eigene Nachforschungen anzustellen. Es gab Orte, an denen man einen Drink nehmen, zuhören, sich einfach zurücklehnen und gleichzeitig Informationen sammeln konnte. Buffy und ihr kleines Gefolge kannten sie nicht alle ... sie glaubten nur, sie würden sie kennen. Ein perfektes Beispiel für ihre fortdauernde Unwissenheit hatte er selbst geliefert, als er Buffy mitgeschleppt hatte, um ihr zu zeigen, was Loverboy Riley in diesem schmuddeligen Treffpunkt Blutsüchtiger so trieb – die Jägerin hatte keine Ahnung, dass es Orte wie diesen überhaupt gab, umso weniger davon, dass sich Vampire von Menschen bezahlen ließen, um an ihnen zu nuckeln wie an Babyfläschchen. Spike liebte sie wirklich – wenn auch nur Gott allein wusste, wieso – aber manchmal konnte Buffys Dickschädel es locker mit ausgehärtetem Beton aufnehmen.

Was hatte Giles gesagt? Irgendwas über Hinweise auf einen nicht identifizierten mörderischen Vampir, die sich dann und wann in den Protokollen der Wächter fanden? Schön und gut, aber es war kaum eine Neuigkeit, dass so gut wie alle Vampire auch Mörder waren. Das war das Problem mit den Wächtern und ihrem blöden Rat; sie glaubten, sie könnten jedes Problem durch einen Blick in ihre Bücher oder mit Hilfe ihrer Computer lösen, aber ein Plastikkasten mit einem Haufen Drähte war nichts, verglichen mit der realen Welt. Brauchst du Informationen, musst du die Realität erleben, Kontakte zu anderen Leuten – oder was auch immer für Kreaturen – knüpfen, die diese Informationen liefern konnten. Und Spike wusste genau, wo er diese Kontakte finden würde.

Drei Blocks östlich der *Sunnydale Armory* gab es einen neuen Laden, einen, von dem die Jägerin und ihre Gang nichts wussten. Den Laden so nahe an der Waffenkammer aufzumachen, war gleichermaßen riskant und geschickt – wer zum Teufel würde dort mit einer Monsterbar rechnen? Natürlich war es nur eine Frage der Zeit, bis Buffy die Bar entdecken würde, aber in der Zwischenzeit genossen die Stammgäste ein Maß an Erholung, das ihnen ziemlich lange vorenthalten geblieben war. *JuJu's Catbox* – der blödeste Name, den Spike je gehört hatte – war im Keller eines alten Lagerhauses untergebracht, dessen obere Stockwerke der Lagerung kleiner Maschinenteile wie Getriebe, Schrauben und anderer Gerätschaften diente. Niemand brauchte diese Dinge bei Nacht, und so konnte der Eigentümer der Bar, ein Sterblicher mit einem Wieselgesicht, der auf den Namen Benny Speegle hörte und einer Reihe Schutzdämonen horrende Summen bezahlte, seinen Gästen Frieden an einem Ort bieten, an dem sie feiern konnten, ohne belästigt zu werden. Zumindest für den Augenblick.

Die *Catbox* sah im Großen und Ganzen aus wie ein gewöhnlicher, mittelprächtiger Treffpunkt für Vampire und Dämonen – viele Schatten, mäßige Beleuchtung, rote Vinylstühle und Nischen. Sämtliche Möbelstücke waren aus Metall, nur für den Fall, dass irgendjemand ausrastete und versuchte, den nächstbesten Sitznachbarn zu pfählen; der Wirt konnte sich kaum erlauben, seine Gäste zu Staub zerfallen zu lassen, so etwas wirkte sich ziemlich übel auf das Geschäft aus. Spike saß gern an der Bar, nippte an seinem Drink – eine der wenigen verbliebenen Möglichkeiten für ihn, noch an echtes Menschenblut zu gelangen – und lauschte den Gerüchten, die an solchen Orten Schlag um Schlag die Runde machten, was auch an diesem Abend der

Fall war. Er wollte sich gerade seinem zweiten Glas Premium Rot widmen, als ein kleinwüchsiger, schleimiger Dämon auf einen Hocker zwei Plätze von ihm entfernt kletterte.

Spike war diesem Dämon schon früher begegnet und kannte sogar seinen Namen. Dumpy oder Dunphy, irgendetwas in der Art. Ein Schwätzer, ein lästiger kleiner Scheißer, um den Spike normalerweise einen Bogen wie um ein spitzes Stück Holz gemacht hätte. Heute jedoch war Dunphy genau die Art Kreatur, auf die er gewartet hatte.

Dunphy bestellte irgendeinen widerwärtigen Drink und sah sich neugierig in Spikes Richtung um. Spike erkannte seine Chance und erhob sein Glas. »Wie geht's denn so?«, fragte er liebenswürdig. »Dunphy, richtig?«

Dunphy nickte und grinste ihm ins Gesicht. Seine Zähne sehnten sich schon seit Jahrzehnten nach der Bekanntschaft mit einer Bürste. Spike konnte kaum blinzeln, so schnell tauchte der Dämon direkt neben ihm auf, und er war dermaßen begierig, Zuhörer für sein Geschwätz zu finden, dass seine Stimme beinahe atemlos klang.

»Mir geht es gut, wirklich gut.« Sein Grinsen wurde breiter. »Aber ich sage dir, ich glaube, das war meine Glücksnacht, oh, ja, meine Glücksnacht.«

Spike zog eine Braue hoch. Der Typ neigte dazu, pausenlos zu reden. Er fragte sich, ob ihm wohl irgendwann die Luft ausgehen würde, immerhin eine recht amüsante Vorstellung. »Wirklich? Wie kommt's?«

Dunphy beugte sich zu ihm herüber, und Spike unterdrückte mühsam das Bedürfnis, zurückzuweichen. Der Atem dieser Kreatur stank nach verfaultem Fisch. Wovon zum Teufel ernährte sich das Monstrum bloß? »Ich war in dieser Gasse, drüben bei dieser Teenybopper-Bude mit dem Metallnamen ...«

»Das *Bronze*.«

»Ja, genau, das ist es, das *Bronze*. Jedenfalls, da war ich nun, hab mich nur um meine eigenen Angelegenheiten gekümmert, nach einer kostenlosen Mahlzeit oder zwei Ausschau gehalten, hinten bei den Containern ...«

»Müllcontainer, nehme ich an«, warf Spike trocken ein.

»Wie auch immer. Willst du die Geschichte jetzt hören oder nicht?«

Spike hob erneut sein Glas und sah den Dämon über den Rand hinweg an. Dann setzte er kurz, aber dennoch lang genug, sein Vampirgesicht auf. »Ich wette, du willst mich nicht im Unklaren lassen, richtig?«

»Richtig. Na ja, ich hab mich gerade vorgebeugt und meinen Fund inspiziert, sah ziemlich gut aus, ein paar Reste von einem Mandarinfisch vom Chinesen ...«

Das erklärt zumindest den fauligen Fischatem, dachte Spike.

»... als diese beiden Vampirschönlinge aufgetaucht sind. Sie hatten ein Mädchen bei sich, ein menschliches Mädchen. Hübsches Ding mit blondem Haar und großen blauen Augen, aber dumm wie Brot, falls du mir folgen kannst. Ich meine, wie hirnlos muss man sein, um einen Nachtspaziergang mit zwei Vampiren zu machen ...« Der Dämon warf Spike einen nervösen Blick zu. »Äh, nicht persönlich gemeint.«

»Wie auch immer.«

Dunphy schluckte. »Ja, genau. Also, jedenfalls sahen sie aus, als suchten sie ein schönes dunkles Eckchen, da taucht dieses andere Baby auf. Die war wirklich heiß, okay, die Haare rot gefärbt, dieses schwarze Zeug um die Augen, dazu ein knallenges Oberteil und so eine Armyaufmachung untenrum.« Ein breites Grinsen begleitete die Erinnerung. »Da sieht man sogar als Dämon zweimal hin, weißt du? Für diesen Militärkram kann ich mich echt begeistern, Tarnfarben und Stiefel und so. Jedenfalls war die Blonde keine Konkurrenz für sie, aber sie hatte wohl sowieso kein Interesse an einem Zickenkampf.«

»Was du nicht sagst«, entgegnete Spike und setzte zu einer Frage an, gab dann aber schon beim Luftholen wieder auf. Dunphys Drink war gekommen, und sogar der Barkeeper hatte beim Servieren den Atem angehalten. Rosarotes püriertes Aas, gemischt mit hundert Jahre altem Walfischtran und einer verrotteten Krötenleber. Der Typ hatte wirklich Geschmack.

Wie sich herausstellte, musste Spike den Dämon nicht erst anspornen, damit dieser seine Geschichte fortsetzte. »Ja, also, das rothaarige Küken hat dem blonden Hohlkopf stattdessen einfach erzählt, dass ihre beiden Partyboys sie umbringen würden, weißt du? Hohlköpfchen ist also abgehauen – vermutlich ihre einzige intelligente Aktion in diesem Jahr – und Rotschopf hat angefangen, den beiden Vampiren kräftig in den Arsch zu treten.«

Spike richtete sich kerzengerade auf. »Sie hat sie verprügelt, richtig?«

Der Dämon lachte, und es klang wie Eisenkugeln, die im Inneren einer feucht gewordenen Vorratsdose hin- und herrollten. »So viel Glück hätten sie sich bestimmt gewünscht. Sie hat sie gepfählt, Mann. Einfach so.« Er schnippte mit den Fingern, und Spike stellte fest, dass er sechs davon an jeder Hand hatte. »Wie nichts hat sie sie fertig gemacht. Und keiner von beiden konnte ihr auch nur ein Haar krümmen.«

Spike musterte ihn argwöhnisch. »Du willst also behaupten, dass dieses Mädchen zwei Vampire umgebracht hat?«

Dunphy starrte ihn einen Augenblick verständnislos an, bis plötzlich die Erkenntnis in seinen Augen aufleuchtete. »Oh, nein … sie ist kein Mensch. Sie ist selbst ein Vampir. Ich meine, kein Mensch könnte so kämpfen, sie muss ein Vampir sein, ein Vampir, der seine eigene Art tötet.« Er war anscheinend selbst über seine Worte verwundert und schüttelte den Kopf. »Ja, wer hätte so etwas gedacht?«

Spike rieb sich nachdenklich das Kinn. »Worüber haben sie gesprochen, bevor sie die beiden in Staub verwandelt hat?«

Dunphy nahm einen großen Schluck seines widerlichen Getränks. Sie hinterließ einen schleimigen grünen Belag auf der Innenseite des Glases, und Spike wollte nicht einmal daran denken, was im Mund der Kreatur vorgehen mochte. »Da muss ich passen. Ich habe nicht zugehört. Hab nur versucht, so schnell wie möglich zu verschwinden, bevor sie auf mich aufmerksam werden konnten. Sie hätten über das Wetter in Mazedonien reden können, was mich betrifft.« Er blickte Spike aus dem Augenwinkel an und sah ziemlich stolz aus. »Größtenteils hab ich mich einfach tot gestellt, aber sie hat mich trotzdem erwischt, nachdem sie die beiden Trottel in die Ewigkeit geschickt hat.«

Spike lehnte sich zurück und betrachtete Dunphy misstrauisch. »Und warum hat sie dich nicht umgebracht?«

Dunphy zuckte mit den Schultern und zupfte sich den Hemdkragen zurecht. »Wer weiß? Vielleicht hat ihr gefallen, was sie gesehen ...«

Spike hatte allmählich genug. Er streckte die Hand aus und packte den hässlichen kleinen Dämon an eben jenem Kragen, die Hände überkreuzt. Dann ließ er seine Handgelenke rotieren, als würde er zur Uhr sehen wollen, und der Hemdkragen zog sich zu einer strammen, erstickenden Schlinge zusammen. Dunphys Augen traten sichtlich aus den Höhlen.

»Irgendwie habe ich den Eindruck, du bist nicht ganz aufrichtig«, sagte Spike. »Und da Vampire und Dämonen nicht allzu viel verbindet, muss es wohl einen anderen Grund geben.«

Dunphy würgte, und Spike lockerte seinen Griff, bevor das ekelhafte Zwergmonster nach ihm treten konnte. »Okay, okay, sei doch nicht so empfindlich! Sie hat gesagt, ich wäre es nicht wert, umgebracht zu werden – bist du jetzt zufrieden? Fühlst du dich jetzt besser?« Dunphy nutzte Spikes lockeren Griff und riss sich los. Dann strich er sein Hemd glatt und bedachte den Vampir mit einem Blick, den

Dunphy selbst vermutlich für ausgesprochen finster hielt. Für Spike sah er einfach nur lächerlich aus. »So ist das«, beklagte sich Dunphy. »Da versucht man, in einer Bar eine gute Geschichte zu erzählen, und was ist der Dank? Man wird von einem abgemagerten ausgebleichten Blutsauger misshandelt, der aussieht, als hätte er seit Jahren nichts Anständiges mehr gegessen.«

Das reichte. Spike, der nie für seine Geduld berühmt gewesen war, schaltete vollständig in den Vampir-Modus. »Zumindest fühle ich mich im Augenblick so«, knurrte er. »Willst du mir helfen, dieses Problem zu beheben?«

Dunphy blinzelte kurz, schnappte sich seinen Drink und wich einen Schritt zurück. »Du machst mir keine Angst«, sagte er, aber seine Stimme klang äußerst ängstlich. »Ihr Vampire mögt meinen Geschmack sowieso nicht.«

Spike setzte eine höhnische Miene auf und stieß ihn weg. »Ich mag nicht einmal deinen Geruch.«

»Hey«, schnappte der Barkeeper nicht weit entfernt. »Gebt Ruhe, ihr zwei, oder verschwindet nach draußen. Ich gestatte keine Schlägereien in meinem Lokal.«

Spike wollte zu einer Entgegnung ansetzen, als er sah, dass der Mann einen Gegenstand wieder und wieder in seine Handfläche schlug. Wie praktisch – es war ein über einen halben Meter langer Holzstab, der an beiden Enden angespitzt war. »Er ist doch derjenige, der einfach grundlos ausflippt«, beklagte sich Dunphy. »Er ...«

»Sehe ich aus wie ein Fernsehrichter?«, fiel ihm der Barkeeper ins Wort. »Weißt du was, er bleibt und du verschwindest zum Teufel noch mal von hier. Du verpestest sowieso die ganze Bar mit deinem Gestank.«

»Versuch's doch mal mit Limonensprudel«, sagte Spike spöttisch, als er sich auf seinem Barhocker zurücklehnte. »Ich habe gehört, das Zeug soll gut zu Fisch passen.«

Dunphy stieß ein feuchtes Grunzen aus, stand auf, schüttete den Rest seines Drinks hinunter und knallte das leere

Glas auf den Tresen. »Kann den Laden sowieso nicht ausstehen«, verkündete er. »Mieses Publikum hier, und anständige Drinks kriegen sie auch nicht hin.«

»So? Nun, zumindest wird es hier nicht mehr so stinken, wenn du draußen bist«, konterte der Barkeeper. »Und jetzt verschwinde, ich sag es dir nicht noch mal.«

Dunphy bedachte ihn mit einem wütenden Blick, tat aber wie ihm geheißen. Das Letzte, was Spike von ihm sah, war sein hoch erhobener fleckiger kleiner Kopf, kurz bevor die Tür der *Catbox* hinter ihm ins Schloss fiel.

Derweil schleppte der Barkeeper einen Mülleimer herbei und bugsierte das Glas mit dem Ende seines Stocks hinein. »Den Mist kann man nicht abwaschen«, erklärte er. »Und ich habe es satt, ständig meine Gläser wegzuschmeißen.«

Spike unterdrückte den Wunsch, dem Mann zu erzählen, dass dies ein Teil des Preises war, den er bezahlen musste, wenn er nicht ausreichend auf das Niveau seiner Gäste achtete. »Was hast du denn so gehört?«, fragte er stattdessen.

Der Barkeeper sah ihn nicht einmal an. »Worüber?«

»Über die streitlustige Braut, von der dieser Aquariumfreund geschwärmt hat. Was gibt es so Neues?«

Der Typ wischte halbherzig mit einem Lappen über den Tresen. »Das Gerücht ist schon rum. Es heißt, mit der würde es noch Ärger geben. Die stellt sich nicht einmal vor, bevor sie irgendjemandem das Licht ausknipst. Hier war sie noch nicht, aber ein paar Leute haben erzählt, sie wäre im *Willy's* gewesen. Ich habe den Eigentümer angerufen, und der hat mir beschrieben, wie sie aussieht. Er meint, ich soll aufpassen und auf keinen Fall Streit mit ihr anfangen, und er hat gesagt, manche Leute hätten schon früher dann und wann von ihr gehört.«

»Ist sie ein Blutsauger, wie Dunphy behauptet?«

»So sagen die Leute, allerdings weiß niemand, warum sie hier aufgetaucht ist.«

Ehe Spike sich eine neue Frage einfallen lassen konnte,

zog der Typ schon in die andere Richtung ab, um zwei andere Gäste zu bedienen. Aber das war nicht weiter schlimm; Spike hatte genug Informationen – wie es schien, zerbrach sich die komplette Unterwelt den Kopf über sie. Dieser Rotschopf war offensichtlich dieselbe Person, die Anya verfolgt hatte, und dass es mit der noch Ärger geben würde, stand wohl außer Frage.

Aber was wollte sie von Buffy?

Dieser Umstand erfüllte ihn mit Sorge. Er hatte viel über die Hölle gehört, durch die Buffy mit Faith gegangen war, und auch wenn er damals nicht dabei gewesen war oder auf einer anderen Seite gestanden hatte als heute, wollte er doch auf keinen Fall, dass Buffy so etwas noch einmal durchmachen musste. Sie mochte seine Gefühle nicht erwidern, aber so war das nun einmal. Solange nicht irgendetwas geschah, das seine Gefühle veränderte, blieb da immer noch der kleine Chip in seinem Kopf, der dafür sorgte, dass er sich wie ein braves kleines Monster benahm, ganz abgesehen von dem dicken Klumpen aus seinem kalten, toten Herzen, den er Buffy geschenkt hatte ... ob sie es nun wollte oder nicht.

# 5

»Habe ich so etwas auch getan?«

Giles zuckte erschrocken zusammen und hätte fast die Lupe fallen gelassen, mit deren Hilfe er die aufgeschlagene Seite des Buches studierte, das er in der anderen Hand hielt. »Wa ... oh, Buffy!« Er musterte sie tadelnd. »Es ist ein wenig beunruhigend, wenn du dich so an andere Leute heranschleichst, meinst du nicht?«

»Sorry«, sagte sie, zog sich einen Stuhl heran und ließ sich darauf fallen. »Ich hatte nicht den Eindruck, ich würde mich heranschleichen. Sie müssen wohl tief in Gedanken gewesen sein.«

»Ja, ich vermute, so war es.« Der ehemalige Bibliothekar legte das Buch auf Seite und blickte sie fragend an. »Ich glaube, du hast mir eine Frage ohne ein klares Objekt gestellt.«

»Was für ein Objekt?«

Giles seufzte. »Hast du so etwas auch getan, Buffy?«

»Ach so, das.« Sie überlegte einen Moment, wie sie sich ausdrücken sollte. »Dawn – sie hat immer diese komischen kleinen Anfälle von ... ich weiß auch nicht. Sie probt die Unabhängigkeit oder so. Es ist ein ständiger Kampf, dafür zu sorgen, dass sie in Sicherheit ist.«

Giles schob die Hände in die Taschen und lehnte sich an den Verkaufstresen. »Du kannst das Mädchen nicht in einen Käfig sperren und vierundzwanzig Stunden am Tag überwachen.«

»Ich weiß, aber es, na ja, wie gestern. Sie ist schon halb auf dem Weg zur Schule, da erzählt sie mir von diesem Wissenschaftsprojekt, an dem sie in der Schule arbeiten will, irgendein dreidimensionales Modell einer chemischen Formel oder so, und sagt, dass sie nach dem Unterricht noch bleiben und es fertig machen will.«

»Schulaufgaben ...«

»Und dann, peng! Heute Morgen das gleiche Spiel«, klagte Buffy. »Nur dass sie dieses Mal bei einer Freundin übernachten wollte. Können Sie sich das vorstellen? Und jetzt ist sie total aus dem Häuschen, weil ich es nicht erlaubt habe.«

Giles legte den Kopf schief. »Andererseits dürfte sie dort ebenfalls sicher sein, vorausgesetzt, weder das Mädchen noch seine Eltern haben je einen Vampir hereingebeten.«

»Und wenn sie das doch haben?«, konterte Buffy. »Ohne es zu wissen? Oder das Haus wird von einem Dämon angegriffen oder von dieser Punkerin aus der Hölle, die angeblich hinter Anya her war?« Sie schüttelte so heftig den Kopf, dass ihre Haarspitzen über ihre Augen peitschten. »So ein Risiko gehe ich auf keinen Fall ein.«

Giles schwieg einen Augenblick, dann: »Ja, so etwas hast du getan.«

Buffy starrte ihn aus großen Augen an. »Was getan?«

»Das Gleiche, was Dawn tut. Grenzen austesten, die Gewässer der Unabhängigkeit erforschen. Sie kann es gar nicht abwarten, etwas Neues auszuprobieren. Das ist ein Teil des Lebens, Buffy. Wir alle müssen da durch, von Kindern, die die Geduld ihrer Eltern auf die Probe stellen, bis hin zu Erwachsenen, die ständig das Schicksal herausfordern, indem sie gefährliche Sportarten betreiben oder das Finanzamt betrügen. Sie wird älter, greift nach der Welt, entwickelt sich. Vielleicht solltest du lernen, mit dem Strom zu schwimmen.«

Buffy verschränkte die Arme vor der Brust. »Ich kann schwimmen, Giles. Ich will nur nicht, dass Dawn ertrinkt.«

Spike hatte gehofft, einen ersten Blick auf Sunnydales mysteriöse Besucherin zu erhaschen, daher war er ein wenig durch die Stadt getrödelt, bevor er die *Magic Box* aufsuchte. Das Glück hatte ihn jedoch im Stich gelassen – vielleicht war ihre Mordlust schon durch die beiden Vampire, die sie in der Gasse in Staub verwandelt hatte, ausreichend befriedigt worden. Dass sie allerdings selbst ein Vampir war... nun, das gab der Geschichte einen besonderen Kick. Es gab nicht gerade viele Blutsauger, die ihre eigenen Brüder ermorden würden, und noch weniger – außer Angel fielen ihm wirklich nicht viele ein – die eben das tun würden, um das Leben einer Sterblichen zu retten. Schlimm genug, dass die unbekannte, kampflustige Frau hinter Buffy her war, schlimmer noch, dass sie auf die Kraft und die Geschicklichkeit einer Bestie der Nacht zurückgreifen konnte.

Die Lichter in der *Magic Box* waren an, und die übliche Meute hatte sich versammelt und quasselte sich über so gut wie nichts die Köpfe heiß. Als er eintrat, hielten sie inne und blickten auf. Die Emotionen, die sich in ihren Mienen niederschlugen, reichten von Wachsamkeit – Tara – bis zu offenkundigem Ärger – Xander. Die kleine Miss Ex-Dämon trug einen Verband an der Hand, der jedoch den Geruch von frischem Blut auch nicht von seiner empfindlichen Nase fern halten konnte. Da es wenig sinnvoll erschien, sich selbst zu quälen, beschloss Spike, sich so weit wie möglich von ihr entfernt zu setzen.

»Ich habe etwas über die Fremde herausgefunden«, verkündete er, als er sich auf einen Stuhl am Ende des Tisches fallen ließ. Buffy und eine mürrisch dreinblickende Dawn standen neben Giles am Ladentisch; sollte die Jägerin seinen hoffnungsfrohen Blick gesehen haben, so ließ sie es sich nicht anmerken. Spike presste die Lippen zusammen und zupfte an seinem Mantel herum; er war gekränkt, dass sie sich scheinbar durch gar nichts beeindrucken ließ.

Anya war die Erste, die sich zu einer Frage aufraffte: »Was hast du herausgefunden?«

Spike blickte in ihre Richtung und runzelte die Stirn, als ihm langsam aufging, welche Geschichte sich hinter dem Verband verbergen könnte. »Hat sie dir etwa noch einmal aufgelauert?«

Anya schüttelte den Kopf. »Nein, ich habe mich an einer Scherbe geschnitten.«

»Vier Stiche«, verkündete Xander und klang dabei auf absurde Weise stolz. »Wenn sie ein Glas zerbricht, dann macht sie es richtig.«

»Fantastisch«, entgegnete Spike trocken und konzentrierte sich wieder auf Buffy und Giles. »Wie auch immer, vielleicht interessiert es euch, dass ich einem hässlichen kleinen Dämon begegnet bin, der behauptet, er hätte gestern Abend einen Zusammenstoß mit dem streitsüchtigen Baby gehabt. Na ja, eigentlich war es kein Zusammenstoß. Sie hat ihn beim Spannen in einer Nebenstraße vom *Bronze* erwischt. Er sagt, sie bringt Unruhe und Ärger in die Stadt.« Er inspizierte ausgiebig seine schwarzen Fingernägel. »Wir wissen ja bereits, dass sie gerne Vampire pfählt, aber sie ist selbst auch einer.«

Für einige Sekunden herrschte verblüfftes Schweigen, bis Xander murmelte: »Zu schade, dass du nicht mit ihr zusammengestoßen bist.«

Willow bedachte ihn mit einem vernichtenden Blick. »Wow, das ist ja erste Sahne. Weißt du, wer sie ist? Kennst du ihren Namen oder irgendwas, das uns helfen könnte, mehr über sie zu erfahren?«

Spike zuckte die Schultern und beugte sich vor. »Leider nicht. Aber eins kann ich euch sagen: Die ganze Stadt redet über sie ...«

»Du meinst deinen Teil der Stadt, nicht unseren, richtig?«, warf Buffy ein.

»Was macht das für einen Unterschied, aus welchem Teil der Stadt die Neuigkeiten stammen?«, konterte Spike und trommelte ungeduldig mit den Fingern auf einem Stapel alter Bücher herum. »Jedenfalls habe ich auf meine Weise mehr herausgefunden als ihr mit euren vergilbten Altpapierstapeln.«

Giles eilte herbei und brachte die Bücher aus Spikes Reichweite. »Du hast uns einen Punkt geliefert, an dem wir ansetzen können, so viel gestehe ich dir zu.«

»Wird auch Zeit, dass mir irgendjemand mal irgendetwas zugesteht. Wenn ihr mich fragt ...«

»Das Gerede auf den Straßen könnte uns helfen, ihr hier und jetzt auf die Spur zu kommen, aber diese vergilbten Altpapierstapel werden uns verraten, mit wem wir es zu tun haben«, fuhr Giles fort, ehe Spike seinen Satz beenden konnte. »Morgen um diese Zeit werden wir bereits viel mehr Informationen über sie haben, vielleicht sogar einen Rückruf von Angel.«

Spike gab einen Laut tiefster Empörung von sich und stand auf. »Ich ziehe wieder los«, erklärte er und ging entschlossenen Schrittes zur Tür. »Vertrödelt ihr nur die ganze Nacht mit euren Büchern. Von mir aus spielt mit euren Computern. Aber die echten Informationen sind da draußen, und ich werde sie finden.«


»Okay«, sagte Xander, »vorausgesetzt, wir erleben keine Wiederholung des gestrigen Abends, willst du dich dann heute wieder an häuslichem Essen versuchen?«

Anya blickte ihn mürrisch von der Beifahrerseite des Wagens an. Vermutlich hätte sie ihn sogar geschlagen, wenn ihre Hand nicht so wehgetan hätte, was auch der Grund für ihren Entschluss war, sich eine Weile nach Hause zurückzuziehen. »Nicht in dieser Dimension, danke. Zumindest nicht diese Woche.«

Ihr Freund kicherte. »Wie wäre es dann mit Pizza?«

»Okay«, erwiderte sie knapp. Sie war nicht sehr gesprächig heute Abend, lehnte sich in ihrem Sitz zurück und beobachtete die vorbeiziehenden Häuser am Straßenrand. Diese ganze Geschichte mit der unbekannten Frau war sehr anstrengend für sie gewesen. Niemand hatte sich je auf sie eingeschossen – sonst war immer Buffy das Ziel gewesen oder Dawn oder die Vampire. Es gab keinen Grund, besonderes Interesse an einer Ex-Dämonin zu hegen, und genau dabei wollte sie es auch belassen, herzlichen Dank auch. Das zurückliegende Erlebnis war einerseits belastend, andererseits kam es ihr jetzt schon so vor, als wäre das alles vor langer Zeit und jemand anderem passiert.

»Alles in Ordnung?«, fragte Xander.

»Alles bestens.«

»Du bist so schrecklich still.«

»Es geht mir *gut*.« Okay, das hatte sich vielleicht ein bisschen gereizt angehört, aber schließlich hatte ein Mädchen auch das Recht, dann und wann seinen eigenen Gedanken nachzuhängen. Warum mussten Männer bloß ständig versuchen, eine Frau in jeder Hinsicht mit Beschlag zu belegen?

Xander war klug genug, nicht weiter zu bohren, und als sie schließlich ihr Appartement betraten, fühlte sich Anya bereits viel besser. Beinahe menschlich oder zumindest so annähernd menschlich, wie sie es nach Jahrhunderten in einem anderen Dasein nur konnte. Es war ein gutes Gefühl, hier zu sein, behaglich und sicher – zumindest, solange sie sich vom Geschirrspülen und von scharfen Glasscherben fern hielt. Xander stürzte sich natürlich gleich auf den Zettel mit der Telefonnummer des Pizza Service, und kurz darauf hörte sie ihn am Telefon mit jemandem disputieren. Neugierig gesellte sie sich zu ihm, um in Erfahrung zu bringen, was dort los war.

»Nein, ich will nicht rüberkommen und sie holen. Das ist *Ihr* Job.« Er wedelte mit der Karte herum, als könnte sein Gesprächspartner am anderen Ende der Leitung sie sehen. »Das entspricht den Worten: *Pizza Service*, direkt nach *Julio's Pizza*, richtig? Nein, ich will keine Pizza bei *Bennie's* bestellen. Die haben miserable Peperoni.« Er ließ die Karte auf den Küchentisch fallen, lauschte kurz und pochte mit dem Finger auf das Papier. »Sie wollen mir doch nicht im Ernst erzählen, ein Pizza-Bringdienst hätte nur einen einzigen Wagen?«

Anya zupfte an seinem Ärmel. »Was ist denn los?«

»Einen Augenblick.« Xander klemmte sich den Hörer unter das Kinn. »Der Typ sagt, sie hätten zwei Fahrer, einer hat sich krankgemeldet, der andere ist mit seinem Wagen liegen geblieben. Sie können nicht liefern.«

»Dann holen wir sie eben ab«, entgegnete Anya. »Es ist nicht weit, und vielleicht ist sie sogar noch heiß, wenn wir wieder nach Hause kommen.«

Xander verzog das Gesicht. »Das wäre allerdings mal eine Abwechslung. In Ordnung.«

Damit widmete er sich wieder seiner Bestellung, und Anya verzog sich ins Wohnzimmer und stellte fest, dass die Couch heute ganz besonders einladend aussah. Seit dieser lächerlichen Geschichte vor der *Magic Box* vorgestern Abend war sie so gestresst gewesen, und dann heute dieser Andrang lärmender präpubertärer Jungs, die um die Mittagszeit den Laden gestürmt hatten. Sie hatte sich in mindestens zwölf Richtungen gleichzeitig verteilen müssen, um sicherzustellen, dass sie nichts kaputtmachten oder stahlen, und einer der Jungen hatte sogar versucht, mit drei Schrumpfköpfen zu jonglieren. Natürlich hatte der Bursche, der da fröhlich die Köpfe in die Luft warf, keine Ahnung, dass sie einst den erbittertsten Kriegern eines Stammes gehört hatten, der auf einer längst im Pazifik versunkenen Insel gelebt hatte. Hätte das Erbsenhirn sie in präzise der richtigen Anordnung fallen lassen (erst der Kleinste, dann, im Abstand von jeweils drei Sekunden, die anderen beiden), so wären die Geister der Krieger gleich an Ort und Stelle zu neuem Leben erwacht, und sämtliche Anwesenden wären inzwischen vermutlich mausetot.

Ja, die Couch war definitiv der richtige Ort für sie. *Julio's* war berüchtigt für Langsamkeit – sie und Xander bestellten immer die Pizza Supreme extra groß, und das bedeutete, sie würden mindestens eine Stunde warten müssen. Ein kleines Nickerchen wäre genau das Richtige, damit Körper und Sinne sich erholten, also verlor Anya keine unnötige Zeit, sondern streifte sich die Schuhe von den Füßen und streckte sich auf dem weichen Kordbezug aus. Sie konnte Xander in der Küche herumfuhrwerken hören. Er räumte Geschirr weg und verursachte Geräusche, die angenehm heimelig und beruhigend waren. Und sie war so müde, nur kurz die Augen schließen oder vielleicht auch etwas länger...

»Anya?«

»Hmmmmmm?« Sie lächelte und drückte das Marienkäferkissen, das sie sich unter die Wange gestopft hatte. Dann öffnete sie die Augen ein kleines bisschen und sah, dass Xander neben der Couch hockte. »Was?«

Er grinste zärtlich. »Hey, Schlafmütze, ich gehe die Pizza holen. Bin in zwanzig Minuten zurück.«

Sie gähnte und versuchte, ihre Gedanken zu ordnen. Offenbar war sie doch eingeschlafen, aber...

»Warte«, sagte sie noch ganz verschlafen, während sie sich halb aufrichtete. »Willst du mich hier allein lassen?«

Er drückte sie wieder zurück auf die Couch. »Du bist doch hier sicher. Erinnerst du dich, was Spikey gesagt hat? Das unbekannte Mädel ist ein Vampir – sie kann hier nicht hereinkommen. Du darfst nur nicht ›herein‹ rufen, solange du nicht weißt, wer an der Tür ist.«

»So schlau bin ich auch«, murmelte sie matt.

»Natürlich bist du das.« Er tätschelte ihren Arm. »Und jetzt ab, zurück ins Land der Träume.«

Mühsam lüpfte Anya ihre Lider ein Stückchen weiter. »Bist du sicher?«

»Komm mit, wenn du willst.«

Träge dachte sie daran, aufzustehen, aber die Couch war so verführerisch. »Nein«, beschloss sie. »Aber du darfst sonst nirgendwo anhalten, okay? Überlass die bösen Jungs heute anderen Leuten.«

»Versprochen«, entgegnete er. »Ich werde schneller zurück sein, als du sagen kannst: Xander, wo zum Teufel ist meine Pizza?«

»Xander, wo zum Teufel ist meine Pizza?«

Er beugte sich vor und küsste sie auf die Nasenspitze. »Sehr witzig.«

Anya lächelte vor sich hin und schloss wieder die Augen. Sie fühlte noch, wie sich das Sofakissen senkte, als Xander sich beim Aufstehen aufstützte. Augenblicke später hörte sie die Tür des Appartements ins Schloss fallen. Gleich darauf drehte sich der Schlüssel und sicherte die Tür. Pizza, dachte sie. Lecker. Sie *war* wirklich hungrig. Dann fiel ihr ein, dass sie immer noch ihre Arbeitskleidung trug. Vielleicht sollte sie sich zwingen, endlich wach zu werden, sollte ihren verschlafenen Arsch vom Sofa heben und sich umziehen ...

Etwas rumste im Schlafzimmer.

Es war kein lautes Geräusch, ganz gewiss kein Laut, der verursacht wurde, wenn etwas zerbrochen wurde, aber Anya war augenblicklich hellwach und auf den Beinen. Dann hörte sie ein weiteres Geräusch, so als würde eine Schublade geöffnet und wieder geschlossen. Ein Vampir konnte es nicht sein – vielleicht ein Einbrecher? Aber wie war er hereingekommen? War er die ganze Zeit schon hier gewesen, während Xander und sie zu Hause waren, und hatte nur darauf gewartet, dass sie wieder gehen würden? Vielleicht, denn soweit sie wusste, hatte keiner von ihnen außer Küche und Wohnzimmer einen anderen Raum in dem Appartement betreten.

Was sollte sie jetzt tun, da Xander fort war?

Die Tür, dachte sie, und ihr Herz hämmerte in ihrer Brust. So deutlich ihr die Logik auch sagte, dass die Person im

Schlafzimmer nicht jene unheimliche Frau sein konnte, litt sie unter der irrationalen Angst, dass sie es eben doch war. Ich gehe einfach zur Tür und verlasse die Wohnung. Gar kein Problem. Ich werde nicht einmal meine Schuhe anziehen, dachte sie.

Sie machte einen Schritt, dann noch einen, aber sie brachte nicht einmal den halben Weg hinter sich, und die Tür zum Schlafzimmer öffnete sich.

»*Anyanka.*«

Die Stimme war rau und leise und sehr, sehr vertraut. Das Entsetzen, das sich in ihren Nerven eingenistet hatte, erlebte einen kurzen, schmerzhaften Höhepunkt und löste sich dann auf wie eine geplatzte Seifenblase. Sie drehte sich um. »D'Hoffryn!«

Der Dämon lächelte sie an ... soweit er dazu in der Lage war. Er war groß, hatte eine fleckige graue Haut, etliche kleine Hörner und spitze Ohren. Seine tief in den Höhlen liegenden schwarzen Augen musterten sie, und seine große Hakennase krümmte sich beinahe bis zu seiner Oberlippe. Lange faserige Barthaare fielen bis auf seine schwarze Robe. Er schlurfte zur Couch und stach mit dem Finger in das Kissen – ihr Lieblingskissen –, das sie sich zuvor unter den Kopf gestopft hatte. »Du schläfst auf dem Ebenbild eines irdischen Insekts«, stellte er fest. »Niedlich.« Sein eingefrorenes Lächeln offenbarte spitze gelbe Zähne. »Hübsch hast du es hier. Sehr menschlich.«

Anya stemmte die Hände auf die Hüften und musterte ihn finster. Ihre Erleichterung war inzwischen neuem Argwohn gewichen. »Was hast du in diesem Haus zu suchen?«, wollte sie wissen. »Du kannst nicht einfach in eine fremde Wohnung spazieren, als wärest du dort zu Hause. So funktioniert das nicht.«

Der Dämon sah sie mit gerunzelter Stirn an. »Kann ich nicht?«

»Nein, das kannst du nicht!«

Nun legte er den Kopf schief. »Komisch, so habe ich es immer gemacht.«

»Was willst du?«

»Ach, ja.« Der Dämon, der sie vor mehr als einem Jahrtausend mit der Macht des Wunsches beschenkt hatte, nickte. Als er nun erneut das Wort ergriff, klang seine Stimme ein wenig reumütig. »Wie es scheint, hat sich bei einem der derzeitigen Rachedämonen ein ungelegenes ... Missgeschick ereignet. Dabei hatte ich sie wirklich gern. Hab sie aus Indien geholt. Langes schwarzes Haar und dunkle Augen. Sehr schön für eine Sterbliche, und sie hat einen ganz besonders schönen Dämon abgegeben.«

Anya tastete hinter sich, bis sie die Armlehne der Couch fand und sich darauf setzen konnte. D'Hoffryns Auftauchen erfüllte sie mit Misstrauen, und sie hatte ein sehr schlechtes Gefühl bei der ganzen Geschichte – trotz seiner Erklärung, dass er regelmäßig in fremde Wohnungen eindrang, seit wann machte er Hausbesuche? Normalerweise holte er die Leute zu sich. »Was für ein ... Missgeschick?«

»Offenbar hat sie den Vergeltungswunsch eines jungen Mädchens, dem Unrecht geschehen war, etwas zu überstürzt erfüllt. Ihr ist entgangen, dass der Wortlaut des Wunsches ein wenig zu weit gefasst war.« D'Hoffryn wirkte bedrückter, als sie es je erlebt hatte. »Unerfahrenheit. Unglücklicherweise musste sie erfahren, dass die Formulierung ›allen weiblichen Wesen in der Stadt sollen die Köpfe schmelzen‹ auch sie mit einschloss.«

Anya nickte. »Nicht besonders schlau. Ich nehme an, ihr Kopf – und der des Mädchens – haben sich zusammen mit allen anderen aufgelöst.«

»Wie Kerzenwachs.«

Anya verschränkte die Arme vor der Brust. »Und warum bist du jetzt hier?«

Eines von D'Hoffryns Hörnern zuckte. »Nun, offensichtlich um dir anzubieten, deinen Status als Anyanka, die

Rachedämonin, wiederzuerhalten. Du könntest ihren Platz einnehmen, wieder unsterblich sein und über die Macht des Wunsches verfügen.«

Verblüfft starrte Anya die Kreatur an, während sie sich bemühte, die Dinge zu verarbeiten, die sie soeben gehört hatte. Als sie nicht sofort antwortete, bedachte D'Hoffryn sie mit einem listigen Lächeln. Er strich mit einem dunklen Finger über die Armlehne der Couch, und sein Fingernagel verursachte ein scharrendes Geräusch. »Wie ich sehe, bist du überrascht«, kommentierte er mit funkelnden Augen. »Ohne Zweifel bist du auch unsicher. Du hast dir in dieser Dimension offensichtlich eine angenehme Existenz geschaffen. Aber ganz im Ernst: Willst du dich den Unwägbarkeiten des Lebens tatsächlich als Sterbliche stellen? Sie sind so ... zerbrechlich. Ein schnelles Auto, ein Fehltritt auf der Treppe – du könntest morgen sterben, und wofür?« Der Dämon erfasste die behagliche Einrichtung des Wohnzimmers mit einer ausladenden Geste. »Für die wenigen, bescheidenen Freuden im Leben einer einfachen Kreatur.«

Ihre Kiefer arbeiteten, aber sie brachte keinen Laut über die Lippen. D'Hoffryn bot ihr exakt das an, was sie gewollt hatte ... wann war das? Vor einem Jahr? Vor zwei Jahren? Alles verschmolz in ihren Gedanken, die Monate, die Kämpfe, die Freunde, die Liebe ...

»Warum zögerst du, Anyanka?«, fragte D'Hoffryn, als würde er bereits wissen, was sie dachte. »Du hast mich einmal angefleht, dir deine Macht zurückzugeben, hast mich sogar angebettelt, das Gefüge der Zeit zu falten, damit du deinen alten Status wiedererlangen kannst. Jetzt biete ich dir die Erfüllung deines Herzenswunsches, aber ich höre kein Ja zur Antwort. Genauer gesagt, höre ich überhaupt keine Antwort.«

»Das ... das kommt alles ein bisschen plötzlich«, stammelte Anya. »So unerwartet.«

»Die besten Geschenke kommen immer unerwartet.«

»Ich meine, es gibt Dinge, um die ich mich kümmern müsste«, wich sie aus.

»Dinge?«

»Leute, mit denen ich reden müsste. Ich kann nicht einfach zusammenpacken und verschwinden, ohne irgendjemandem Bescheid zu sagen. So funktionieren die Dinge in dieser Dimension nicht.«

D'Hoffryn musterte sie wenig begeistert. »Ich fühle Unentschlossenheit, Anyanka, und eine Menge davon steht in Verbindung mit einem sterblichen Mann. Vor fünf Jahren war ein Menschenmann für dich nicht mehr als eine Kakerlake, deren einzige Bedeutung in dem Knirschen unter deiner Schuhsohle gelegen hat. Jetzt hängt deine ganze Existenz, deine Zukunft als Unsterbliche, an einem Wesen mit einer erbärmlich geringen Lebensspanne.« Er bedachte sie mit einem angewiderten Blick. »Du würdest tatsächlich die Ewigkeit für eine Kreatur opfern, deren Lebenskraft innerhalb eines Augenblicks ausgelöscht werden kann?«

»Ich habe nicht gesagt, ich würde irgendetwas opfern ...«

»Ich werde in drei Tagen zurückkehren und mir deine Antwort holen«, unterbrach D'Hoffryn. »Die Zeit sollte reichen, damit du über deine derzeitige Existenz nachdenken und sie mit dem Luxus vergleichen kannst, der darin besteht, zu wissen, dass du niemals sterben wirst.« Er schenkte ihr ein weiteres, düsteres und zahnreiches Lächeln, wenn auch sein Ton ganz und gar nicht erfreut klang. »Überleg es dir gut, Anyanka. Zweite Chancen werden so genannt, weil sie kein drittes Mal gewährt werden.«

Für einen Augenblick fühlte sie ein Vibrieren auf ihrer Haut, als wäre sämtliche Luft aus dem Raum abgesaugt worden, dann war der Dämon verschwunden.

Anya saß noch immer auf der Armlehne der Couch und starrte zu der Stelle, an der D'Hoffryn gestanden hatte, als Xander die Tür aufschloss und mit der Pizza hereinkam. Bei ihrem Anblick erschrak er und legte die Pizza auf dem

Couchtisch ab. »Hey, was ist los?«, fragte er. »Du hast diesen *Ich-habe-einen-Geist-gesehen*-Ausdruck in den Augen, den wir alle kennen und verabscheuen.«

Anya blinzelte und klappte den Mund auf, um ihm zu erzählen, was vorgefallen war, doch im letzten Augenblick stellten sich ihr die Worte quer, und sie sagte: »Ich habe nur hier gesessen und daran gedacht, wie hungrig ich war.«

Xander grinste. »Ich hoffe, dieses *war* ist in Wahrheit ein *bin*, weil ich dagegen ein sicheres Mittel habe.« Mit großer Geste deutete er auf den Pizzakarton. »Ta-dah – *Julio's* Supreme Supremo. Heiß und frisch geliefert, direkt auf deinen Couchtisch von Xanders Lieferservice.«

»Toll. Ich hole Servietten und etwas zu trinken.« Sie ließ ihn allein, wohl wissend, dass er mit dem Essen anfangen würde, bevor sie zurück war. Warum hatte sie ihm nur nicht von D'Hoffryns Besuch erzählt?

Die Antwort lag auf der Hand.

Oder nicht?

Eigentlich nicht, und genau darum hatte sie auch den Mund gehalten. Hätte sie dem Dämon mit einem klaren und deutlichen Nein geantwortet, dann hätte sie die ganze schäbige kleine Geschichte einfach so ausplaudern können, und sie hätten gemeinsam darüber gelacht – »Kannst du dir vorstellen, ich würde je wieder ein Rachedämon sein wollen?« Aber das hatte sie nicht getan, nicht wahr? Ebenso wenig hatte sie zugesagt. Und im Augenblick wusste sie schlicht und ergreifend nicht, was sie sagen würde.

Mensch.

Oder Dämon.

Kümmerlich kurze Lebensspanne.

Oder Unsterblichkeit.

Eigentlich sollte ihr die Wahl nicht schwer fallen, und doch tat sie es. Ihre Situation war eine andere als früher geworden, eingesponnen in Emotionen und Gefühle und Freundschaft und Liebe und Loyalität und Wünsche, Dinge, die etwas ganz anderes bedeutet hatten, als sie noch Anyanka gewesen war. Für Anyanka war all das ... Treibstoff, der Stoff, von dem Hass und Zorn zehrten und der ihre Existenz überhaupt erst notwendig gemacht hatte. Auch in diesem Dasein waren all diese Dinge eine Art Treibstoff, und trotzdem war alles anders, denn die Flammen, die dieser Treibstoff hervorbrachte, hatten nun eine völlig andere Farbe. Die Emotionen machten ihre Existenz nicht länger notwendig, sie *waren* ihre Existenz.

Eine süße Existenz, die aber in ihrer Dauer arg begrenzt war.

Durfte sie die Unsterblichkeit wirklich für ein paar Jahrzehnte eines fragwürdigen Glücks eintauschen? Und was, wenn sie gar nicht so viel Zeit bekam? Wie D'Hoffryn gesagt hatte, konnte nur ein falscher Zug – ein betrunkener Fahrer, ein Fehltritt, vielleicht sogar irgendein scheußlicher, mikroskopisch kleiner Bazillus oder ein Virus kommen – und sie war Geschichte. Geschichte? Weniger als das, denn niemand würde sich dafür interessieren, ob eine Frau namens Anya Jenkins lebte oder nicht. Als Sterbliche war sie nur ein Echo-Impuls im ewigen Lauf der Zeit, ein unsichtbares Stäubchen im Auge der Existenz. Doch wenn sie wieder ein Dämon würde, dürfte sie eine weitaus größere Zeitspanne zugebilligt bekommen.

»Anya?«, rief Xander aus dem Nebenzimmer. »Hey, ich dachte, du wärest hungrig. Besser, du kommst her, bevor ich deine Hälfte der Pizza auch noch verschlungen habe.«

»Komme.« Noch als sie zu ihm eilte, wurde ihr klar, dass sie viel zu lange am Küchentisch gestanden hatte. Die Papierservietten in ihrer Hand waren inzwischen ganz zerdrückt. Hör ihn dir an – Xander hört sich so glücklich an ... so selbstsicher, dachte sie. Und warum auch nicht? Für ihn lief alles wie am Schnürchen – er war, was er war, und vorausgesetzt, er wurde nicht durch irgendwelche unerwarteten Nackenschläge aus dem Tritt gebracht, so war sein weiterer Weg ziemlich klar. Mensch sein, sterblich sein, das war, was er kannte und akzeptierte und erwartete. Sie hingegen hatte einmal den Geschmack von etwas viel Umfassenderem gekostet.

Und jetzt war sie gar nicht mehr so sicher, ob sie diesen Geschmack nicht zurückhaben wollte.

# 6

»Gibt es irgendwelche Neuigkeiten?«, fragte Buffy, als sie gemeinsam mit Dawn die *Magic Box* betrat. Beide waren mit Büchern bepackt. »Vorzugsweise von der Problem-gelöst-Sorte?« Ohne eine Antwort abzuwarten, brachte sie ihre jüngere Schwester zu einem Tisch. »Hausaufgaben!«, kommandierte sie in strengem Ton. »Wir haben gestern Abend genug gefaulenzt. Außerdem weiß ich, dass du nächsten Freitag einen Trigonometrie-Test bei Mr. Beach schreiben musst.«

»Oooooh«, machte Willow. »Und Thanksgiving ist nur noch ein paar Wochen hin. Er wird total komisch, weil er den Geruch von Truthahnsandwiches nicht leiden kann und jeder mit den Dingern in die Schule kommt. Wenn dann noch dein Notendurchschnitt sinkt, dann fällt er nach den Ferien erst richtig über dich her.«

Lange sagte niemand ein Wort.

»Ich weiß, dass das irgendeinen Sinn ergeben sollte«, erklärte Xander schließlich. »Ich kann nur den Ordner mit der Aufschrift ›Logik‹ gerade nicht finden.«

»Es ist wahr«, beharrte Willow. »Warte nur ab. Das passiert jedes Jahr.«

»Vielleicht hat er in der Kindheit schlimme Erfahrungen machen müssen«, meinte Tara. »Ferien sind nicht immer schön.« Ihr Gesichtsausdruck verriet, dass ihre es nicht gewesen waren, und Willow ergriff instinktiv ihre Hand und drückte sie.

Xander legte den Kopf schief. »Vielleicht wurde er das Opfer von zu viel Kartoffelbrei mit Bratensoße.«

Dawn verzog das Gesicht. »Iiiihhh.«

»Hey, du magst doch Bratensoße«, protestierte Buffy.

Dawn warf ihr langes Haar zurück. »So aber nicht.«

»Können wir bitte zum Thema zurückkehren?«, unterbrach Giles sie. »Wir sollten nicht vergessen, dass hier eine Frau herumläuft, die eine potentielle Mörderin ist. Buffy, hast du schon von Angel gehört? Kannst du ihn nicht noch einmal anrufen?«

Buffy schüttelte den Kopf. »Nichts, bis jetzt, und ich habe schon mehrmals versucht, ihn zu erreichen, aber leider geht immer nur der Anrufbeantworter an.«

»Dann ist er wohl unterwegs, um die Welt zu retten, wie es sich für einen tapferen Vampirdetektiv gehört«, kommentierte Xander spöttisch und sah sich nach Anya um, doch die starrte nur Löcher in die Luft und achtete gar nicht auf die anderen.

»Nun, ich bin überzeugt, er wird sich früher oder später melden.« Der ehemalige Bibliothekar deutete auf einige Stapel alter, ledergebundener Bücher. »Entgegen Spikes Kommentaren, bin ich auf recht umfangreiche Informationen gestoßen. Meine Nachforschungen haben ergeben, dass ...«

»Mir wurde schon viel nachgesagt, aber nie, dass ich unsichtbar wäre«, sagte Spike und schlenderte aus dem Hinterzimmer herbei. »Ich wäre Ihnen wirklich verbunden, wenn Sie mich ansehen würden, wenn Sie über mich sprechen.«

»Ich kann kaum fassen, was wir für ein Glück haben«, kommentierte Giles verärgert. »Nun, wie ich schon sagte, habe ich selbst einige Nachforschungen angestellt, überwiegend allein.« Er bedachte Anya mit einem beinahe schelmischen Blick, doch die war immer noch voll und ganz mit sich selbst und ihren Gedanken beschäftigt und hatte ihn nicht gehört. »Gewisse Personen in diesem Raum scheinen heute anderweitig beschäftigt zu sein.«

Als sie immer noch nicht reagierte, streckte Xander die Hand aus und zupfte an ihrem Arm. »Anya ...«

»Was?«, schnappte sie und richtete sich dann kerzengerade auf, als ihr bewusst wurde, dass sie von allen Seiten angestarrt wurde. »Was?«, fragte sie noch einmal. »Was starrt ihr alle so? Ich habe meine Arbeit heute ordnungsgemäß erledigt. Ich habe Kunden geholfen, ihr Geld auszugeben, und ich habe mich um den Warenbestand gekümmert. Ich weiß nicht, wer diese Frau ist oder was sie von Buffy will, warum soll ich mir also darüber Sorgen machen?«

Xander wippte mit seinem Stuhl zurück und musterte sie. »Beispielsweise, weil sie dich in einer gewissen Nacht umbringen wollte, falls du dich erinnerst?«

Anya schlug so heftig mit der Hand auf den Tisch, dass Tara und Willow erschrocken zusammenzuckten. »Ich kenne sie doch überhaupt nicht«, schimpfte sie. »Ich gehe nach oben und staube die Regale ab.«

»Ziemlich reizbarer kleiner Ex-Dämon, findet ihr nicht?«, bemerkte Spike.

Giles runzelte die Stirn, während er und die anderen zusahen, wie Anya die Stufen emporstampfte und aus ihrem Blickfeld verschwand. »Ich verstehe nicht, was in sie gefahren ist.«

»Ich auch nicht«, sagte Xander kopfschüttelnd. »Vorhin, zu Hause, habe ich die beste Pizza von *Julio's* geholt, die wir je gegessen haben, und sie hat sie kaum angerührt. Es gibt Augenblicke des Genusses, die man sich einfach nicht entgehen lassen kann.«

»Vielleicht hat sie diese ganzen Nachforschungen einfach satt«, meinte Willow, deren Augen riesengroß wurden, als Giles sie scharf von der Seite anblickte. »Nicht, dass ich sie satt hätte, nein, so habe ich das überhaupt nicht gemeint.« Sie hielt eines der Bücher hoch und schenkte dem ehemaligen Wächter ein strahlendes Lächeln. »Stets bereit zu helfen, das bin ich. Nennen Sie mich einfach Miss Nachforschung.«

»Nun, wir können noch ein bisschen weitergraben, aber jetzt haben wir erst einmal das, was ich bisher zusammentragen konnte, und vielleicht kann Willow die Informationen am Computer überprüfen.« Giles stapelte die Bücher auf dem Tisch aufeinander, bis er die Bände gefunden hatte, die er brauchte, und die er bereits mit Buchzeichen aus gefaltetem Papier versehen hatte. »Ich habe einige Hinweise auf eine Vampirdame erhalten, die nicht nur wegen ihrer Kraft und ihrer Bösartigkeit berüchtigt ist, sondern auch wegen ihrem Hass gegenüber Lebenden *und* Untoten. Die Berichte sind vage, und es gibt keine Bilder von ihr – wer auch immer sie ist, sie will offensichtlich nicht enttarnt werden. Trotz zahlreicher Nachforschungen über viele Jahre scheint niemand ihren wirklichen Namen zu kennen oder zu wissen, wann sie ursprünglich gelebt und wer sie zum Vampir gemacht hat.« Er bedachte Spike mit einem bohrenden Blick. »Ich nehme nicht an, dass die Informationen auf den Straßen, die du gestern Abend sammeln wolltest, etwas Neues erbracht haben?«

»Noch nicht«, antwortete Spike und inspizierte unbeeindruckt seine Fingernägel. »Aber das werden sie noch. Ich habe meine Quellen. Warten Sie es einfach ab.«

»So, so. Nun, während wir auf deine Quellen warten, haben meine – ich glaube, du hast sie als vergilbte Altpapierstapel bezeichnet – mir verraten, dass unsere bissige Besucherin das letzte Mal vor fast fünfzig Jahren in Polen gesichtet wurde.« Giles schlug das letzte Buch auf seinem Stapel zu. »Es ist nur ein kurzer Bericht vorhanden, aber damals war sie unter dem Namen *Catia* bekannt.«

»Also hat unsere geheimnisvolle Frau einen Namen«, kommentierte Buffy. »Zumindest einen, den sie vor einem halben Jahrhundert mal benutzt hat.«

Tara runzelte die Stirn. »Aber wo war sie in der Zwischenzeit? Sind Sie sicher, dass das dieselbe Person ... äh, Blutsaugerin ist?«

»Das ist die Eine-Million-Dollar-Frage, nicht wahr?« Spike beugte sich vor. »Aber ich wette, sie ist es.«

Nun setzte Willow eine verwirrte Miene auf. »Aber warum soll sie ihre Identität verbergen wollen? Ich meine, Vampire sind doch sonst immer so stolz auf ihre tollen bösen Taten und geben überall damit an, oder nicht?«

»Nicht alle«, sagte Buffy leise.

»Ich glaube nicht, dass dein Ex-Liebhaber in der gleichen Liga spielt wie die Frau, mit der Anya diesen kleinen Zusammenstoß hatte«, bemerkte Spike sarkastisch. »Nach den Geschichten, die ich gehört habe, hat dieses Vögelchen nicht die geringste Scheu zu morden.«

Dawn hatte die ganze Zeit keinen Ton von sich gegeben und ausgesehen, als würde sie ernsthaft lernen. Nun hob sie plötzlich den Kopf. »Also habt ihr eigentlich keine Ahnung.«

Buffy drehte sich zu ihr um. »Was?«

»Ihr habt keine Ahnung«, wiederholte Dawn. »Keiner von euch. Ihr wisst nicht, wer sie ist, warum sie hier ist oder was sie von Buffy will.« Sie zuckte die Schultern. »Spike sagt, sie ist ein Vampir, aber überlegt mal, woher er die Info hat – von irgendeinem gruseligen Dämon in einer Bar. Das nenne ich verlässlich.«

»Sollst du nicht Hausaufgaben machen?«, fragte Xander.

»Ja.« Dawn setzte ihr süßestes Lächeln auf. »Und ich glaube, ich komme viel besser voran als gewisse Leute mit einer anderen Sache.«

»Kümmer du dich um die Mathematik, wir kümmern uns um die Monster«, konterte Xander. »Und niemals treffen sich die zwei.«

»Beiden«, sagte Willow.

»Was?«

»Niemals treffen sich die beiden.«

Tara lächelte amüsiert über Willow und Xander, dann blickte sie zu der Stelle, an der Anya gesessen hatte. »Mmm, was ist mit Anya?«

»Gute Frage«, sagte Giles. »Xander, bist du sicher, dass sie nicht mit ...«

»Bestimmt nicht.« Xander schüttelte nachdrücklich den Kopf. »Es sei denn …« Seine Augen verengten sich, als sein Blick Spike suchte und fand. »Du bist sicher, dass diese Catia ein Vampir ist, richtig? Ich habe Anya nur zwanzig Minuten in unserem Appartement allein gelassen, als ich die Pizza geholt habe.«

Spike schien beleidigt zu sein, dass seine Information in Frage gestellt wurde. »Ich habe es aus einer verlässlichen Quelle, nicht nur von diesem widerlichen Dunphy. Der Barkeeper hat auch schon von ihr gehört.«

»Anya verhält sich merkwürdig, seit ich von *Julio's* zurückgekommen bin.« Xander fuhr sich mit den Fingern durch das Haar und zuckte die Schultern. »Vielleicht ist sie sauer, weil ich sie allein gelassen habe, aber es war schließlich ihre Idee. Ich wäre nicht gegangen, wenn sie gesagt hätte, dass sie das nicht will – außerdem habe ich ihr angeboten, mitzukommen, aber sie wollte nicht. Und als ich nach Hause kam, war alles in Ordnung, alle Schlösser gesichert, alle Schwellen unberührt.«

Dawns Kopf ruckte von ihrer Hausarbeit hoch. »Falls das *Star Trek* sein soll, zitierst du falsch.«

»Meinetwegen.«

»Ich nehme an, es geht ihr gut«, sagte Giles. »Wahrscheinlich ist sie nur ein bisschen verunsichert. Vielleicht …«

»Ich will jetzt nach Hause fahren«, verkündete Anya, die plötzlich am Geländer stand.

Giles zuckte tatsächlich ein wenig zusammen. »Wie macht sie das nur?«

»Ich bin müde, ich will duschen, und ich will ins Bett«, fuhr sie fort, während sie die steile Treppe hinunterkletterte und neben Xander trat.

»Klar«, erwiderte jener. »Nach Hause ist in Ordnung. Warm und heimelig. Heißes Wasser, Essen und …«

»Ich will heute Nacht keinen Sex.«

Willow grinste, als sie sah, wie Xanders Kiefer zu arbeiten begannen. »Anya ...«

»Ich weiß«, fiel sie ihm ins Wort. »Du hast gesagt, ich soll nicht jedem erzählen, dass wir Sex haben werden. Du hast mir aber nie gesagt, ich soll nicht erzählen, wenn wir keinen haben werden.« Ihr Blick streifte die anderen. »Wir werden keinen Sex haben. Ich glaube, ich sollte jetzt sagen: Ich habe Kopfschmerzen. Aber ich habe keine Kopfschmerzen. Ich fühle mich heute nur nicht nach Sex.«

Xander holte tief Luft. »Okay. Wir sind schon weg.« Anya sah aus, als wollte sie noch etwas sagen, aber Xander zog sie bereits in Richtung Tür. »Sag gute Nacht, Anya.«

»Gute Nacht ...«

»Gute Nacht, Anya«, sagte Dawn kichernd. Dann schloss sich die Tür, und das junge Paar war fort.

»Anya will keinen Sex?«, fragte Buffy erstaunt. »Das ist mal was Neues.«

»Allerdings«, stimmte Spike zu. »Ich dachte, sie wäre die Königin des ...«

»Ich glaube, wir wissen, was du sagen willst«, unterbrach ihn Giles.

»Willst du dich jetzt oder später in Vampirstaub auflösen?«, erkundigte sich Buffy in scharfem Ton und machte einen Schritt in Spikes Richtung.

»Okay, okay.« Spike hob die Hand. »Ich habe den Wink verstanden.«

»Hoffen wir es«, murmelte Giles kaum hörbar und räusperte sich. »Wie auch immer, konzentrieren wir uns auf unsere Aufgabe. Alles, was wir im Augenblick tun können, ist, mehr Informationen über diese Catia zu sammeln.«

»Ich werde Dawn nach Hause bringen und zu Abend essen«, beschloss Buffy. »Falls Angel meine Nachricht erhalten hat, wird er zuerst dort anrufen.«

»Wie häuslich ihr heute alle seid«, spottete Spike. »Ich nehme an, Giles fährt ebenfalls nach Hause, um Tee zu trinken.«

Giles Kinn ruckte hoch. »Das ist eine zivilisierte Gewohnheit, die auch dir gut stehen würde, Spike. Sie könnte dich ein wenig menschlicher machen.«

»Warum zum Teufel sollte ich das wollen?« Spike stemmte sich auf die Beine. »Ich schätze, ich treibe mich besser wieder auf der Straße herum. Irgendjemand muss ja was tun, um wirklich etwas über diese Catia herauszufinden.«

»Tu das nur«, sagte Buffy mit falscher Liebenswürdigkeit. »Ich weiß, du kannst das. Was würden wir nur ohne dich anfangen?«

Für einen Augenblick zögerte Spike, während er überlegte, ob ihre Worte ernst gemeint sein konnten. Dann aber musterte er sie finster. »Spotte nur, Jägerin. Ich sehe hier jedenfalls niemanden, der mehr zu bieten hat als Spekulationen und Altpapier.«

Während Willow und Tara ihre Sachen zusammenpackten, stapfte er wütend zur Tür hinaus. »Ich wollte es nicht in seiner Anwesenheit sagen, Buffy, aber er hat Recht«, sagte Giles.

»Ich weiß.« Buffy wartete auf Dawn, die das Trigonometriebuch und den Schreibblock in ihren Rucksack stopfte. »Aber ich habe das Gefühl, dass Angel heute Abend anrufen wird. Und wenn er das tut, dann bekommen wir endlich die Unterstützung, die wir brauchen, um sie zur Strecke zu bringen.«

»Das hoffe ich«, entgegnete Giles. Er folgte den vier jungen Frauen, schaltete das Licht aus, trat zur Tür hinaus und schloss die *Magic Box* hinter sich ab. »Ich hasse es, mit Scheuklappen in den Kampf zu ziehen.«


Buffy wusste in dem Augenblick, in dem das Telefon klingelte, dass Angel am anderen Ende der Leitung war.

Am Anfang ihres Jägerinnendaseins, zu der Zeit, die sie oft als ihre Ausbildungszeit bezeichnete, hatte sie gewisse

Probleme damit gehabt, die Anwesenheit eines Vampirs zu spüren. Anderen Jägerinnen hatte das offenbar nie besondere Schwierigkeiten bereitet, als wären sie mit einem eingebauten Sensorschalter geboren worden, der sofort auf Alarm schaltete, wenn sich eine der spitzzahnigen Kreaturen auf Rufweite näherte. Eine Weile hatte Buffy überlegt, ob sie wohl gerade in die andere Richtung geschaut hatte, als die zuständigen überirdischen Mächte diesen Teil des heiligen Rüstzeugs verteilt hatten. Aber falls sie tatsächlich aus dem einen oder anderen Grund bei der Verteilung dieser Fähigkeit übersehen worden war, so war es ihr doch gelungen, sie auf eigene Faust zu erwerben, denn inzwischen beherrschte sie diesen sechsten Sinn – sie konnte den großen bösen Vampir sehen, hören, fühlen, schmecken, riechen und ahnen – so gut wie alle anderen Jägerinnen.

Aber hier war ein ganz anderer Sensor am Werk.

Es war beinahe, als würde das Telefon anders klingen, irgendwie tiefer und tönender als das gewöhnliche Rasseln, das entfernte Ähnlichkeit mit einer Türglocke aufwies und seit dem Tod ihrer Mutter so oft erklungen war. Es hatte nicht lange gedauert, und sie hatte dieses Geräusch regelrecht gefürchtet; eine Zeit lang hatte sie jedes Mal, wenn sie den Hörer abgenommen hatte, irgendeiner betrübten und manchmal auswendig gelernten Beileidsansprache lauschen müssen, in deren Verlauf sie erfuhr, dass sie, sollte sie etwas brauchen, nur diesen oder jenen Freund ihrer Mutter bitten müsse, wobei es sich überwiegend um Personen handelte, die ihr vollkommen fremd waren. Nach einer Weile waren die Anrufe seltener geworden und hatten schließlich ganz aufgehört. Wenn das Telefon jetzt klingelte, war es Giles oder einer der wenigen echten Freunde von Joyce Summers, die sich wirklich sorgten, ob ihre Kinder ohne ihre Mom zurechtkamen.

Es war spät, und Dawn war längst im Bett – hoffte Buffy jedenfalls. Als nun das Telefon klingelte, riss sie den Hörer so hastig ans Ohr, dass der Apparat beinahe vom Tisch gefallen wäre. »Hallo?«

»Buffy.«

Dieselbe alte Stimme, derselbe alte Angel. Tausend Erinnerungen schossen ihr samt den zugehörigen Bildern durch den Kopf, als würde jemand fleißig die Kurbel einer altmodischen mechanischen Filmkamera drehen. Überwiegend gute Erinnerungen, dazu ein paar wenige sehr schöne, und alle ausgelöst durch dieses eine Wort. »Hi, Angel.«

»Ich habe deine Nachricht erhalten.«

Sie konnte sich ein Grinsen nicht verkneifen. »Ist mir nicht entgangen.«

»Hör zu, wir müssen über das reden, was du mir auf den Anrufbeantworter gesprochen hast.«

Sein Ton war viel zu ernst, und das Lächeln auf ihren Lippen verblasste augenblicklich. »In Ordnung. Was hast du herausgefunden? Ist Faith irgendwas passiert?«

»Nein, Faith geht es gut. Sie ist immer noch im Gefängnis und tritt vermutlich jedem in den Arsch, der sie auch nur schief von der Seite ansieht.« Nun hatte seine Stimme erheblich lockerer geklungen, aber Buffy konnte ihn beinahe vor sich sehen, wie er den Hörer ans Ohr presste, erpicht darauf, zum Punkt zu kommen. »Es ist jemand anderes, Buffy. Und wenn die Frau, nach der du suchst, die Frau ist, von der ich glaube, dass sie es ist, dann wird sie noch verdammt viel Ärger machen. Die ist sogar in den Dämonenclubs von L.A. Gesprächsthema.«

»Ja, in Clubs reden die Leute über alles Mögliche. Besonders, wenn sie genug Alkohol getankt haben, um die Gerüchteküche richtig anzuheizen.« Sie war vage erleichtert, dass Faith nichts passiert war, und glitt an der Wand herab, bis sie schließlich auf dem Boden saß, und wickelte die Telefonschnur um den Finger. »Außer Trinken und Reden hat die Nachtmannschaft eben nicht viel zu tun, abgesehen davon, Leute umzubringen, natürlich.«

»Buffy, diese Sache ist ernst. Du hast gesagt, du glaubst, ihr Name sei Catia? Wenn das so ist, bin ich ziemlich sicher, dass ich die Frau kenne. Ich bin ihr ein paar Mal begegnet, und wenn sie aus irgendeinem Grund hinter dir her ist, dann solltest du das nicht auf die leichte Schulter nehmen. Ich bin beide Male gerade mit dem Leben davongekommen.«

Buffy setzte sich etwas aufrechter hin. Ihre Aufmerksamkeit war geweckt. »Du kennst sie?«

»Ich *kenne* sie nicht. Von ihrem Namen abgesehen, weiß ich nur, wie es war, gegen sie zu kämpfen. Und das war nicht gut.«

»Wann war das?«

Am anderen Ende kehrte vorübergehend Stille ein. »Vielleicht so um 1960 – ich kann mich nicht an das exakte Jahr erinnern. Ich bin ihr zweimal begegnet, und beim zweiten Mal nur, weil sie mich gejagt hat. Das erste Mal habe ich sie in einem Rasthaus in Nebraska getroffen. Das war damals keine gute Zeit für mich. Es lief aus verschiedenen Gründen nicht besonders gut, und ich habe versucht, die Zeit totzuschlagen, bis ich endlich diese miese kleine Stadt hinter mir lassen konnte. Jedenfalls hat sie versucht, mich umzubringen. Einfach so.«

»Einfach so?«

»Ohne jeden Grund. Genau darum geht es – ihr war es völlig egal, ob ich ein Vampir oder ein Mensch bin. Mir war nicht klar, dass sie eine Blutsaugerin ist, bis sie mich beim Stöbern in der Nähe des Rasthauses erwischt hat. Sie ging auf mich los, und ich habe mich in einen Vampir verwandelt, aber sie ließ sich davon nicht abschrecken.«

Buffy runzelte nachdenklich die Stirn. »Also hat sie sich ebenfalls in einen Vampir verwandelt?«

»Ja. Ich nehme an, sie hat es getan, weil sie gemerkt hat, dass mehr als nur die gewöhnliche Kraft eines Menschen notwendig war, um mich zu überwältigen.«

»Aber du hast gewonnen, also kann sie kein so schlimmer ...«

»Ich bin nur davongekommen, weil ein Pick-up voller grölender Rowdies um die Ecke schoss, die sich einen schönen Abend machen wollten. Damals hatten die Leute Gestelle mit Gewehren an ihren Heckscheiben. Wir sind beide geflüchtet – ich so weit wie nur möglich von ihr weg.«

Buffy dachte nach. »Und dann hat sie dich wieder aufgespürt?«

»Jedenfalls war es kein Zufall, dass sie mich gefunden hat. Sie hat mich gejagt. Wenn man sich ein paar Monate lang auf den Straßen einer Kleinstadt herumtreibt, lernt man die Leute allmählich kennen, und die Leute lernen dich kennen. In der Gegend gab es keine anderen Vampire, also hat sie die armen Schweine ausgehorcht, die wie ich auf der Straße gelebt haben.« Ein düsterer Ton schlich sich in Angels Stimme. »Was sie nach der Befragung von ihnen übrig gelassen hat, war kein schöner Anblick.«

Buffy zerrte immer stärker an dem Telefonkabel, bis sie erkannte, dass das Kabel schon ganz flach war, so sehr hatte sie es gedehnt. »Sie hat sie umgebracht.«

»Acht Männer und eine Frau«, bestätigte Angel. »Alle tot, nur weil sie hinter mir her war. Wenn ich mich recht erinnere, haben die Zeitungen sie damals als ›Pennermörder‹ bezeichnet. Der letzte Kerl, den sie umgebracht hat, hat ihr jedenfalls genug Informationen geliefert, um mich zu finden.«

»Wie ging es weiter?«

»Ich bisschen Pech für sie, eine Menge Glück für mich. Die Leute haben sich zwar wenig aus Pennern gemacht, aber der Sheriff hatte irgendwann genug davon, dass ihm die Stadtbewohner wegen dem Mörder, der immer noch frei herumlief, die Ohren volljammerten, also hat er beinahe jeden Mann in der Stadt zum Hilfssheriff ernannt.«

Die Falten auf Buffys Stirn wurden während des Telefongesprächs immer tiefer. »Falls du damit sagen willst, was ich glaube, dass du sagen willst ...«

»Buffy, der einzige Grund, warum ich heute noch existiere, ist, dass sie auf sie geschossen haben. Ich war dabei zu verlieren. Sie hat auf mich eingeprügelt, wie ich es noch nie zuvor erlebt habe, und ich war nur noch einen Augenblick davon entfernt, ein Stück Holz durch die Brust gestoßen zu bekommen – ja, sie hatte sogar einen Pflock. Eines der städtischen Streifenfahrzeuge ist an der Seitenstraße vorbeigekommen. Sie haben die Schlägerei bemerkt und sind in die Straße eingebogen. Ich lag am Boden, und sie hat ihren Pflock gehoben. Vermutlich sah das Ding für die Leute wie ein Knüppel oder so etwas aus, jedenfalls hat der Hilfssheriff seine Waffe gezogen und auf sie geschossen, ohne sie auch nur anzusprechen. Sie ist aufgestanden, und er hat noch einmal geschossen, und dann ist sie auf ihn losgegangen. Er hat ihr sämtliche Munition in den Leib gepumpt, die er hatte, und schließlich ist sie zusammengebrochen. Der Typ war so fertig mit den Nerven, er hat überhaupt nicht mitbekommen, dass ich abgehauen bin.«

Buffy holte tief Luft. »Aber du glaubst nicht, dass sie tot ist, richtig? Ich meine, sie müssen sie doch ins Gefängnis gesteckt haben, und das Sonnenlicht ...«

Sie glaubte beinahe zu sehen, wie er entschieden den Kopf schüttelte. »Sie ist nicht tot. Ich war schon vier Städte weiter, als ich die Nachricht gehört habe. Sie ist entkommen. Ich nehme an, sie dachten, sie wäre tot. Wahrscheinlich haben sie sie in die städtische Leichenhalle gebracht. Dann ist sie aufgewacht und ... na ja, du kannst es dir vorstellen.«

»Ja.« Buffy verzog das Gesicht, als sie an ihre eigenen Erfahrungen in der Leichenhalle des Krankenhauses von Sunnydale zurückdachte. Selbst die Erinnerungen an ihre Mom waren damit belastet, und was diese Blutsaugerin anging, so dürfte sie die Leichenhalle im Handumdrehen verlassen haben, zumal es niemanden gab, der sie hätte aufhalten können, und vermutlich hatte sie außerdem eine blutige Spur zurückgelassen. »Giles sagt, er glaubt, er hätte Hinweise auf eine mörderische Blutsaugerin in Polen vor ungefähr fünfzig Jahren oder so gefunden. Könnte dieselbe Frau sein. Gibt es irgendjemanden, der weiß, was sie will?«

Angel gab ein Geräusch von sich, dass Buffy während ihrer gemeinsamen Jahre nur zu gut kennen gelernt hatte, ein halb fragendes, halb verärgertes Schnaufen. »Buffy, sie ist hinter dir her!«

Buffys Züge verhärteten sich, und sie stemmte sich vom Boden hoch. »Hey, von mir aus soll sie nur kommen. Ich bin immer bereit, mir eine Sorge vom Hals zu pulverisieren.«

Das Telefon rasselte, und sie fragte sich, ob er den Hörer an das andere Ohr geführt hatte. »Buffy, das ist kein Witz. Diese Frau ist gefährlich. Ihre Kampftechnik ist einfach unglaublich – verstehst du das nicht? Sie hätte mich beinahe umgebracht. Sie ...«

»Zu einer Zeit, in der du in ziemlich miesen Verhältnissen gelebt hast«, unterbrach ihn Buffy. »Du hast selbst gesagt, du hast auf der Straße gelebt und ... was gegessen? Ratten, vermutlich. Niemand kann kämpfen, wenn er nicht genug zu essen hat, nicht einmal du.«

»Ich hatte genug zu essen!« Seine Stimme war unverkennbar lauter geworden und klang beinahe trotzig. »Und mein Kampfstil war völlig in Ordnung.«

»Natürlich war er das.« Ups – ob das gönnerhaft geklungen hatte? »Ich meine, ich habe verstanden, was du mir sagen willst. Also, okay, sie ist eine harte Gegnerin.«

»Hör mal«, sagte er, und Buffy wusste, dass er sich um einen ruhigen Tonfall bemühte. »Ich will nur nicht, dass du verletzt wirst, das ist alles.«

Buffy lächelte. »Danke. Aber ich komme schon klar.«

»Wenn du meinst, du müsstest diese Sache unbedingt

durchziehen und du tatsächlich vorhast, sie zu stellen, dann lass mich nach Sunnydale kommen und dir helfen.«

Einige Sekunden konnte Buffy nur mit offenem Mund dastehen. Sie klammerte sich am Telefonhörer fest. Dann wich sie auf einen Scherz aus, um etwas Zeit zu schinden und zu begreifen, was er gerade vorgeschlagen hatte. »Zwei gegen eine?« Sie lachte leise.

»Seit wann ist das wichtig, wenn es um den Kampf gegen das Böse geht?«, fragte Angel aufgebracht.

»Okay«, gab Buffy nach. »Hör auf. Hör einfach auf.« Sie atmete tief durch. »Ich weiß deine Sorge zu schätzen. Das tue ich wirklich. Es ist süß und ... edel – ja, das ist genau das richtige Wort dafür – von dir, dass du meinst, du müsstest herkommen und mich retten. Aber ich bin die Jägerin. Ich komme allein damit zurecht, Angel. Und wenn ich doch Hilfe brauche, dann habe ich Giles und Willow und den übrigen Haufen, auf den ich zählen kann. Mir wird bestimmt nichts passieren.«

»Toll«, murrte Angel. »Jetzt bin ich also edel.«

»Ich mache dir einen Vorschlag«, sagte Buffy, während sie feststellte, dass sie schon wieder an dem Telefonkabel zerrte, und sich zwang, damit aufzuhören. Eines Tages würde sie das Ding noch abreißen. »Wenn sich herausstellt, dass sie mehr zu bieten hat, als ich einstecken kann, dann rufe ich an. Ich verspreche es.«

Eine Sekunde herrschte Schweigen. »In Ordnung«, sagte er schließlich. »Aber bitte, Buffy, sei vorsichtig. Sei besonders vorsichtig.«

»Das werde ich«, versicherte sie. »Und ich halte dich über alles auf dem Laufenden.« Noch ein paar Nettigkeiten und ein paar Sekunden unbehaglichen Schweigens, dann legte er auf. Buffy schob das Telefon von sich und starrte es an, als könnte sie ihn irgendwie durch die Leitung herbeibeschwören. War dieses Gespräch wirklich so gestelzt verlaufen, wie sie es empfunden hatte? Es war so schade, dass sie nur noch miteinander sprachen, wenn eine dringliche Situation es erforderte. Früher hatten sie über so viele Dinge gesprochen, stundenlang, ohne Unterbrechung, aber jetzt war alles anders. Oder vielleicht auch nicht – sie war immer noch menschlich und die Jägerin, und er war immer noch ein Vampir. Wie lautete noch Willows Zitat? *Und niemals treffen sich die beiden.* Traurig schüttelte sie den Kopf.

Niemals.

Anya konnte Xander in der Dunkelheit atmen hören.

Es war nicht vollkommen dunkel im Zimmer – sie bevorzugte helle Vorhänge, die den Mondschein und das sanfte Licht der Straßenlaternen vor dem Gebäude nicht völlig aussperrten. In der Welt von Sunnydale und dem Höllenschlund gab es eine Menge Dinge, die bei totaler Finsternis viel zu beängstigend waren, und sie und Xander hatten schon vor einiger Zeit beschlossen, dass sie sich ihr Leben weit angenehmer machen konnten, wenn sie auch mitten in der Nacht wenigstens ein bisschen von ihrem Schlafzimmer erkennen konnten. Außerdem stießen sie sich so nicht jedes Mal die Zehen an, wenn sie nachts noch ins Bad mussten.

In Ordnung, dachte sie. Das ist nur eine Frage von Pro und Contra, und genauso werde ich damit umgehen. Ich werde einfach eine mentale Liste zusammenstellen, wie es jede intelligente Geschäftsfrau tun würde, und dann wird mir die Entscheidung viel leichter fallen.

Es gab nur zwei Möglichkeiten, also konnte es nicht so schlimm werden.

Wie D'Hoffryn gesagt hatte, konnte das Leben eines Rachedämons recht angenehm sein. Das wichtigste Pro auf ihrer Liste war die Unsterblichkeit; sie würde ein langes – ein unendlich langes – Leben leben (vorausgesetzt, sie baute keinen Mist, wie diese letzte hohlköpfige Rachedämonin). Das bedeutete, sie konnte die Entwicklung der Welt verfolgen, wie es einem Sterblichen mit seiner jämmerlich knappen Lebensspanne niemals möglich wäre. Samstags sah sie sich morgens gern die Zeichentrickserie *Die Jetsons* im Fernsehen an, eine etwas überholte Geschichte von einer Familie in einer fernen Zukunft. Veraltet oder nicht, Cartoon oder nicht, Anya war überzeugt, dass es eines Tages Häuser auf Stahlbetonstützen geben würde, die Hundert Meter und mehr hoch waren, und dass fliegende Autos alltäglich sein würden. Und sie wollte so gern in einem von ihnen fahren, wenn sie endlich erfunden waren.

Der Nachteil war, dass sie keinen Bekanntenkreis mehr haben würde, keinen Giles, mit dem sie arbeiten konnte, und bestimmt keinen Mann wie Xander, mit dem sie ihre Zeit verbringen und Gefühle auf menschliche Art teilen konnte. Die Leute hatten üblicherweise ziemliche Schwierigkeiten, eine dauerhafte Freundschaft zu einem Rachedämon aufzubauen, was umso mehr für eine romantische Beziehung galt. Aber jetzt, nachdem sie die Vorzüge menschlicher Beziehungen gekostet hatte, physisch wie emotional, würde sie da noch zufrieden sein können, wenn sie auf all das verzichten müsste?

Was Xander betraf, war das Pro ziemlich offensichtlich – bedingungslose Liebe, eine scheinbar endlose Geduld, wenn es um ihre Integration in die Gesellschaft ging (obwohl sie nicht so ganz verstand, was die anderen an ihrem Verhalten so falsch fanden), die Möglichkeit zukünftiger Bindung und Fortpflanzung, ein Gedanke, der alle möglichen unerklärlichen, warmen und kribbeligen Gefühle in ihr wachrief.

Andererseits könnte er sich auch als unaufrichtig erweisen, als gemein, oder er wurde fett und faul – so etwas hatte sie als Anyanka Tausende von Malen gesehen. So viele Männer, die anfangs viel versprechend erschienen, offenbarten später ihre wahre Natur, als besäßen sie eine Art natürlicher Tarnkappe, mit der sie die Frauen, die sich in sie verliebten, blendeten. War sie auch ohne ihr Wissen geblendet worden? Besaß ihr Xander etwa ebenfalls eine solche Tarnkappe?

Wenn ja, dann sollte sie auf der Stelle verschwinden, um sich vor dem Herzschmerz zu schützen, der unweigerlich auf sie zukommen würde.

Aber wie konnte sie sicher sein, was passieren würde? Wenn sie wirklich ehrlich war, musste sie zugeben, dass es in dieser Dimension viele Frauen gab, die einen vertrauenswürdigen, treuen und verlässlichen Partner gefunden hatten, der gut zu ihnen passte. Manche von ihnen empfanden sogar echte Liebe.

Aber wo war die Garantie dafür, dass Xander zu diesen perfekten Partnern zählte?

Andererseits, wer sagte, dass er das nicht tat?

Er bewegte sich neben ihr, als ahnte er ihre sorgenvollen Gedanken. Anya spürte, wie die Matratze in der Mitte herabsank, da Xander näher rückte, einen Arm um ihre Taille schlang, sich ankuschelte und im Schlaf etwas murmelte, das sie nicht verstehen konnte. Es hatte geklungen wie »... liebe dich«, aber wieder konnte sie nicht sicher sein. Sie konnte sich bei so vielen Dingen nicht hundertprozentig sicher sein.

Das würde eine sehr lange Nacht werden.


Das Haus war still wie eine Gruft und ebenso dunkel, und um fünf Uhr morgens hielt Buffy es nicht länger aus. Aus purer Gewohnheit zog sie sich, absolut lautlos und ohne das Licht einzuschalten, an. Seit ihre Mutter gestorben war, war sie üblicherweise nur im Notfall allein weggegangen. Die Möglichkeit, auch Dawn zu verlieren, saß ihr beständig im Nacken, sobald sie aus dem Haus ging und Dawn allein zurückließ. Normalerweise sorgte sie dafür, dass jemand auf Dawn aufpasste, wenn sie fort musste, aber auch das ging nicht immer; nicht nur, dass die Anzahl der Babysitter beschränkt war, ihr Baby ging schon an die Decke, wenn es das Wort ›Babysitter‹ nur hörte. Vielleicht würden sich die Dinge eines Tages wieder ändern, aber zurzeit wollte Buffy Dawn so weit wie möglich unter Kontrolle haben. Nun aber, während sie das Gespräch mit Angel immer wieder in Gedanken durchspielte, musste sie einfach raus, um endlich wieder einen klaren Kopf zu bekommen.

Ein kurzer Blick in Dawns Zimmer, nur zur Sicherheit, und schon ging Buffy hinunter, schlüpfte zur Tür hinaus und vergewisserte sich, dass sie wieder sicher verschlossen war – den Weg durch das Fenster im Obergeschoss hatte sie sich abgewöhnt. Sie durfte nicht riskieren, dass irgendjemand – oder irgendetwas – außer ihr diesen Weg als einfachen Zugang nutzte, und sie wollte eine verschlossene Tür zwischen der Welt und ihrem kleinen Reich wissen. Draußen wehte ein feuchtkalter Wind, und Buffy fror ein wenig, als sie die Straße hinunterging und dachte, dass es an der Zeit war, die warmen Klamotten wieder herauszukramen. Thanksgiving stand vor der Tür, und Weihnachten war auch nicht mehr weit. Wie merkwürdig würden die Feiertage ohne ihre Mutter sein, und wie traurig. Würde ihr Dad dieses Jahr von sich hören lassen? Sie würden es abwarten müssen.

Abgesehen von dem Laub, das der Wind durch die Stadt trug, war an diesem Morgen nicht viel los in Sunnydale. Ein im Untergehen begriffener Halbmond stand am Himmel, der jedoch nicht sonderlich dazu beitrug, die Lichtverhältnisse zu verbessern. Hier und dort summte eine Straßenlaterne, wetteiferte mit dem Rascheln der Büsche und dem Knistern der Blätter unter ihren Füßen. Alles in allem war es verdammt einsam, und der Gedanke an das Gespräch mit Angel machte die Sache nur noch schlimmer.

Die Nachbarhäuser lagen da wie ausgestorben, nicht einmal ein Vampir ließ sich blicken. Es war so still, dass sich sogar die Straßenkater versteckt hatten. Buffy wusste, dass es im weiteren Umfeld auch nicht anders aussehen dürfte, also schlug sie die Richtung zu ihrer alten Zufluchtsstätte ein, dem Friedhof. Davon gab es einige – Sunnydale war zweifellos reich an Friedhöfen – aber die beste Wahl stellte immer der größte von ihnen dar. Außerdem war das der Friedhof, den sie am besten kannte, und, falls man das von so einem Ort überhaupt sagen konnte, sie fühlte sich dort ebenso zu Hause wie an jedem anderen Ort. Ihre Mom war hier begraben, und dann und wann, wenn sie sich in der Lage fühlte, damit umzugehen, kam Buffy im Mondschein zu ihrem Grab und dachte an all diese Dinge wie Leben und Tod und die Mächte des Universums, die eine tote Person herumlaufen und reden und fühlen ließen, dafür aber einen entsetzlich hohen Preis forderten. Diese Mächte existierten zweifellos – irgendwie konnten Seelen zurückgebracht und wieder eingesetzt werden, und manchmal schien das so lächerlich einfach zu sein, so einfach, wie ein Buch zurück ins Regal zu stellen. Das bedeutete, wenn die Seele den Körper verließ, musste sie irgendwo hingehen, aber wenn sie nicht in der Hölle landete, wo landete sie dann? Und warum konnte man nie eine Spur von ihr sehen?

All diese Fragen waren schwerwiegend und viel zu kompliziert, als dass Buffy sie allein hätte beantworten können. Andererseits waren sie auch sehr wichtig; vielleicht sollte sie Giles eines Tages danach fragen ...«

»Nur *eine* Frau würde sich in einer Stadt wie dieser mitten in der Nacht allein auf den Friedhof wagen«, sagte eine samtweiche Stimme hinter ihr. »Du musst Buffy Summers sein, die Jägerin.«

Buffy wirbelte um die eigene Achse und nahm instinktiv Kampfhaltung ein, aber die Frau war noch gute zehn Meter von ihr entfernt. Seltsam, wie die feuchte Luft kurz vor Anbruch der Morgendämmerung Geräusche herbeitrug – Buffy hätte schwören können, dass die Worte gerade einen Meter hinter ihr gefallen waren. »Wer bist du?« Sie wollte es sich nicht anmerken lassen, aber die Art, wie sich die Frau an sie herangeschlichen hatte, hatte sie ziemlich erschüttert und Angels Warnungen eine Menge an zusätzlichem Gewicht verliehen.

»Du kennst mich nicht«, antwortete die Fremde mit einem sorglosen Schulterzucken. Dann fuhr sie sich mit beiden Händen durch die rotblonden Haare, die im Mondschein einen rosaroten Schimmer erhielten, um ihre stachelige Frisur aufzufrischen. Gekleidet war sie in einem Hip-hop-Outfit, das Buffy nur zu gern anprobiert hätte, wäre sie einen Kopf größer gewesen. Derartige Probleme hatte dieses Mädchen nicht mit ihrer lässigen Kombination; sie erinnerte Buffy an den Aufdruck auf einem T-Shirt, das sie mal gesehen hatte: Betty Boop in einer Armyhose und Stiefeln unter einem schwarzen Sport-BH.

»Ich weiß genau, wer du bist«, konterte Buffy. »Catia, nicht wahr?«

Die andere Frau lächelte und zeigte ihre strahlend weißen Zähne, die hervorragend zu ihrer makellosen elfenbeinfarbenen Haut passten. Ihre Augen waren dunkel, aber Buffy glaubte, einen Hauch Braun zu erkennen; im Tageslicht – was natürlich unmöglich war – würden sie vermutlich in einem warmen schokoladenbraunen Farbton schimmern. Wer auch immer sie war, Buffy konnte sich gut vorstellen, dass sie früher so manches männliche Herz – menschlicher Art – hatte schneller schlagen lassen. »Catia – den Namen habe ich schon lange nicht mehr gehört. Heute nenne ich mich Celina.«

»Interessant. Und der Nachname?«

Celina zuckte die Schultern. »Das ist so lange her. Sagen wir einfach, ich habe ihn vergessen.«

Buffy zog ihren guten alten spitzen Freund aus Holz aus der Tasche. »Zu schade, dass deine Erinnerung mit der Zeit nachgelassen hat. Namenlos zu sterben ist wirklich traurig. Auf diese Weise wird man so leicht vergessen.«

Celinas Lächeln wurde erst breiter und verwandelte sich dann plötzlich in ein höhnisches Grinsen. »Dann nehme ich an, dass man sich an dich erinnern wird.«

Sie sprangen gleichzeitig und krachten in der Luft zusammen.

Als sie zu Boden fielen, verfehlte Buffys Stoß mit dem Pflock das Ziel gleich meilenweit – Celina war schlicht und einfach nicht da. Buffy dagegen war offensichtlich genau an der Stelle, an der sie nicht hätte sein sollen; es ging so schnell, dass sie die Bewegung nicht einmal sah, dafür fühlte sie den Handkantenschlag, der sie links unterhalb des Kiefers erwischte, umso deutlicher. Hätte sie nicht schon vor langer Zeit gelernt, ihre Kehle mit dem Kinn zu schützen, dann hätte dieser Schlag vollkommen gereicht, ihr die Luftröhre einzudrücken.

Sie rollte sich zur Seite ab, doch als sie wieder hochkam, musste sie feststellen, dass Celina längst wieder auf den Beinen war und sie, auf einen neuen Kampf gefasst, bereits erwartete. Buffy war nicht gewillt, einen weiteren Zusammenprall in der Luft zu riskieren, daher stürzte sie sich auf die Beine ihrer Gegnerin, um sie mit einem Ringergriff zu fällen. Celina kam ihr zuvor, indem sie beide Hände zwischen Buffys Schulterblätter hämmerte, als diese auf sie zukam – bei einem normalen Menschen hätte der Hieb gereicht, das Schlüsselbein zu brechen wie einen Zahnstocher. Buffy grunzte, griff aber sofort nach Celinas Unterarmen und riss sie zurück, sodass die Blutsaugerin über sie stürzte. Sie versuchte, ihre Arme festzuhalten, aber der Schwung löste ihren Griff, und als sie sich umdrehte, war Celina bereits aufgesprungen und lächelte auf sie herab.

Schon wieder.

»Bereit für die zweite Runde?«, fragte sie höflich.

»Nur eine kleine Unannehmlichkeit«, giftete Buffy zurück.

Celina lachte, und Buffy sprang und schlug sofort zu. Die

Vampirin wich zur Seite aus, und der erste Hieb erwischte nur ihren Wangenknochen; der linke Haken, den Buffy nachsetzte, landete in der Luft, und im nächsten Augenblick war sie schon am Boden und starrte aus großen Augen zum Himmel empor. Celinas Knie hatte einen furchtbaren, hämmernden Schmerz in ihrem Magen hinterlassen, aber Buffy hatte keine Zeit, sich darüber Gedanken zu machen. Sie rollte sich nach rechts ab und entkam gerade noch einem zweiten Zusammenstoß mit dem Knie der Blutsaugerin, das dieses Mal allerdings ihre Rippen getroffen hatte. Celina griff nach ihr, und Buffy rammte ihr den Ellbogen ins Gesicht und stemmte sich hoch. Sie fühlte sich, als wäre ihr ganzer Unterleib brutal durchgeschüttelt worden, aber an Aufgeben war nicht zu denken.

Das Pulsieren in ihrem Bauch, das mit jeder Sekunde schlimmer wurde, verlangsamte ihre Reaktionszeit um eine Haaresbreite zu viel, und als Celina erneut angriff, hatte Buffy ihre Deckung nicht schnell genug oben, um den Schlag abzuwehren. Die Fingerknöchel der Blutsaugerin trafen ihren Mund heftig genug, ihren Kopf zurückzuschleudern und sie das Blut aus ihrer aufgeplatzten Lippe kosten zu lassen. Und Celina schlug noch einmal zu, dieses Mal mit einem Aufwärtshaken, der Buffy den Boden unter den Füßen fortriss.

Es ging zu schnell, als dass sie sich hätte abrollen können, und daher traf sie auf dem Boden auf. Sie bekam die ganze Wucht des Aufpralls zu spüren. Keine halbe Sekunde später stand Celina breitbeinig über ihr, einen Stiefel auf jeder Seite von Buffys Hüften. »Das war viel zu leicht«, höhnte sie. »Du bist eine Jägerin. Ich dachte, du wärest gut.«

Buffy fühlte, wie ihre Wangen vor Wut entflammten, und sie versuchte, sich auf einen Ellbogen zu stützen, aber Celina hob einen Fuß und stieß sie auf den Boden zurück. »Oh-oh«, machte sie. »Böse kleine Jägerin. Platz, Mädchen. Und bleib.«

Trotz der heftigen Schmerzen fühlte Buffy, wie die Demütigung alles andere überlagerte. Wer glaubte dieses Weib zu sein, mit ihr wie mit einem Hund zu sprechen? Sie fegte den bestiefelten Fuß der Blutsaugerin zur Seite und stemmte sich hoch, um den Vorteil jenes Sekundenbruchteils zu nutzen, in dem Celina aus dem Gleichgewicht geraten war…

… und irgendwie wurde alles noch schlimmer.

Buffy glaubte bereits, alles im Griff zu haben, als Celinas Beine nachgaben. Unglücklicherweise erwies sich der Sturz als absolut kontrolliert; im Fallen drehte sich die Vampirdame zur Seite und verhakte einen Fuß an Buffys Nacken. Das andere Bein glitt unter eine Schulter, als Celina ihren Körper verdrehte, mit ihrem ganzen Gewicht auf Buffys Brustkorb landete und den Schwung nutzte, um sich erneut zu drehen.

Und plötzlich lag Buffy mit dem Gesicht nach unten am Boden, beide Arme und Beine von Celinas Gliedern umschlungen, und konnte sich nicht mehr rühren.

»Wie geht es dir da unten, Buffy Summers?«, fragte Celina leutselig. »Nicht sehr bequem, oder?«

Anstelle einer Antwort versuchte Buffy, sich zu befreien, was ein großer Fehler war; Schmerz raste durch die Gelenke an Schultern und Hüften, und ihr Hals fühlte sich an, als müsste er jeden Moment brechen. Sie steckte in echten Schwierigkeiten. In lebensgefährlichen Schwierigkeiten.

»Siehst du?«, fuhr die Blutsaugerin im Plauderton fort. »Jeder schimpft über das Alter, dabei hat es durchaus seine Vorteile. Alt zu werden ist gar nicht so schlecht, wenn man seine Zeit sinnvoll zu nutzen weiß, und das nennt man Erfahrung.« Sie lüftete das obere Bein gerade weit genug, dass Buffy den Kopf drehen und ihr Gesicht sehen konnte. Sollte es ihr Probleme bereiten, Buffy so am Boden zu halten, so war es ihr nicht anzusehen. Sie wirkte nicht einmal angestrengt, als sie den Würgegriff ihres Beins an Buffys Hals wieder verstärkte. Die einzige halbwegs positive Erkenntnis für Buffy war, dass Celina nur noch eine Hand frei hatte. Mehr brauchte die Blutsaugerin allerdings auch nicht, um sie umzubringen.

»Falls du dich fragst, wie du in diese missliche Lage geraten konntest, es liegt an der unglaublichen Kampfkunst, die ich in Malaysia studiert habe. Sie nennt sich Pencak Silat«, verriet ihr Celina. »Aber auch das gehört zu der Kategorie Erfahrung.«

»Lass den Scheiß«, brachte Buffy hervor, während sie gleichzeitig mit den Zähnen knirschte, um nicht laut aufzuschreien. »Was willst du?«

Buffy konnte das Gesicht der Blutsaugerin nicht erkennen, aber ihr Ton klang verwundert. »Ich will gar nichts – ich werde dich töten. Ist das nicht offensichtlich? Also, falls du noch irgendetwas sagen möchtest, bevor du stirbst, wäre jetzt der geeignete Zeitpunkt dafür.«

»Ich will, aber so kann ich nicht reden«, presste Buffy mühsam hervor. »Wenn du den Druck an meinem Hals ein bisschen lösen könntest ...«

Celinas Kichern unterbrach sie. »Hältst du mich wirklich für so dumm?«

»Du magst ja sehr von dir überzeugt sein, aber du bist nicht der schärfste Fangzahn unter den Beißern«, konterte Buffy.

Kaum merklich verstärkte sich der Griff der Vampirin, doch das reichte, um einen glühenden Schmerz in Buffys Schultergelenke zu jagen. »Wie bitte?«

»Die Sonne geht auf.«

Celina gab einen Laut von sich, den Buffy nicht richtig einordnen konnte, irgendetwas zwischen einem Zischen und einem Knurren. Sie spannte sich in Erwartung des tödlichen Schlages und versuchte, sich ein kleines bisschen mit dem Gedanken zu trösten, dass Celina sie nicht beißen konnte, solange sie ihren Hals auf diese Weise eingequetscht hielt. Außerdem blieb dem Weib sowieso keine Zeit mehr.

Celinas Hände und Beine bewegten sich, und Buffys Körper wurde brutal verdreht ...

... und sie war frei.

Celina war geflohen.

Jeder Muskel, jede Sehne, jedes Gelenk und sämtliche Knochen in ihrem Leib pulsierten vor Schmerz und Erleichterung. Buffy drehte sich mühsam, bis sie flach auf dem Rücken lag und zu dem schnell heller werdenden Himmel hinaufstarrte. Keuchend dachte sie, wie dankbar sie sein konnte, jeden Morgen die Sonne aufgehen zu sehen ... besonders heute.

Sie hätte sich lieber den Mund zugenäht, als Angel anzurufen, um ihm von ihrem Erlebnis zu erzählen, aber sie musste sich eingestehen, dass er Recht behalten hatte. Diese Frau war eine der gefährlichsten Gegnerinnen, mit denen Buffy es je zu tun bekommen hatte. Dabei hatte sie nicht einmal irgendwelche übernatürlichen Kräfte, abgesehen von den gewöhnlichen Fertigkeiten der Vampire, aber die brauchte sie auch nicht. Celina hatte außer ihren Händen nicht einmal Waffen eingesetzt, und doch hatte sie Buffy beinahe in Grund und Boden gestampft.

Buffy stemmte sich hoch und ging nach Hause, und sie war froh und dankbar, dass niemand in der Nähe war, der sehen konnte, dass sie beinahe den halben Weg brauchte, um das Humpeln ein wenig in den Griff zu kriegen und ihre Arme bewegen zu können, ohne dabei laut aufzustöhnen.

# 7

Die Sonne über Los Angeles sah aus wie ein schmieriger Senfklecks.

Vorsichtig warf Angel einen Blick aus dem Fenster, bereit, sich jederzeit wieder hinter dem Vorhang in Sicherheit zu bringen, doch die Sorgen hätte er sich sparen können; die düstere Dunstglocke an diesem Morgen war schlimm genug, einer geschlossenen Wolkendecke Konkurrenz machen zu können. Zwar war das kein sonderlich schöner Anblick, aber er gestattete es ihm zumindest, aus dem Fenster zu sehen. Angel musste diese Luft nicht atmen, aber die meisten Menschen in der Stadt würden den ganzen Tag keuchend und hustend verbringen. Außerdem verbreitete die Dunstglocke einen unangenehmen Gestank.

Das war es, was er an Sunnydale vermisste – die klare, saubere und vor allem frische Luft, die kurz vor Sonnenaufgang meist ein wenig feucht war. Im Frühjahr und im Sommer hatte es immer nach gemähtem Gras gerochen, und im Herbst und im Winter hatte der Wind den Duft brennenden Laubes und kalifornischer Fichten herbeigetragen. Hier dagegen trug der Wind nur Abgase und viel zu oft den Gestank eines Dämons mit sich, den er, Cordelia und Wesley zur Strecke bringen mussten.

Was mochte Buffy gerade tun, jetzt, in diesem Moment?

Vermutlich schlief sie, oder sie war gerade aufgestanden, um Dawn für die Schule fertig zu machen. Wie traurig, dass Joyce gestorben war, noch trauriger, dass Buffy erneut eines Teils ihres Lebens beraubt worden war. So viel von ihrer Jugend war der Berufung zur Jägerin zum Opfer gefallen, aber sie schien immer irgendwie zurechtzukommen. Sie hatte es fertig gebracht, einen Mittelweg zwischen der Jagd und dem College und einem Weg in die Zukunft zu finden, doch auch der war ihr nun verwehrt. Bei Tag war sie Buffy, die fürsorgliche große Schwester für Dawn; bei Nacht, Buffy, die Jägerin. Wo blieb da noch Raum für Buffy, die junge Frau? Er hatte gehört, dass Riley in irgendeinen Dschungel geflüchtet war, dass der Collegeboy sich wieder der Initiative angeschlossen hatte, die im Verborgenen gegen Dämonen kämpfte, weil Buffy sich geweigert hatte, zuzugeben, dass sie ihn brauchte. Und jetzt war Buffy größtenteils auf sich allein gestellt.

Allein auf die Jagd zu gehen, war eine gefährliche Angelegenheit, besonders, wenn man es mit einer Gegnerin wie Catia zu tun bekam. Seine Erinnerungen an die Sechziger waren alles andere als gut, beladen mit dem Elend eines Lebens auf schneebedeckten Straßen in dieser kleinen Stadt, wo er ihr begegnet war. Ja, es war in Nebraska gewesen, und er war bis heute nicht sicher, wie er dort überhaupt gestrandet war, in diesem Loch namens Mullen mit seinen nicht einmal fünfhundert Einwohnern. Dort konnte man die Nebenstraßen kaum als Straßen bezeichnen, eher schon als unbefestigte Wege, die sich zwischen den Rückseiten der wenigen Geschäfte und den Rückfronten der umgebenden Wohnhäuser hindurchzogen. Gesegnet sei die amerikanische Ratte – für einen restlos fertigen Vampir waren die Viecher wie Safttüten auf Beinen, und es gab sie überall, so sehr sich die Menschen auch bemühten, ihre Städte sauber zu halten.

Angel wusste nicht, warum Catia sich ausgerechnet auf ihn fixiert hatte – damals war er ganz bestimmt nichts Besonderes gewesen, und sollte er über irgendeine Art von Potential verfügt haben, so war seinerzeit davon nichts zu spüren gewesen. Vielleicht lag es an seiner Seele, diesem Segen, der zugleich ein Fluch war, vielleicht war es das, was sie angelockt hatte. Damals war er auf dem Höhepunkt seiner persönlichen Qualen gewesen, und die Seele in seinem Inneren hatte Darla dazu getrieben, ihn wegzustoßen und in einen Strudel des Selbsthasses zu stürzen, der Angel zu einem Ausgestoßenen gemacht hatte. Vielleicht hatte all das wie ein Leuchtfeuer auf Catia gewirkt – irgendetwas musste sie in die düstere Gasse gelockt haben, musste sie verlockt haben, ihn zu verfolgen und ihn zu einem Kampf zu provozieren. Wäre Mullens Sheriff Department nicht gewesen, dann wäre Angel nur noch Asche in den Mauerritzen hinter einem schmierigen kleinen Restaurant namens *Sandy's Family Diner*. Ein narzisstischer Teil seiner selbst wünschte sich, sie hätte etwas Besonderes in ihm gesehen, aber die ehrliche Seite seines Verstandes lachte ihn aus und flüsterte ihm zu, dass die Frau nichts weiter als eine kaltherzige Mörderin war.

Zu allem Überfluss musste Angel sich eingestehen, dass er unfähig war, sich *nicht* an die zweite Begegnung mit Catia zu erinnern. Ihre Art zu kämpfen, die reine Freude, die sie dabei empfunden hatte, ihn mit Fäusten in die Knie zu zwingen, das Glitzern in ihren Augen, als sie ihren Pflock über seinem niedergerungenen Körper erhoben hatte – außer Darla hatte er selten jemanden so glücklich morden gesehen. Eine Weile hatte er geglaubt, Faith wäre ebenso mordgierig, aber das war nur eine Maske gewesen, ein Schild, hinter dem die dunkelhaarige, draufgängerische Jägerin all ihre qualvollen Gefühle verborgen hatte. Die schlimmsten Vampire, denen er in seinem überlangen Dasein begegnet war, hätten Catia nicht das Wasser reichen können – nicht einmal Spike auf dem Höhepunkt seiner Schlächterlaufbahn. Nein, es gab nur eine andere Person – einen anderen Vampir – der je so viel Freude am Morden empfunden hatte.

Die seelenlose Version seiner selbst.

*Angelus.*

Angel ballte die Fäuste zusammen und sah finsteren Blickes ins trübe Tageslicht hinaus. Als er sich wieder einmal nach der Uhr auf seinem Schreibtisch umsah, wurde ihm bewusst, dass er das schon mindestens zehnmal getan hatte, seit er vor einer halben Stunde am Fenster Stellung bezogen hatte. Die Minuten zogen sich wie Sirup an einem kalten Wintermorgen – zum Teufel mit dem Sonnenlicht, das ihn bis zum Abend zu einem Gefangenen seiner eigenen vier Wände machte.

Seit er in jener Nacht, in der Catia von den Deputys des Sheriffs niedergeschossen worden war, aus Mullen geflohen war, hatte er nicht mehr zurückgeblickt – zum Teufel, er hatte nie an irgendeinen Ort, durch den er gekommen war, zurückgeblickt, bis er Buffy kennen gelernt hatte. Er hatte gelebt wie eine Flipperkugel, war von allem abgeprallt, was ihm im Weg gewesen war, um ohne Ziel, ohne Grund irgendwo anders zu landen. Dann und wann hatte er Geschichten über Catia gehört, Gerüchte, voller Furcht geflüstert, und Erzählungen von ihren Kämpfen, die alle mit dem Tod ihrer Gegner geendet hatten. In den letzten Jahren hatte er immer seltener von der Frau gehört, die durch ihren eigenen Ruf und die steigenden Chancen der Menschen, eine Person – und selbst einen Vampir – mit Hilfe ihrer Computer aufzuspüren, dazu getrieben wurde, sich versteckt zu halten. Für einen durchschnittlichen Gesetzesdiener war Catia kein Vampir, kein Wesen aus einer anderen Welt … sie war lediglich eine Mörderin, und wenn sie je an einem Ort auffallen würde, so würde es ihnen nicht schwer fallen, herauszufinden, an welchen anderen Orten sie außerdem gewesen war. Catia war klug genug zu wissen, dass es keine gute Idee wäre, ein derartiges Menschenpotential gegen sich aufzubringen, also war sie schließlich dazu übergegangen, sich so unauffällig wie möglich zu verhalten.

Aber nun war Catia zurück und bedrohte nicht ihn, sondern die Frau, die er immer noch liebte.

Konnte Buffy einen Zusammenstoß mit einer Vampirin überstehen, die ihren Opfern ebenso hingebungsvoll

Schmerzen und schließlich den Tod bereitete, wie er es einst getan hatte? War sie stark genug, den Kampf gegen eine Gegnerin aufzunehmen, die sich zufrieden all dem Bösen ergeben hatte, dem er sich so viele Jahre widersetzt hatte? Er wünschte, er wüsste es. Obwohl sie ihn niedergerungen hatte, damals, als er Acathal gerufen hatte, war er besorgt. Allein der Gedanke, dass Buffy gegen Catia antreten würde, ängstigte ihn über alle Maßen, trieb ihn dazu, im Zimmer auf- und abzugehen wie ein Leopard in einem engen Käfig, während die sonnendurchflutete Welt jenseits der Fensterscheibe über seine Gefangenschaft lachte. Nein, er konnte nicht einfach untätig in Los Angeles herumsitzen, während Buffy sich einer Gegnerin stellte, von der er aus eigener Erfahrung wusste, dass sie weit mehr zu bieten hatte, als Buffy auch nur ahnte. Das Risiko, dass sie in diesem Kampf sterben würde, war viel zu groß, und das konnte er auf keinen Fall zulassen.

Sowie die Sonne unterging, würde er sich auf den Weg nach Sunnydale machen.


»Sie sind spät dran«, giftete Anya Giles an. »Soll ich hier vielleicht alles allein machen? Den Laden aufmachen, das Geld zählen, die Ware abstauben, Lagerbestände kontrollieren, Regale auffüllen *und* mich um die Kundschaft am frühen Morgen kümmern? Ich nehme an, jetzt, da ich meine Qualitäten als Angestellte unter Beweis gestellt habe, gedenken Sie, sich dieses Verhalten zur Gewohnheit zu machen. Ich habe gehört, es wäre typisch, dass Arbeitgeber ihre besten Mitarbeiter ausnutzen.«

Giles hatte gerade drei Schritte in den Laden getan und blieb nun mit weit aufgerissenen Augen stehen. »Anya, du bist meine einzige Mitarbeiterin. Und nein, ich werde nicht jeden Tag so spät kommen, aber heute Morgen ...«

»Ich will Ihre Ausreden gar nicht hören. Das macht mich

nur noch wütender.« Anya knallte die Schublade der Registrierkasse so heftig zu, dass der ganze Tresen erbebte. »Morgen könnten Sie ja mal versuchen, vormittags hier zu sein.«

Ihr Arbeitgeber blinzelte sie durch seine Brillengläser an und hielt einen Stapel Bücher hoch. »Ich habe Nachforschungen angestellt ...«

Sie hob eine Hand. »Halt. Ich dachte, Sie wollten ein Geschäft führen, das die Leute mit Geld betreten und ohne wieder verlassen. Sie sind der Eigentümer, also sollten Sie auch etwas dafür tun. Ich bin nur eine nutzlose Angestellte, oder haben Sie das schon vergessen?«

Giles runzelte verwirrt die Stirn und legte die Bücher auf den Tresen. »Ich habe nie gesagt, du wärest nutzlos ...«

»Nehmen Sie das Zeug da weg!«

Er riss die Bücher an sich. »Aber warum denn?«

»Weil ich den Tresen poliert habe, darum. Und die Bücher sind dreckig.« Sie deutete mit ausgestrecktem Zeigefinger auf den Tisch. »Bringen Sie sie da drüben zu den anderen staubigen Sachen. Und rühren Sie nichts an!«

Giles klappte den Mund auf, um etwas zu sagen, klappte ihn aber unverrichteter Dinge wieder zu und brachte sich am Tisch in Sicherheit, wo, wie er nun erst bemerkte, ein auffallend schweigsamer Xander saß. Vor dem jungen Mann waren die Bestandteile eines bescheidenen Mittagessens ausgebreitet – ein Erdnussbuttersandwich, ein Apfel, zwei Tüten mit Barbecue Chips –, aber er hatte fast noch nichts davon angerührt. Als Giles sich neben ihn setzte, bedachte Xander ihn mit einem matten Grinsen. »Ich wollte eigentlich etwas essen, aber ich fürchte, wenn ich irgendwas anrühre und ein Krümel auf den Tisch fällt, reißt mir Anya den Kopf ab«, sagte er, sichtlich darum bemüht, leise zu sprechen.

Giles nickte mitfühlend. »Sie benimmt sich ziemlich merkwürdig, nicht wahr? Stimmt denn etwas nicht?«

»Keine Ahnung. So ist sie schon seit gestern Abend. Ich meine, ich weiß, dass sie gestern schon tagsüber irgendwie komisch war, aber jetzt ist es noch hundertmal schlimmer.«

Giles pochte mit den Fingern auf die Tischplatte und versuchte, nachzudenken. »Denkst du, irgendetwas ängstigt sie oder ...«

»Giles, würden Sie *bitte* mit diesem Krach aufhören?«, bellte Anya von der anderen Seite des Raumes.

Giles Finger erstarrten in der Luft, und er legte die Hände vorsichtig in den Schoß. »Verstanden.«

Xander griff nach einer der Chipstüten, überlegte es sich aber gleich wieder anders, als die Tüte ein wenig knisterte. »Sie hat mir nichts erzählt«, sagte er zu Giles. »Ich habe gestern Abend eine Pizza geholt, weil *Julio's* keine Fahrer hatte, aber wir haben gedacht, sie wäre auch allein sicher, weil sie wohl kaum einen Vampir einladen würde, die Wohnung zu betreten. Als ich zurückkam, war sie irgendwie ...« Ein verwirrter Ausdruck trat in Xanders Gesicht. »Ich weiß nicht, distanziert, vielleicht.«

Giles nahm seine Brille ab und betrachtete die Gläser. »Wenn eine Frau sich plötzlich scheinbar grundlos distanziert verhält, so steckt meiner Erfahrung nach der Mann in ihrem Leben dahinter. Bist du sicher, dass du keinen Fehler gemacht hast?«

Xander zuckte mit den Schultern. »Nichts, außer das ich ein- und ausgeatmet, geschlafen und gegessen habe. Aber bei Anyas momentaner Laune könnte sie schon das jederzeit zu einem schlimmen Vergehen erklären.«

»In der Tat.«

Die Glocke über der Tür klingelte, und sie sahen auf und erblickten die lächelnden Gesichter von Willow und Tara. »Hi Leute. Gibt es etwas Neues?«

Xander erwiderte das Lächeln, erleichtert, ein paar freundlichere Mienen zu sehen. »Neues? Neuguinea, Neu-Delhi, Neuseeland, Neu ...«

»Amsterdam«, fiel ihm Tara ins Wort.

Xander blinzelte verwirrt. »Wie bitte?«

»Neu Amsterdam.« Taras Blick wanderte von ihm zu Willow. »Ist doch so, oder nicht?«

Willow tätschelte ihr den Arm. »Bleib in der Gegenwart.« Tara machte einen enttäuschten Eindruck. »Oh. Okay.«

»Aber das ist schon in Ordnung«, beeilte Willow sich, sie zu beruhigen. »Manchmal muss man auch etwas verästelter denken.«

»Wie ein Baum, dem im Frühjahr neue Triebe wachsen«, fügte Xander milde philosophisch hinzu, immer noch sorgsam darum bemüht, leise zu sprechen. »Verästele dich, wohin du willst, und setz dich.« Tara schenkte ihm ein unsicheres Lächeln und setzte sich auf einen der Stühle, allerdings nicht ohne Willow einen Hilfe suchenden Blick zuzuwerfen.

»Also, was geht in der Welt von ...«, setzte Willow an, unterbrach sich aber, als Xander einen Finger an die Lippen legte. Gerade, als Anya irgendetwas auf den Ladentisch knallte, wanderte ihr Blick weiter zu Giles, und sie sah ihn heftig zusammenzucken. »Häh?«

»Anya hat einen schlechten Tag«, erklärte Xander.

Der finstere Blick, mit dem Willow ihn anstarrte, war regelrecht anklagend. »Was hast du ihr getan?«

»Nichts«, erwiderte er entrüstet. »Ich war der beste Freund der Welt. Ich bin losgegangen und habe ihr eine Pizza geholt, während sie ein Nickerchen gemacht hat. Ich fahre sie, wohin sie auch will. Ich bin sogar hergekommen, um zusammen mit ihr zu Mittag zu essen.« Er verzog die Mundwinkel zu einem Lächeln. »Natürlich bin ich nur zum Essen hergekommen, weil ich angenommen habe, dass sie tatsächlich mit mir reden würde, aber unter den gegenwärtigen Umständen muss ich feststellen, dass ich mir viel zu große Hoffnungen gemacht habe. Ihr Sozialverhalten ist schon seit Tagen auf dem absteigenden Ast.«

»Vielleicht hat sie das prämenstruelle Syndrom«, meinte Willow.

Giles erschrak. »Ich glaube, das gehört zu den Dingen, die eure Generation unter der Rubrik: ›Wer will das wissen?‹, einsortiert.« Seine Wangen röteten sich ein wenig, und er griff hastig nach einem der Bücher, die auf dem Tisch lagen.

»Nein, wirklich, wenn es das ist . . .« Willow nickte bedeutungsvoll in Taras Richtung. »Wow.«

»Ja, hoffen wir, dass es nur das ist«, murmelte Xander vor sich hin und biss halbherzig in sein Sandwich. »Immer noch besser als typisch weiblicher Wankelmut.«

»Was für ein typisch weiblicher Wankelmut?«

Xander zuckte beim Klang von Buffys Stimme zusammen und verdrehte sich den Hals, um einen ängstlichen Blick in Anyas Richtung zu riskieren. Glücklicherweise war sie im Hinterzimmer verschwunden, um sich um den Warenbestand zu kümmern oder einfach nur um ihren Nerven eine Pause zu gönnen. »Das scheint eine treffende Beschreibung von Anyas momentaner Laune zu sein.«

Dawn folgte Buffy auf dem Fuß. »Hi, Leute.«

»Schlechter Tag, heute, was?« Aber Buffy war offensichtlich nicht sonderlich an Anyas Stimmung interessiert. »Was machen die Nachforschungen, Giles?«

Statt ihr zu antworten, musterte der Wächter Dawn mit gerunzelter Stirn. »Müsstest du nicht in der Schule sein, Dawn?«

»Sie hat eine Freistunde nach der Mittagspause«, sagte Buffy hastig. »Ich habe vorgeschlagen, dass sie sie mit uns verbringt.«

Dawn verdrehte die Augen. »Ja, sie hat Angst, ich würde an irgendeiner Straßenecke mit Rockern oder so was abhängen.«

»Ich verstehe.« Man brauchte keinen Hochschulabschluss, um festzustellen, dass Buffy immer noch fest entschlossen war, einen Schutzwall um ihre kleine Schwester zu errichten.

»Wie auch immer, ich habe einige weitere Verweise gefunden, von denen ich glaube, dass sie mit unserer mysteriösen Frau zusammenhängen«, sagte er, erleichtert darüber, dass er das Gespräch auf vertrautes Gebiet lenken und dem Hoheitsgebiet der überfürsorglichen Buffys und wankelmütigen Anyas entfliehen konnte.

»Hast du dich verletzt, Buffy?«, fragte Tara plötzlich.

Giles hielt inne, und plötzlich starrten alle Buffy an und bemerkten den blauen Fleck unter ihrem Kinn und die Schwellung an der Unterlippe, wo ihr Gesicht gerade anfing, sich von einer hässlichen Platzwunde zu erholen. Doch das war noch nicht alles – an ihrer Haltung wurde deutlich, dass sie eine Körperseite stärker belastete. Außerdem hielt sie sich leicht gekrümmt, als wollte sie ihren Brustkorb entlasten. Giles legte das Buch weg und erhob sich. »Was ist passiert, Buffy? Hast du sie gefunden? Ist mit dir alles in Ordnung?«

»Den Arsch hat sie vollgekriegt«, verkündete Dawn unerschrocken. »Als ich heute Morgen aufgestanden bin, hat sie Blut ins Waschbecken gespuckt, und ihre Kleider waren total dreckig. Jetzt sieht sie schon viel besser aus.«

Buffy musterte ihre Schwester finster. »Willst du wissen, wie glücklich ich bin, dass du das verraten musstest?«

»Ich helfe immer gern«, konterte Dawn unbeeindruckt.

Giles wollte nach ihrem Handgelenk greifen. »Buffy…«

Buffy wich zurück. »Mir geht es gut«, behauptete sie. »Außerdem wollte ich gerade erzählen, dass ich über sie gestolpert bin, aber Sie hatten es so eilig, mich in alles einzuweihen. Das sind nur ein paar Beulen und Blutergüsse, nichts, was nicht zur Stellenbeschreibung der Jägerin gehört. Sie müssen nur in dem Kapitel ›Überraschungsangriffe‹ nachschlagen.«

»Ich kann dir eine Salbe für die Lippe geben«, bot Willow an. »Und Arnika für den Bluterguss an dein…«

»Stopp!«, kommandierte Buffy. »Können wir uns jetzt

über diese Frau unterhalten? Sie sagt, sie nennt sich jetzt Celina, nicht mehr Catia.«

»Hm«, machte Xander. »Das sieht aber nicht nach einer gewöhnlichen Prügelei mit einem Vampir aus.«

Buffy seufzte und zog sich einen Stuhl heran. »Könnten wir uns vielleicht auf das konzentrieren, was wirklich wichtig ist, statt unser Blickfeld auf ein paar lächerliche Blutergüsse zu beschränken? Wichtig ist übrigens diese tobsüchtige Blutsaugerin, falls ihr es vergessen haben solltet.« Nichtsdestotrotz zuckte sie ein wenig zusammen, als sie sich vorsichtig setzte.

Giles musterte sie forschend. »Das werden wir, aber zuerst reden wir über dein Erlebnis. Offenbar war der Kampf nicht so leicht, wie du erwartet hast. Kannst du uns verraten, woran es gelegen hat?«

Buffy verzog das Gesicht und ließ sich Zeit mit der Antwort. »Sie kannte ein paar Tricks«, sagte sie schließlich. »Eine Art Kampfkunst oder so was, Griffe, die weit über die üblichen Knochenbrecher- und Würgegriffe hinausgingen.«

Willow richtete sich kerzengerade auf. »Soll das heißen, sie hat dich festgehalten?«

Wieder zögerte Buffy. Offensichtlich widerstrebte es ihr, zuzugeben, wie weit die Geschichte gegangen war. »Ja.«

Buffys Freunde starrten sie an und bemühten sich zu begreifen, was genau passiert war. Jeder von ihnen ersann eigene Details, da Buffy offenbar nicht gewillt war, sie einzuweihen. Schließlich räusperte sich Xander. »Also, wenn sie dich festgehalten hat, wie konntest du dann ...«

»Sonnenaufgang«, sagte Buffy nur.

»Aha.« Xander strich sich die Haare aus der Stirn. »Wir Angehörige der guten Seite sollten nie vergessen, diesen großen leuchtenden Feuerball angemessen zu würdigen.«

Willows Blick wanderte von Xander zu Buffy. »Also hat der Vampir nicht puff gemacht?«

»Vermutlich nicht«, sagte Xander.

»Vielleicht ist sie ... in Flammen aufgegangen, bevor sie ihr Versteck erreicht hat«, meinte Tara hoffnungsvoll.

»Das glaube ich nicht«, erwiderte Buffy mit müder Stimme. »Sie ist viel zu raffiniert für so eine Dummheit. Der Sonnenaufgang hat sie überrascht, aber nur geringfügig ... und nur, weil sie so viel Spaß mit mir hatte. Sie war so schnell verschwunden, dass ich nicht einmal sehen konnte, in welche Richtung sie gelaufen ist.«

Auf der Rückseite des Verkaufsraums wurde eine Tür geräuschvoll zugeschlagen, und Anya marschierte mit einigen Waren im Arm herein. Ihre Absätze klapperten laut-stark auf dem Boden, und sie würdigte niemanden eines Blickes. »Herein«, murmelte Xander.

Dawn nahm ihren Rucksack ab, während ihr Blick Anya folgte. »Was ist mit ihr? Ist sie auf der falschen Seite des Betts aufgewacht oder so?«

Xander zog eine Braue hoch. »Sie ist nicht auf der fal-schen Seite des Bettes aufgewacht, sondern auf der falschen Seite des Universums.«

Als hätte sie ihn gehört, blickte sich Anya in diesem Moment über die Schulter um. »Könnt ihr euer Vampir-gerede nicht im Hinterzimmer abhalten? Das hier ist ein Geschäft. Grob übersetzt bedeutet das, dass hier nur zu geschehen hat, was nötig ist, um Geld zu verdienen und die Kunden zufrieden zu stellen.« Sie unterstrich ihre Worte, indem sie irgendetwas auf den Tresen knallte – was sie an diesem Morgen schon häufiger getan hatte. »Wer nichts kau-fen will, sollte also schleunigst verschwinden.«

»Damit dürfte ich gemeint sein.« Xander sprang abrupt auf. »Zeit zum Aufbruch, damit ich ... glücklich und zufrie-den ... wieder an die Arbeit gehen kann.«

Dawn starrte Anya aus großen Augen an. »Wow. Wer hat denn ihre Zunge in Gift getaucht?«

»Das weiß niemand so genau«, sagte Willow.

Xander packte sein kaum angerührtes Mittagessen in eine Papiertüte. »Ich komme dann später wieder.«

»Und wohin willst du jetzt, Xander?«, herrschte Anya ihn an, noch bevor er drei Schritte weit gegangen war.

Xander schluckte. »Äh ... ich?«

»Mit den *anderen* rede ich bestimmt nicht.«

Dawns Augen wurden noch größer. »Die redet über uns, als hätten wir Ebola oder so was.«

»Was soll's«, sagte Anya mit einem vernichtenden Blick. »Hau ruhig ab, wenn du gehen willst. Typisch Mann.«

»Aber du hast doch gerade gesagt ...«

»Dreh mir nicht die Worte im Mund um!«

Xanders Kieferknochen arbeiteten, doch dann rang er sich ein erzwungenes Lächeln für seine Freundin ab. »Das würde ich nie wagen. Aber ich muss jetzt wirklich wieder an die Arbeit. Ich muss einen neuen Zaun vor dem Bastelladen an der Walnut Street aufstellen, nachdem irgendein Kind mit seinem Roller den alten zerlegt hat, weißt du noch?«

Anya verschränkte die Arme vor der Brust. »Schön.«

»Anya«, sagte Xander mit Engelsgeduld. »Ich arbeite, damit wir unsere Miete bezahlen können, du erinnerst dich doch?«

»Ich sagte bereits: schön. Geh nur.«

Zwar sah er aus, als wollte er noch etwas sagen, aber er war doch klug genug, sich jeglichen weiteren Kommentar zu verkneifen. »Bis dann, Leute.«

»Anya, warum kaufst du dir nicht einen Eiskaffee?«, schlug Giles vor, zog sein Portemonnaie aus der Tasche und wedelte mit einer Zehn-Dollar-Note. »Ich bezahle ihn sogar. Kauf dir den größten Eiskaffee, den du kriegen kannst.«

»In Ordnung.« Ihre Finger schossen vor, und schon war das Geld aus Giles Hand verschwunden, und Anya hob die Nase ein wenig. »Ich könnte tatsächlich ein bisschen Abstand zu diesem Laden brauchen.« Die anderen sahen schweigend zu, wie sie sich ihre Tasche schnappte und hinausstapfte.

»Puh«, machte Willow, als sie weg war. »Der ist aber eine mächtige Laus über die Leber gelaufen.«

»Ja, irgendetwas scheint sie zu belasten«, stimmte Giles zu, während er Anya nachblickte, als könnte ihm das helfen, herauszufinden, was mit ihr los war. »Ich weiß nur nicht, was.«

»Und ich weiß nicht, ob es so eine gute Idee war, Geld hinzulegen, damit sie sich mit einer dreifachen Dosis Zucker und Koffein noch weiter aufputscht«, kommentierte Buffy. »Braucht sie wirklich noch mehr Schwung für ihre spitze Zunge?«

»Nur, wenn es für einen Knoten reichen soll«, entgegnete Dawn pfiffig.

»Sie wird sich schon wieder beruhigen«, sagte Giles. »Vielleicht braucht sie nur ein bisschen Zeit für sich allein, um einen klaren Kopf zu bekommen.«

»Na klar.« Buffy verdrehte viel sagend die Augen. »Schließlich ist sie Königin Anya, wir nur die *anderen*.«

»Wir müssen alle mal allein sein«, sagte Tara. »Um unsere Gedanken zu ordnen und über irgendwelche Probleme nachzudenken.«

Buffy tastete vorsichtig ihre Lippe ab. »Jedenfalls steht wohl fest, dass Catia oder Celina oder wie sie auch heißen mag mich im Visier hat. Sie wird Anya bestimmt nicht noch einmal belästigen, trotzdem kann ich verstehen, wenn sie jetzt ein bisschen durcheinander ist.«

Die anderen dachten über ihre Worte nach und nickten zustimmend, ehe sie sich gemeinsam wieder dem Problem Celina widmeten.


Der Sonnenschein auf Anyas Haut fühlte sich gut an, auf eben der Haut, die, wie ihr nun mehr denn je zuvor bewusst wurde, plötzlich so verletzlich und menschlich war und vor der Sonne und vor Hautkrebs mit Feuchtigkeitscremes und Sonnenmilch geschützt werden musste. Über derartige Dinge hatte sie sich als Dämon nie Gedanken machen müssen, und sie hatte sich auch keine Gedanken über Dinge wie Kunden, Registrierkassen, Miete oder Gläser, die zerbrachen und ihr den Finger aufschlitzten, machen müssen, ganz zu schweigen von wütenden Vampiren, die sie benutzten, um an die Jägerin heranzukommen. Andererseits musste sie sich eingestehen, dass es auch Dinge gab, die ihr Freude bereiteten, und die in ihrer dämonischen Existenz keine Rolle gespielt hatten – Klamotten, zum Beispiel. Sie ging gern bummeln, kaufte sich gerne Sachen und hatte Spaß daran, sich nett zurechtzumachen. Ihr eigenes Spiegelbild erschien ihr recht angenehm, und sie hatte herausgefunden, dass es einige Farben gab, die ganz besonders gut zu ihrer menschlichen Hautfarbe passten. Xander würde es niemals öffentlich zugeben, aber wenn sie allein waren, zeigte er ihr seine Anerkennung für ihr Erscheinungsbild doch deutlich genug.

Und da wir gerade bei Xander waren, warum war sie nur so gemein zu ihm gewesen? Eigentlich hatte sie sich nicht nur ihm gegenüber an diesem Morgen ziemlich seltsam benommen, sondern gegenüber all ihren Freunden. Sicher, sie musste eine wichtige Entscheidung treffen, aber das war schließlich nicht die Schuld der anderen. Sie konnte es nicht ausstehen, wenn andere Leute sie für ihr eigenes Elend leiden ließen, warum also hatte sie sich nicht anders verhalten können? Immerhin hatten sie sich ihr gegenüber ziemlich geduldig gezeigt, oder etwa nicht? Wäre die Situation umgekehrt gewesen, wären die anderen ihr gegenüber so unausstehlich gewesen wie sie zu ihnen, so hätte sie ihnen vermutlich die Köpfe abgerissen.

Menschen aller Altersklassen drängten sich im *Espresso Pump*, und sie musste lange anstehen. Die Frau direkt vor ihr roch angenehm nach Vanille, der Mann hinter ihr war weniger gepflegt, aber auch nicht direkt abstoßend, er dünstete lediglich die Mühen eines Vormittags aus, der angefüllt war mit ehrlicher Arbeit. Genau wie Xander, und das war noch etwas, was sie am Menschsein mochte – Xander und alles, was dazugehörte – Liebe und Sex und Freundschaft, Popcorn und Filme in einer kalten Nacht, am Sonntagmorgen aufwachen und feststellen, dass er versuchte, ihr ein Frühstück zuzubereiten und den Schinken anbrennen ließ, wie er es immer tat, weil er jedes Mal dachte, er wäre noch nicht knusprig genug. Und noch tausend andere Dinge, gute Erinnerungen und schlechte – und? Wer ist schon perfekt? Und wenn sie beschloss, das Angebot anzunehmen, das D'Hoffryn ihr unterbreitet hatte ...

Wäre all das vorbei.

Außerdem ... konnte sie überhaupt wieder Anyanka sein? Konnte sie all diese Dinge wieder aufgeben, die sie so mühevoll gelernt hatte, seit ihr Amulett zerstört worden war?

Anya bezahlte ihren gigantischen Eiskaffee und wünschte sich, sie könnte klar denken, aber das ganze Für und Wider kreiste nur wild durch ihren Kopf ...

Xander oder das ewige Leben.

Liebe oder die Macht des Wunsches.

Irdisches Wohlergehen oder überirdische Vorzüge.

... und sie war keinen Schritt weiter als zuvor. Sie könnte für immer leben, aber sie wäre auch für immer allein. Sie konnte leben und lieben und sterben wie ein Mensch, aber sie wäre nie mehr allein, zumindest nicht während der Zeit, die ihrem menschlichen Körper bestimmt war.

*Oder vielleicht doch?*

Immerhin hatte sie jahrhundertelang beobachten können, dass Versprechen, die ein Junge einem Mädchen oder ein Mann einer Frau gab, gebrochen wurden, sodass die Frau verbittert und trostlos zurückblieb, und ihr Herz kaum noch mehr war als das Brandmal einer Erinnerung. Wer könnte dafür garantieren, dass Xander ihr das nie antun würde – war er nicht ein ziemlich typisches Beispiel für einen sterblichen Mann?

Wie würde sie sein, wenn sie erst eine alte und einsame sterbliche Frau war? Würde sie unter ihrem wohl frisierten grauen Haar auch ausgedörrt und bitter und schrumpelig sein, vielleicht trinken und in einer verräucherten Bar jämmerlich an einem Musikinstrument herumzupfen, wie Giles es gelegentlich tat? Der Gedanke war beängstigend.

Aber ... würde Xander ihr so etwas tatsächlich antun? Er hatte ihr oft genug gesagt, dass er sie liebte, aber nicht so oft, dass es schien, als würde er nur eine Floskel herunterleiern. Sie konnte die Aufrichtigkeit in seinen Worten spüren, in der Art, wie er sie umarmte – verdammt, sie glaubte ihm. Und andererseits hatten nicht unzählige Frauen über die vielen Jahrtausende menschlicher Beziehungen hinweg dasselbe getan – dem Mann vertraut, den sie liebten?

Vor dem Café suchte sich Anya einen Platz zum Sitzen und kauerte sich über ihren überdimensionierten Becher, der von der Sonne gewärmt, vom Eiskaffee wieder abgekühlt war. Sie konnte diese Entscheidung nicht allein treffen, und auf der anderen Seite blieb ihr wohl gar nichts anderes übrig. Es war schließlich nicht so, dass sie einfach irgendjemanden fragen konnte: Hey, was ist dir so durch den Kopf gegangen, als du dich zwischen dem ewigen Leben und dem menschlichen Sterben entscheiden musstest? Die einzigen Unsterblichen, die sie heute noch kannte, waren Vampire, und die hatten nie vor so einer Entscheidung gestanden. Ihre Freunde würden ihr so oder so nur zu der menschlichen Seite der Medaille raten, aber sie hatten keine eigenen Erfahrungen mit der Kehrseite. Also wen ...

*Willow.*

Anya richtete sich auf und umklammerte mit beiden Händen ihren Becher. Ja, Willow. Wer könnte je vergessen, welchen Schmerz Oz Willows Seele zugefügt hatte, als sie ihn mit Veruca, dem weiblichen Werwolf, erwischt hatte? Hinterher hatte sich zwar alles aufgeklärt, aber Willow hätte beinahe eine Ladung schwarzer Magie über Oz' stacheligem Schopf abgelassen. Obwohl sie gerade erst damit begonnen hatte, die Macht der Magie und ihre eigene Wiccamacht zu erforschen, hatte sie schon eine Menge zu bieten. In ihrer Trauer hatte sie einen verhängnisvollen Zauber gewirkt, der für ihre Freunde wenig erfreuliche Auswirkungen gezeigt hatte. Und die finsteren Energien waren nicht unbemerkt geblieben – D'Hoffryn persönlich hatte Willow zu einem kleinen Gespräch in seine Dimension geholt und ihr einen Job als Rachedämon angeboten, exakt die Art Dämon, die Anya einst gewesen war.

Und Willow hatte abgelehnt ... aber warum? So viel Macht, wie sie sich nur wünschen konnte, die Möglichkeit, Oz für all das bezahlen zu lassen, was er getan hatte, nicht zu vergessen die Chance, schreckliches Leid über die Männer zu bringen, die sich wie er verhielten – und dann wäre da schließlich noch die Unsterblichkeit –, und trotzdem hatte der kleine Rotschopf einfach abgelehnt. Anya konnte ihre Weigerung einfach nicht nachvollziehen. Es war ja nicht so, dass es zu dem Zeitpunkt irgendetwas gab, das Willow nicht hätte zurücklassen können. Oz hatte sie im Stich gelassen, und mit Tara war sie noch nicht zusammen gewesen. Blieben nur ein paar Freunde und Eltern, die sich so oder so nur selten erinnerten, dass sie eine Tochter hatten. Was also hatte Willow Rosenberg in der Dimension der Sterblichen gehalten?

Es gab nur einen Weg, das herauszufinden. Anya trank ihren Eiskaffee aus und warf den leeren Becher in einen Mülleimer. Sie fühlte sich übersättigt und ein wenig zappelig nach all dem Zucker und Koffein. Trotzdem war dies definitiv der passende Zeitpunkt für eine kleine Unterhaltung von Frau zu Frau. Vielleicht sollte sie nicht nur mit Willow, sondern auch mit Tara sprechen. Willows Freundin hatte auch ihre Erfahrungen mit der dunklen Seite gemacht. Ihre waren allerdings in umgekehrter Weise verlaufen – sie hatte geglaubt, sie wäre ein Dämon, und herausgefunden, dass sie nur eine ganz normale kümmerliche Sterbliche war. Wie mochte sie sich gefühlt haben? Tara redete nicht viel, aber Anya hatte keine Zeit, sich von solchen Kleinigkeiten wie Zurückhaltung oder Schweigsamkeit abschrecken zu lassen.

Nicht, solange ihre Zukunft als Mensch – oder Dämon – davon abhing.


»Können wir reden?«

Willow strich sich das Haar zurück und beäugte Anya argwöhnisch. »Willst du Joan Rivers mit mir spielen?«

Anya blickte sie fragend an. »Wer ist Joan Rivers?«

»Eine Talk-Show-Moderatorin«, erklärte Giles, ohne von seiner Lektüre aufzusehen, einem Buch in einem abgenutzten schwarzen Ledereinband mit einer unentzifferbaren altdeutschen Aufschrift. »Das war vor deiner Zeit als Mensch.«

»Oh.« Anyas Blick wanderte von Willow zu Giles und wieder zurück. Sie sah aus, als würde sie darum kämpfen, eine gut gelaunte Miene zu bewahren ... und verlieren. »Dann, ja, ich will Joan Rivers mit dich spielen.«

»Mit *dir*«, korrigierte Willow und seufzte. »Was soll's. Worüber willst du mit mir sprechen?«

»Ich würde gern allein mit dir sprechen.«

Willows Misstrauen wuchs, aber sie konnte auch nicht einfach ablehnen. »In Ordnung.« Sie stieß sich vom Tisch ab und klopfte Tara auf die Schulter. »Ich bin in ein paar Minuten wieder da.«

»Eigentlich wollte ich auch mit Tara sprechen.«

Taras Gesichtsausdruck glich dem eines Kaninchens im Scheinwerferlicht eines Motorrads. »Mit mir?«

»Ja, bitte.« Anya, die eine auffallend aufrechte Haltung angenommen hatte, verzog die Lippen zu einem Lächeln, aber es sah eher nach einer Grimasse aus. Als Tara zögerte, brach unwillkürlich ihre alte Ungeduld hervor. »Es gibt keinen Grund, Angst vor mir zu haben. Als ich ein Dämon war, habe ich meine Macht nur gegen Männer eingesetzt. Und natürlich bin ich jetzt kein Dämon mehr. Ich bin sogar schon ziemlich lange kein Dämon mehr, und das wisst ihr. Jeder weiß das. Na ja, vielleicht nicht jeder, aber jeder den ich kenne.« Verunsichert blickte sie sich um, als wäre ihr gerade aufgefallen, dass sie plapperte.

Tara warf Willow noch einen unsicheren Blick zu, erhob sich und folgte den beiden Mädchen zur Rückseite des Ladens, wo Anya die Tür zum Trainingsraum öffnete. Als sie eingetreten waren, sahen Willow und Tara Anya bestimmt eine halbe Minute lang zu, wie sie im Kreis marschierte und offenbar versuchte, ihre Gedanken zu ordnen und Worte zu finden. Ohne Buffy und Giles wirkte der Raum furchtbar groß und leer, und Willow überlegte, ob sie je ohne die beiden in diesem Raum gewesen war. Vermutlich nicht, obwohl sie nicht absolut sicher war. Schließlich hielt sie die Warterei nicht länger aus. »Anya, was ist los?«

Anya blieb stehen und holte tief Luft. »Ich möchte, dass du mir genau erklärst, was dich auf der Ebene der Sterblichen hält.«

Lange, sehr lange wusste Willow nicht, was sie sagen sollte. »Äh ... das ist eine Frage der Biologie. Fleisch und Blut, weißt du, Sauerstoff rein, Kohlendioxid raus ...«

Anya schüttelte vehement den Kopf. »Aber D'Hoffryn hatte dir die Chance gegeben, unsterblich zu werden, ewig zu leben. Du wolltest nicht. Warum? Wie kannst du sterblich bleiben, wenn du die Möglichkeit bekommst, ewig zu leben?«

Zunächst war sie zu einer sarkastischen Entgegnung geneigt, verkniff sich dann aber einen entsprechenden Kommentar. Hier ging es um etwas Tiefgreifendes, etwas, das sie nicht mit einem lässig dahingesagten Spruch abtun konnte. »Weil es Dinge gibt, die ich hätte aufgeben müssen«, sagte sie, darauf bedacht, ihre Worte sorgsam zu wählen. »Greifbare und weniger greifbare Dinge. Die Ewigkeit ist ziemlich lang, zu lang, sie ohne diese Dinge zuzubringen, lebendig oder untot.«

Anya runzelte die Stirn, sichtlich bemüht, Willows Worten einen Sinn abzuringen. »Was für Dinge?«

Willows Hand suchte Taras, und ihre Finger verschränkten sich ineinander. »Liebe, zum Beispiel. Das Gefühl der Wärme, wenn du dich anderen verbunden fühlst. Freundschaft. Kameradschaft.«

Anya rieb sich die Oberarme und schritt vor den beiden jungen Frauen auf und ab. »Aber du und Tara wart noch nicht zusammen, als D'Hoffryn dir diesen Vorschlag gemacht hat«, wandte sie ein. »Ihr habt euch kaum gekannt, und Oz hatte dir gerade erst schrecklich wehgetan. Du hättest ihn einfach so für all den Schmerz bezahlen lassen können. Das Angebot war so großzügig, aber du hast die Unsterblichkeit und die Möglichkeit, dich zu rächen, abgelehnt.«

Willow fixierte sie mit zusammengekniffenen Augen. »Bist du wütend auf Xander oder so? Ich meine, er kann ein ziemlicher Idiot sein, aber eigentlich will er das gar nicht ...«

Anya wedelte ungeduldig mit der Hand. »Nein, es hat nichts mit ihm zu tun. Beantworte meine Frage. Bitte.«

»Ich weiß nicht, ob ich es erklären kann. Ja, ich war wütend auf Oz – ich war noch nie in meinem Leben so wütend. Ich habe sogar versucht, ihn zu verhexen, böse zu verhexen, aber am Ende habe ich beschlossen, es doch nicht zu tun. Warum? Weil ich irgendwo tief im Inneren wusste, dass ich nicht ewig so leiden würde, ganz egal, wie ich mich damals gefühlt habe. Ich wusste, dass die Wunden irgendwann heilen würden. Und wenn es so weit wäre, dann wollte ich, dass der Rest meines Lebens auch okay ist – ich wollte nicht, dass aus etwas Gutem etwas Schlechtes wird, verstehst du?«

»Nein, tue ich nicht.« Anya sah noch verwirrter aus als zuvor. »Wie konntest du das überhaupt wissen?«, drängelte sie. »Hast du eine Kristallkugel benutzt, um in die Zukunft zu sehen, oder einen Zeitfaltenzauber? Die Mischung ist zwar ziemlich scheußlich, aber ich habe gehört, dass man aus schwarzen Teeblättern, die in einer Lösung aus Echsenurin liegen ...«

»Keine Kristallkugel«, unterbrach Willow. »Und keine Teeblätter oder Zaubertränke oder Tarotkarten. Ich wusste es da drin.« Sie legte die Hand auf die Mitte ihres Brustkorbes, um ihre Worte zu unterstreichen. »Weißt du, Unsterblichkeit ... da geht es um mehr als nur um den Körper. Das hat auch mit dem Geist zu tun, mit der Essenz deiner selbst, die ewig sein wird, ob sie nun in einem Haufen Fleisch und Blut steckt, der sie durch die Gegend trägt, oder nicht. Ich glaube, dass wir weiter existieren, wenn wir keinen Körper mehr haben. Wir sind alle ein Teil der Energien dieses Universums, aber wir haben die Wahl, ob wir die dunkle Seite dieser Energien wählen, auf der alles finster und kalt und zornig und für alle Ewigkeiten voller Schmerz ist, oder die helle Seite, wo genau das Gegenteil der Fall ist.«

Anya schwieg einen Moment, ehe sie sich an Tara wandte. »Und du«, sagte sie, »wie hast du dich gefühlt, als du erfahren hast, dass du kein Dämon bist und nicht ewig leben wirst? Ich meine, abgesehen von dieser ganzen hässlichen Familiengeschichte, warst du nicht enttäuscht, als du feststellen musstest, dass du nur eine Sterbliche bist? Keine besonderen Kräfte, kein langes Leben, nichts?«

Tara lächelte, und Willow stellte wieder einmal fest, dass ihr ganzes Gesicht zu leuchten schien, wenn sie das tat. »Nein. Ich wollte nie kalt und böse sein. Das ist ... wie im Gefängnis, schätze ich. Gefangen in der eigenen Existenz und voller Sehnsucht nach der Wärme auf der anderen Seite, zu der du aber nie gelangen kannst.«

»Aha.« Wieder verschränkte Anya die Arme vor dem

Oberkörper. »Danke, dass ihr meine Fragen beantwortet habt«, sagte sie, machte ohne ein weiteres Wort kehrt und marschierte davon.

»Ich hoffe, wir konnten dir helfen«, rief Willow ihr nach.

Gemeinsam sahen sie zu, wie die Tür hinter Anya ins Schloss fiel, und Willow spürte, wie sich Taras Finger verkrampften. »Glaubst du, das haben wir?«, fragte sie besorgt. »Geholfen, meine ich?«

Willow zog eine Schulter hoch, doch die Geste fiel alles andere als lässig aus. »Ich weiß es nicht«, gestand sie. »Ich habe das Gefühl, Xanders größter Nebenbuhler steht um einige Stufen höher als er es je erwartet hätte.« Der leere, große Trainingsraum verlieh Willows Stimme einen Hall, der irgendwie nicht zu dem sonnigen Nachmittag passen wollte.

»Und ich weiß nicht, ob er gewinnen wird.«


»Du hast so ein Glück.«

Anya, die gerade den Trainingsraum verlassen hatte, hielt inne, als sie Dawns Stimme vernahm. Sie blickte sich um und sah das schlanke Mädchen mit ziemlich finsterer Miene an der Mauer gleich neben der Tür stehen. Dass sie gelauscht hatte, stand damit wohl fest, und es würde wenig Sinn haben, deswegen mit ihr zu schimpfen. In gewisser Weise gehörte das nun einmal zum Dasein eines Teenagers – sie schnüffelten überall herum und erfuhren, was in der Welt geschah, während ihre Eltern oder Freunde oder wer auch immer ständig versuchten, alles Mögliche vor ihnen zu verbergen. Als sie noch Anyanka gewesen war, hatte Anya Hunderte von Mädchen gekannt, die auf eben diese Weise herausgefunden hatten, dass sie hintergangen worden waren.

»Ich habe Glück? Warum?« Anya wartete gespannt auf ihre Antwort.

»Überleg doch mal, was du alles hast«, sagte Dawn. »Du hast eigentlich alles – einen Kerl, einen Job, du siehst gut aus. Du glaubst, du hättest ein Riesenproblem, weil du nicht weißt, ob du wieder ein Dämon sein oder lieber ein Mensch bleiben willst?« Anya blinzelte und setzte zu einer Antwort an, aber Dawn war schneller. »Ich meine, werd fertig damit. Du hast doch wenigstens beides erlebt. Du hast eine Wahl.« Dawn warf ihr Haar zurück, als wäre ihr das Gewicht lästig. »Sieh mich an – ich komme mir vor, als wäre ich nichts«, fuhr sie bedrückt fort. »Ich bin nicht unsterblich, aber ich bin auch nicht sicher, ob ich wirklich sterblich bin. Ich bin einfach nur, und das ist nicht einmal ein gutes Sein. Ich weiß auch nicht, es ist ... irgendwie hat es paff gemacht, und da war ich. Und es ist egal, wie sehr alle versuchen, mich – und sich selbst – davon zu überzeugen, dass meine Existenz okay ist, ich weiß, dass ich nur ein einziger großer Schwindel bin. Ich bin einfach nur eine riesige Lüge.« Sie trat auf eine Stelle am Boden, vielleicht war es ein Käfer oder ein Schatten oder irgendetwas Imaginäres. »Und trotzdem muss ich noch all diesen blöden Kram machen. Hausaufgaben, zum Beispiel.«

Trotz der Last der Entscheidung, die vor ihr lag, fühlte Anya tiefes Mitgefühl mit Dawn. Das Mädchen hatte es wirklich nicht leicht. An einem Tag war noch alles ganz prächtig, am nächsten – hey, tut mir Leid, Kleine, es war alles nur ein großer Schwindel und du bist nicht real.

So gesehen hatte Dawn durchaus Recht: Anya wusste wenigstens, was sie erwartete, für welche Seite sie sich auch entschied. Das Problem war nur, dass die Existenzdauer auf einer Seite arg beschränkt war.

Irgendwo in ihrem Inneren fand sie ein Lächeln, setzte es auf, streckte die Hand aus und streichelte das seidige Haar, das über Dawns Schulter fiel. »Weißt du, du hättest auch ein Ungeheuer werden können. Oder eine Kröte. Schließlich hat es ja nur paff gemacht, und du warst da, aber wenigstens bist du in einer Existenz gelandet, in der alle dich gern haben, egal was du bist. Oder nicht bist.«

Etwas Besseres fiel ihr nicht ein, und so tätschelte sie Dawn noch kurz den Arm und ging dann zurück in den Ausstellungsraum der *Magic Box*.

Nachdem Dawn wieder auf dem Weg zur Schule war und auch alle anderen den Laden verlassen hatten, brachte Anya den Rest des Nachmittags damit zu, sich vorzustellen, sie wäre wieder ein Dämon, würde Rache üben und überall Zerstörung säen, ohne sich um Xander und die anderen sorgen zu müssen.

Xander war nicht da, also konnte sie nicht mit ihm streiten, und eigentlich wollte sie das auch nicht. Ein Teil des Menschwerdens war es, ehrlich zu sich selbst zu sein und zu lernen, wie ihr Verstand als Teil einer sterblichen Frau funktionierte. Es war nicht sonderlich schwer, zwei und zwei zusammenzuzählen und fünf herauszubekommen – unbewusst hatte sie genau das getan, als sie versucht hatte, Xander zu einem Streit zu verleiten, ihn dazu zu bringen, dass er etwas sagte, was er bedauern und was sie gegen ihn verwenden konnte. Ein Teil von ihr wünschte sich diesen einfachen Ausweg, und wenn sie Xander nur weit genug provozierte, ihn vielleicht so auf die Palme brachte, dass er ihr den Laufpass gab, dann würde ihr die Entscheidung für die dämonische Seite viel leichter fallen und sie sogar rechtfertigen. Dann müsste sie sich nicht den Kopf zerbrechen, ob sie ewig als böser Dämon leben oder sich für das erbärmlich kurze Dasein der Menschen entscheiden sollte ... mit all seinen Vorzügen.

Aber Xander und die anderen hatten ihr etwas vorgelebt, das in den finsteren Dimensionen des Universums nur äußerst selten vorkam: Toleranz. Was auch immer sie tat, wie gemein oder schonungslos ihre Worte sein mochten, sie gingen überhaupt nicht darauf ein, sondern warteten geduldig, bis ihre gute Seite zum Vorschein kam. Aber zu wissen, dass Xander und die anderen an diese Seite glaubten und überzeugt waren, sie würde immer wieder hervorkommen, machte alles nur noch schwerer.

Die Zeit verrann, und ihre Gedanken drehten sich im Kreis, und bevor sie recht wusste, wie ihr geschah, war der Nachmittag schon vorüber. Ein paar Kunden waren gekommen und gegangen, nichts Erwähnenswertes, und nun wurde es dunkel, und ihre Freunde würden jeden Moment wieder eintrudeln. Giles war ihr den größten Teil des Nachmittags aus dem Weg gegangen und hatte sich in die Sicherheit seines Lofts zurückgezogen, um über seinen Wälzern zu brüten, natürlich in der Hoffnung, mehr über die Frau herauszufinden, die hinter Buffy her war. Inzwischen hatte auch Xander Feierabend, und auch er musste jeden Moment wieder hier sein …

Anya lächelte.

Es kam einfach über sie, ohne, dass sie es gewollt hatte. Eine unwillkürliche Reaktion.

Wie ein Herzschlag.

Schon der Gedanke an ihn bereitete ihr ein warmes Gefühl – sein dunkles Haar, die fröhlichen Augen, das schiefe Grinsen. Ein Teil dieses Gefühls war sexueller Natur, sicher, aber ein großer Teil – der größere Teil – war es nicht. Es war irgendwie, als würde sie von etwas Weichem, Plüschigem eingehüllt, ein süßer Rausch, in dem sie sich behaglich und gut aufgehoben fühlte. Es war …

Es war Liebe.

Einige endlose Minuten lang, die längsten, die sie je in ihrem kurzen sterblichen Leben zugebracht hatte, versuchte sie mit aller Kraft, sich vorzustellen, sie wäre wieder Anyanka. Kein Xander mehr, kein Giles, keine *Magic Box*, keine Willow, keine Tara, keine Buffy, keine Dawn, nicht einmal ein Spike. Nur sie und ihre wiederhergestellte Macht, mit deren Hilfe sie bis in alle Ewigkeit bösartige kleine Rachebomben auf die Köpfe treuloser Männer fallen lassen würde. Tausende von Jahren würden vergehen, und sie würde immer das Gleiche tun, Jahrhundert um Jahrhundert. Sie würde die Liebe und den Schmerz anderer beobachten, aber sie selbst wäre sicher, wäre außer Reichweite und würde diesen Schmerz nie am eigenen Leib erfahren müssen. Irgendwann würde sie Xander vermutlich vergessen und mit ihm alles, was sie jetzt für ihn empfand, würde einfach nur ihrer finsteren Wege ziehen, ohne einen Gedanken an diesen sterblichen Mann zu vergeuden, der so wundervoll küssen konnte und absolut süchtig nach Junkfood war. Der Gedanke war so ...

*Trist.*

Keine Liebe, keine Freunde, kein *Xander*. War es wirklich so schwer zu erkennen, dass dieses nicht Greifbare, das sie an die Welt der Sterblichen band, gar nicht so ungreifbar war? Xander und seine Liebe zu ihr, ihre Freunde, dieser kleine Laden, all das stellte die Essenz ihres Lebens dar, war ihre Existenz, ihre Zukunft. In der Zeit ihrer Menschwerdung mit all den Veränderungen, die damit einhergingen, hatte Anya widerstrebend gelernt, die anderen zu schätzen, so wie diese sie und all ihre manchmal recht schockierenden Marotten akzeptiert hatten. Jeder von ihnen musste sich Tag für Tag so vielen Problemen stellen, aber sie wichen auch vor größeren Aufgaben nicht zurück. Sogar Willow hatte sich bei ihrer Beziehung mit Tara auf ein gewaltiges unbekanntes Territorium gewagt, und wenn Willow und Tara stark genug waren, standzuhalten und füreinander da zu sein, warum sollte sie das dann nicht auch schaffen?

Nun erst erkannte Anya, während sie vor dem Tresen auf- und abmarschierte, wie ungeduldig sie auf Xander und die anderen samt dem Lärm und der Energie, die sie stets mit sich brachten, wartete. Ihre schlechte Laune hatte ihr heute nichts als Isolation eingebracht. Kein Seelenfrieden, nur Einsamkeit, doch insofern verbuchte sie die Erfahrung als hilfreiche Lektion. D'Hoffryn war ursprünglich von ihrem Zorn angelockt worden, so wie Willows Kummer ihn zu ihr gezogen hatte. Willows Worte zu diesem Thema waren absolut richtig – sie hatte gewusst, dass sie nicht für immer so schrecklich leiden würde, und sie hatte sich geweigert, ihre Menschlichkeit wegen dieses einen Vorfalls aufzugeben, gleich, wie qualvoll es für sie gewesen sein mochte.

Was nun Anya betraf, so wusste sie, dass sie nicht länger das wütende, verschmähte Bauernmädchen war, das einst D'Hoffryns dämonische Aufmerksamkeit geweckt hatte. Mochte sie auch noch die eine oder andere Idee haben, wie man einen widerspenstigen Freund oder einen untreuen Geliebten zur Raison bringen konnte, war ihr doch bewusst, dass sie sich nicht mehr mit dem Liebesleben anderer Leute herumplagen wollte. Zwar hätte sie es nicht in einer Million Jahren zugegeben, aber die Hälfte dieser hohlköpfigen Mädchen hatte schlicht bekommen, was sie verdient hatten, indem sie sich mit Kerlen einließen, von denen sie hätten wissen müssen, dass sie ihnen nur Kummer bereiten würden. Und diejenigen, denen tatsächlich Unrecht widerfahren war, das nach Wiedergutmachung verlangte? Nun, sie würden sich eben einen anderen Rächer suchen müssen.

Denn Anyanka würde nicht zurückkehren.

# 8

»Viel hat sich hier nicht verändert«, murmelte Angel, als er in die Straße einbog, in der das *Bronze* war. Viele Leute strömten in den Club und wieder hinaus, größtenteils waren es junge Männer und Frauen, alle auf der Suche nach ihrem Vergnügen, und alle überzeugt, in Sicherheit zu sein, solange sie hier herumhingen. Doch das Gegenteil war der Fall. Das *Bronze* wirkte auf Vampire wie ein Magnet – sie wurden von dem Laden angezogen wie ein Moskito von einer nackten, verlockenden Schulter in einer heißen Sommernacht. Sogar aus der Entfernung konnte er zwei von ihnen ausmachen, und von Buffy abgesehen, schützte vermutlich allein eine Art innerer Instinkt der Menschen dieser Gegend die Stadt und ihre Einwohner davor, von Vampiren überrannt zu werden. Dieser Instinkt zeigte sich beispielsweise darin, dass die meisten Jugendlichen – nicht alle – niemals mit Fremden fortgingen oder allein durch die Straßen zogen, aber auch in den Knoblauchknollen, die hier und dort die kunstvollen Kränze zierten, die viele der Haustüren schmückten, oder daran, dass die Kinder selbst an warmen Sommertagen lange vor Sonnenuntergang hereingerufen wurden.

Angel verschmolz mit den Schatten und spielte mit einem Zahnstocher; vorerst war er zufrieden damit, das bunte Treiben als Außenstehender zu beobachten. Die beiden Vampire, die er gesehen hatte, waren allein abgezogen, was nicht der einzige Grund war, warum er sie hatte gehen lassen, denn heute Nacht hatte er es auf einen größeren Fisch abgesehen. Die Luft hatte sich spürbar abgekühlt, und Angel dachte darüber nach, dass er in seiner langen Zeit auf Erden an einigen Orten gewesen war, die dem Wort Kälte eine ganz neue Bedeutung hätten verleihen können – diese Südkalifornier wussten überhaupt nicht, wie gut sie es in Bezug auf das Wetter getroffen hatten. Er war zwar untot, dennoch zog er Wärme noch immer jeglicher Kälte vor; Kälte erinnerte ihn viel zu sehr an ein Grab.

Doch nun hatte er genug gewartet. Hier draußen passierte nicht viel, also warf Angel den Zahnstocher weg und beschloss, hineinzugehen. Auf dem Weg dorthin kam er an den beiden Vampiren vorbei, diese blickten ihn argwöhnisch an und schlichen sich unauffällig davon. Hatte sich sein Ruf in Buffys nächtlichen Jagdgründen bis jetzt gehalten? Es schien beinahe so.

Das *Bronze* hatte sich auch von innen kaum verändert, ein bisschen frische Farbe, ein paar neue Stühle und Tische – zweifellos das Ergebnis der jüngsten Auseinandersetzung mit den Geschöpfen der Nacht. An diesem Abend trat eine Band mit einer Sängerin auf, die ihn an Suzanne Vega erinnerte. Die gleiche großartige Kombination von Gitarrenklängen mit einer samtigen Stimme, dazu interessante Texte. Die Musik hatte etwa die Hälfte der Gäste auf die Tanzfläche gelockt, während die andere in den dunklen Nischen rundherum schwatzte und trank.

Angel hatte keinen besonderen Plan, nur die vage Vorstellung, dass er die Augen offen halten und die Lauscher auf die Gespräche der Umgebung ausrichten sollte, um so viel wie möglich über Catias überraschendes Auftauchen herauszufinden. Die Blutsaugerin bedeutete nichts als Ärger, und ihre Anwesenheit würde kaum verborgen bleiben, wie sehr sie sich auch bemühte, nicht aufzufallen. Sie war wie ein Glas schwarzes Öl, das auf der Wasseroberfläche eines klaren Sees verschüttet wurde. Selbst wenn das Wasser ruhig war, breitete sich das Böse langsam, aber sicher aus und beschmutzte alles, was ihm in den Weg kam.

Obwohl er keinen Durst hatte, bestellte Angel sich ein

Bier, und dachte über Catia nach. Er überlegte, welcher der Gäste des *Bronze* vielleicht etwas wissen könnte, bis er sich umdrehte und sie beinahe über den Haufen gerannt hätte.

Eine Schreckenssekunde lang waren beide wie erstarrt. Dann hob Angel die Bierflasche. »Hey, Catia. Lange nicht gesehen. Willst du ein Bier?«

Sie kniff die Augen zusammen, und ein tödlicher Hass sprach aus ihrem Gesicht, aber ihre Züge beruhigten sich ein wenig, und die geübte Mimik trat in Kraft, die sie so viele Jahrhunderte lang am Leben gehalten hatte. »Mein Name lautet jetzt Celina. Und, ja, ein Bier wäre nett, Angelus.«

»Jetzt Angel. Wie du musste auch ich mit der Zeit gehen.« Angel winkte dem Barkeeper, der innerhalb weniger Sekunden eine zweite Bierflasche vor ihm auf den Tresen stellte. Er reichte sie ihr und legte ein paar Dollar auf den Tresen. »Und? Was führt dich nach Sunnydale?«, fragte er. »Zerreißt du immer noch unglückliche Seelen und spuckst ihre Einzelteile in die Gossen, oder ist es dir inzwischen gelungen, in Harmonie mit dem Rest der Welt zu leben?«

Celina trank einen Schluck und fuhr mit den Fingern über das Etikett. »Verstehst du das unter einer Anmache? Nach deiner Art, dich zu kleiden, hätte ich angenommen, du hättest in den letzten fünfzig Jahren etwas dazugelernt.«

Angel lachte. »Du bist nicht mein Typ.«

»Ich hörte davon.«

Er drehte die Bierflasche zwischen den Handflächen und fühlte, wie die kalten Wassertropfen von dem Glas auf sein Handgelenk perlten. »Also, was zum Teufel tust du hier, Ca-Celina?«

Sie zog spöttisch eine Braue hoch. »Wenn es dich so sehr interessiert, ich bin hier, um ein wenig aufzuräumen. Und wie es aussieht, bekomme ich gleich zwei zum Preis für einen – das gibt mir doch endlich Gelegenheit, eine unerledigte Sache zum Abschluss zu bringen.«

»Das bin dann wohl ich.«

Sie lächelte selbstzufrieden. »Bist du immer so unsensibel?«

»Ich habe keine Zeit für Höflichkeiten.« Er stellte die Flasche so hart auf dem Tresen ab, dass der Barkeeper ihn mit einem misstrauischen Blick bedachte.

Nun lachte Celina lauthals. »Zeit? Du hast alle Zeit der Welt, Angel. Zumindest hattest du die, bevor du hergekommen bist.«

Er verschränkte die Arme vor der Brust und starrte sie an. »Was ist eigentlich los mit dir? Hegst du einen Groll gegen die ganze Menschheit? Gegen Vampire? Oder vielleicht gegen alles und jedes?«

Sie zuckte mit den Schultern, setzte die Flasche an und trank sie fast bis zur Neige aus. »So könnte man es ausdrücken. Und da es auf beiden Seiten viel zu viele gibt, die den Tod verdient haben, kümmere ich mich nur um die, die es wert sind, von mir umgebracht zu werden. Hier in der Gegend dürfte das wohl auf deine Ex-Freundin zutreffen.« Als sie seinen überraschten Gesichtsausdruck bemerkte, kicherte sie. »Oh, nun guck doch nicht so erschrocken, L.A.-Boy. Dein Ruf ist dir vorausgeeilt.«

Angels Finger bohrten sich in den Stoff seines Mantels. »Warum bist du dann nicht in Los Angeles?«, fragte er. »Wozu der Umweg?«

»Oh, ich war unterwegs dorthin«, sagte Celina gleichmütig. »Heute Sunnydale, morgen L.A.« Sie setzte ein bösartiges Grinsen auf. »Aber wie ich sehe, kann ich mir die lange Reise sparen.«

»Warum tust du der Welt nicht einen Gefallen und betrachtest Sunnydale einfach als abgehakt?«

»Oh, das werde ich.« Ihre Augen funkelten in dem bunten Scheinwerferlicht von der Bühne. »Sobald das Wörtchen ›abgehakt‹ den Tatsachen entspricht. So wie ich es schon an hundert anderen Orten getan habe.«

Angels Hand schoss vor und packte sie am Handgelenk. »Halte dich von Buffy fern, Catia. Du ...«

»Ich sagte, mein Name ist Celina.« Sie holte mit der anderen Hand aus, schlug quer über ihren Körper hinweg nach der Innenseite seines Arms, und schon war sie wieder frei. Zwischen Angels Fingern war nur noch Luft, und ein sengender Schmerz breitete sich bis zu seinem Ellbogen aus. »Wären wir draußen, Angel, dann würde ich dich jetzt dafür umbringen, dass du mich angefasst hast. Nur den vielen Zeugen hier hast du es zu verdanken, dass du noch immer unter den lebenden Leichen wandelst. Du hast doch unsere beiden früheren Begegnungen nicht vergessen, oder?«

Zu gern hätte er sich das Handgelenk gerieben, aber er wollte verdammt sein, wenn er sich vor ihr anmerken ließ, welchen Schmerz sie ihm bereitet hatte, also steckte er stattdessen die Hände in die Manteltaschen. »Du wirst feststellen, dass ich nicht mehr derselbe Mann bin.«

»Du bist überhaupt kein Mann«, spottete sie. »Du bist ein Vampir, schon vergessen? Noch dazu ein ziemlich unbeliebter.«

Angel musterte sie nachdenklich. »Du hast wenig Interesse an deiner eigenen Art, was?«

Sie verzog das Gesicht, und dieses Mal machte sie sich nicht die Mühe, ihre Abscheu zu verbergen. »Ich habe nie das Gegenteil behauptet.«

»Aber Menschen magst du auch nicht.«

»Warum sollte ich?«, konterte sie. »Sieh dir doch an, wie dumm sie sind – kein Wunder, dass sie sich abschlachten lassen wie dämliche Rindviecher. Für diese Idioten ... ach, vergiss es.«

»Vergiss was?«, fragte Angel.

»Und du«, knurrte sie anstelle einer Antwort, »du hältst dich für den Besten aus beiden Welten, richtig? Nun, das bist du nicht, du bist der Schlimmste. Nichts als ein Halbblut, das nirgends wirklich hingehört. Ein Monstrum mit einer menschlichen Seele, die ihn so sehr verweichlicht hat, dass er nicht einmal mehr fähig ist, sich von dieser hirnlosen Brut zu nähren, der er den Fluch zu verdanken hat. Du solltest ein gnadenloser Killer sein, der Angelus aus den Geschichtsbüchern des Rates, aber das kannst du nicht, richtig? Und ein Mensch wirst du auch nie mehr sein. Du bist nichts als ein Außenseiter.«

Angel verzog das Gesicht. »Mit dir zu trinken ist eine wahre Freude. Hätte ich das gewusst, hätte ich mir das Geld gespart.«

Celina musterte ihn kalt. »Ich habe im Moment kein Interesse an dir, Angel. Aber fühl dich nicht zu sicher, deine Zeit wird kommen. Du bist mir zweimal entkommen, aber für dich werden alle guten Dinge bestimmt nicht drei sein.« Damit wandte sie sich zum Gehen.

»Wie kannst du mit all dem Hass nur existieren?«, rief Angel ihr nach. »Wenn du dich an nichts in deinem Dasein freuen kannst, warum bist du dann überhaupt noch da?«

Celina wirbelte um die eigene Achse. »Weil das mein Job ist«, knurrte sie. »Ich bin ein Vampir – ich bringe Menschen um und die Vampire, zu denen sie werden. Soweit es mich betrifft, haben sie alle den Tod verdient.«

»Aber was hat das für einen Sinn?«, hakte Angel nach. »Warum beide?«

Für einen kurzen Augenblick verwandelte sie sich, doch ihre menschlichen Züge kehrten sofort wieder zurück. »Das kann ich dir sagen. Ich hasse es, ein Vampir zu sein, und ich hasse die Menschen in all ihrer Hilflosigkeit. Würde die ganze Welt morgen vernichtet werden, und ich allein würde überleben, dann würde ich ihren Untergang feiern. Und mit dir und deiner kleinen menschlichen Freundin fange ich an.«

Seinen guten Vorsätzen zum Trotz fühlte Angel, dass sein Temperament mit ihm durchzugehen drohte. Seine Hand glitt unter seinen Mantel und schloss sich um das kühle Holz eines Pflocks; es wäre furchtbar auffällig, sie hier in diesem Gedränge zu pfählen, aber es wäre nicht das erste Mal, dass die Einwohner von Sunnydale mit so etwas konfrontiert würden. »Du wirst höchstens ...«

Aber sie war fort, verschwunden in der Menge der tanzenden und trinkenden Gäste, so schnell und unauffällig, dass er sie beinahe dafür bewundert hätte.


»Schau an«, sagte Spike leise.

In seiner dunklen Nische nippte er an seinem Bier und sah zu, wie Angels Blick auf der Suche nach der Frau über die Menge streifte. Spike hatte nicht gesehen, wohin sie verschwunden war, obwohl er sicher war, dass er sie keinen Moment aus den Augen gelassen hatte. Als Angel seine Suche schließlich aufgab, konnte Spike ihm ansehen, wie frustriert und wütend er war, vielleicht sogar peinlich berührt, dass sie ihm Sand in die Augen gestreut hatte und nicht umgekehrt. Wie dem auch sein mochte, die ganze Sache vermittelte Spike ein angenehm wohliges Gefühl der Zufriedenheit.

Spike war zu weit entfernt gewesen, das Gespräch bei all dem Lärm und der Musik mit anzuhören, aber er hatte gesehen, dass Angel der Frau mit dem rotblonden Haar ein Bier ausgegeben und sich mit ihr unterhalten hatte. Nach den Mienen zu urteilen, die beide, vor allem aber sie, aufgesetzt hatten, war es nicht gut gelaufen. Und nach allem, was er inzwischen in Erfahrung gebracht hatte, war das eindeutig dieses mörderische Weib. Und mörderisch war sie in der Tat. Eine gut aussehende Frau, groß und schlank mit einer Punkfrisur, die einer Frau in seinen Augen immer noch ein paar Bonuspunkte einbrachte.

Vielleicht war sie eine alte Freundin von Angel. Zumindest kannten sich die beiden – der überraschte Ausdruck in ihrem Gesicht, als sie Angel erblickt hatte, war unmissverständlich. Er verglich das Ende seiner Beziehung mit

Drusilla mit Angels zu Darla und kam zu dem Schluss, dass man nicht gerade behaupten konnte, Angels Ex-Freundinnen hätten sich üblicherweise in Freundschaft von ihm getrennt. Umso mehr war es in Spikes Augen ein Mysterium, warum Angels Verflossene den Kerl anscheinend alle zurückhaben wollten. Davon war dieses Mal allerdings nichts zu spüren gewesen, und wenn Spike sich auch gern einreden wollte, es läge daran, dass die verführerisch aussehende Frau mehr Hirn im Schädel hatte als die meisten anderen, bedeutete es doch vermutlich, dass die beiden sich auch früher schon nicht gerade als Turteltäubchen begegnet waren.

Trotzdem gedachte er, Buffy nur über das Nötigste zu informieren. Mochte also die gegenseitige Abneigung zwischen Angel und der bissigen Besucherin auch offensichtlich sein, musste Buffy das dennoch nicht erfahren. Wenn er seine Worte nur sorgfältig genug wählte – natürlich ohne zu lügen – konnte er dafür sorgen, dass ein kleiner Schatten auf den strahlenden Helden fiel, für den Buffy Angel leider hielt.

»Auf dem Weg zum Friedhof habe ich etwas Komisches gesehen«, verkündete Spike schadenfroh, als er die *Magic Box* betrat. »Wie es scheint, ist dein Ex-Freund in der Stadt und plaudert mit unserer Freundin Celina.« Alle blickten ihn erschrocken an, und so setzte Spike ebenfalls einen Ausdruck größter Verwunderung auf. »Soll das heißen, er hat dir nichts davon erzählt? Nach all dem Geflüster nehme ich an, die beiden kennen sich schon eine Weile.« Er zuckte die Schultern. »Ich meine, wenn ein Mann einer wunderschönen Frau einen Drink spendiert ... du weißt schon, worauf ich hinaus will.«

Buffys Züge entspannten sich, und sie winkte ab. »Erspar mir die blutrünstigen und vor allem frei erfundenen Details. Angel hat mir längst erzählt, dass er ihr schon früher ein paar

Mal begegnet ist und dass sie Ärger bedeutet. Ich habe nur nicht damit gerechnet, dass er in Sunnydale auftaucht, das ist alles.«

Tara, die selbstverständlich direkt neben Willow saß, lächelte. »Ich finde das süß«, sagte sie. »Er kommt extra her, um dich zu retten oder so.«

»Ich brauche niemanden, der mich rettet«, sagte Buffy, aber wenn ihre Stimme auch mürrisch klang, hatten ihre Augen doch einen milden Schimmer angenommen, der darauf schließen ließ, dass sie entgegen ihren Worten von der Idee durchaus ein wenig angetan war.

»Also«, setzte Spike an. »Ich denke ...«

»Musst du das wirklich tun? Denken?« Xander lehnte sich zurück, schlug die Beine übereinander und legte die Füße auf den Tisch.

Neben ihm beugte sich Anya vor und schob sie wieder hinunter. »Hey! Das ist ein Tisch, kein Fußschemel«, verkündete sie, doch ihr Ton war weitaus milder als noch ein paar Stunden zuvor. Niemanden schien zu interessieren, dass ein mörderischer Vampir durch Sunnydales Straßen schlich – sie waren alle auffallend gut gelaunt.

Bah, dachte Spike. Was ist hier eigentlich los? Haben die sich irgendeine Glücksdroge reingepfiffen oder was?

Buffy sah Giles an und erhob sich. »Kann ich Dawn ein paar Stunden hier lassen? Ich schätze, es ist Zeit für eine kleine Suchaktion.«

»Ich könnte dich begleiten«, fiel Dawn ihr ins Wort. »Ich ...«

»Nicht in diesem Leben«, konterte Buffy, milderte ihre Worte aber durch eine herzliche Umarmung ab. »Auf keinen Fall. Die Frau ist bösartig. Du bleibst hier, wo du in Sicherheit bist.«

»Das ist nicht von der Hand zu weisen«, sagte Giles stirnrunzelnd. »Aber ich bin nicht davon überzeugt, dass es klug ist, wenn du allein da rausgehst.«

»Gehen wir doch alle«, sagte Willow grinsend und stand ebenfalls auf. »Zahlenmäßige Überlegenheit, unterstützt durch die Macht der Wicca.«

Buffy setzte zu einem Widerspruch an, aber Xander, Anya und Tara waren bereits auf den Beinen. »Sieht aus, als wärest du überstimmt«, stellte Dawn fest.

Einer von Buffys Mundwinkeln zuckte nach oben, und sie versetzte Dawn einen leichten Stoß in die Rippen. »Setz dich, Kleines. Du wirst mich nicht überstimmen.«

Dawn warf Giles einen Hilfe suchenden Blick zu, aber der nickte nur. »Dawn und ich werden in der magischen Festung die Stellung halten, und ich wette, Dawn muss noch was für die Schule tun.«

Demonstrativ schmollend lehnte sich Dawn auf ihrem Stuhl zurück, doch dann zog sie, wenn auch widerwillig, ihre Schulbücher aus dem Rucksack. »Wie immer. Ihr habt den ganzen Spaß, und ich bleibe hier bei Mr. Bücherwurm.«

Giles gab sich gänzlich unbeeindruckt. »Das ist nicht das schlechteste Los auf Erden«, erklärte er milde.

»Ich schätze, das kommt auf den Blickwinkel an«, kommentierte Spike.

»Kommst du jetzt mit uns, oder bleibst du hier, um den alten Mann zu ärgern?«, blaffte ihn Xander an.

Dieses Mal blickte Giles doch auf. »Wie bitte?«

»Alt im Sinne von ...«

»Gereift«, fiel ihm Anya fröhlich ins Wort.

Spike bedachte Giles mit einem bösartigen Grinsen. »Klingt nach Abendessen.«

»Du kannst jederzeit verschwinden«, erwiderte Giles steif. »Ich denke, du würdest mir damit einen Gefallen erweisen.«

»Vergessen Sie bloß nicht, wer Ihnen die Informationen über Celina geliefert hat«, konterte Spike. »Ich bin ein wertvolles Mitglied dieses Teams, das wollen Sie bloß nicht zugeben.«

»Sicher nicht.« Giles schlug geräuschvoll ein Buch zu.

»Es reicht«, mischte sich nun Buffy ein. »Während ihr Nettigkeiten austauscht, hat Celina Zeit, ihren Appetit irgendwo in Sunnydale zu stillen. Gehen wir.« Manchmal führten scheinbar nur schroffe Worte und Taten zum Ziel, also machte sich Buffy auf den Weg zur Tür. Wie erwartet, packten ihre Freunde ihre Sachen zusammen und folgten ihr.

Draußen war es kälter als an den Abenden zuvor. Es war zwar schon vor Stunden dunkel geworden, aber der Abend war noch jung; Menschen huschten zu einem späten Einkauf über die Straßen, die meisten von ihnen paarweise. Es war schon erstaunlich, wie viele Leute sich in Sunnydale instinktiv vorsichtiger verhielten, sobald die schützende Sonne untergegangen war. Die Menschen wickelten sich in ihre Jacken, zogen die Köpfe ein und musterten misstrauisch die Schatten der Bäume und Büsche neben dem Bürgersteig, die dunklen Stellen zwischen geparkten Fahrzeugen, die langen Dunkelzonen zwischen den nur scheinbar sicheren Lichtkegeln der Straßenbeleuchtung. Buffy fragte sich, ob sie wussten, dass eine Fremde unter ihnen wandelte, jemand, der mehr als nur eine Klasse finsterer war als die üblichen Schrecken, die durch die Straßen von Sunnydale schlichen. Falls sie es nicht wussten, verhielten sie sich doch so, als täten sie es – vielleicht war auch das so eine unbewusste Geschichte, ein primitiver sechster Sinn, der sich einschaltete, um das Überleben der Menschheit zu sichern.

Nach dem munteren Geplapper in der *Magic Box* schritten sie nun schweigend einher. Sie patrouillierten alle üblichen Treffpunkte – das *Bronze*, die stillen Höfe und Rasenflächen der Highschool, ein halbes Dutzend öffentlicher Friedhöfe. Dann kontrollierten sie *Weatherly Park*, stellten fest, dass es im naturhistorischen Museum angemessen dunkel und friedlich war, warfen einen Blick in die fast menschenleere Mall und sahen sich sogar bei der *Armory* um, aber nirgends fiel ihnen etwas Ungewöhnliches auf, umso weniger etwas Übernatürliches.

»Vielleicht ist sie weitergezogen«, meinte Tara, als sie bereits eineinhalb Stunden unterwegs waren und sich nur noch im Schneckentempo durch die Straßen quälten. »Vielleicht hat sie Angst vor dir.«

»Das bezweifle ich«, entgegnete Buffy. »Die Frau, gegen die ich gekämpft hatte, hatte vor nichts und niemandem Angst.«

»Sieht jedenfalls so aus, als würde sie sich heute Nacht nicht blicken lassen«, sagte Xander. Anya hielt seine Hand fest umklammert und verhielt sich wie eine schreckhafte Katze, wenn auch nur ein Blatt unter ihren Füßen knisterte.

»Die Nacht ist noch lang«, erwiderte Buffy. »Die zahlenmäßige Überlegenheit, von der Willow gesprochen hat, könnte allerdings ein Teil des Problems sein. Selbst für einen Supervampir dürften sechs Gegner gleichzeitig ein bisschen zu viel sein. Ich glaube, ich habe bessere Chancen, sie herauszulocken, wenn ich allein weitermache.«

»Und wann hast du dich entschlossen, als menschlicher Köder zu fungieren?«, fragte Willow herausfordernd.

»Ich schätze, als man mir den Titel *Jägerin* verliehen hat«, konterte Buffy trocken.

»So kommen wir jedenfalls nicht weiter«, verkündete Anya. »Was sollen wir tun, die ganze Nacht durch Friedhöfe spazieren? Xander, ich will nach Hause gehen und Sex machen.« Sie unterbrach sich, dachte kurz nach und fügte hinzu: »Zweimal.«

Willow verdrehte die Augen, während sich Taras Wangen rosa färbten, aber Buffy scheuchte sie alle fort, noch ehe der leicht verwirrte Xander zu einer Antwort ansetzen konnte. »Geht nach Hause«, sagte sie bestimmt. »Wirklich. Ich komme schon zurecht.« Dann legte sie den Kopf auf die Seite. »Irgendwie habe ich das Gefühl, ich werde nicht allein sein.«

»Ich bin immer an deiner Seite«, sagte Spike. »Die ganze verdammte Nacht, wenn du willst.«

Buffy verzog das Gesicht. »An dich habe ich nicht gedacht, als ich sagte, ich werde nicht allein sein.«

»Oh«, machte Spike enttäuscht. »*Oh* – du glaubst, dein Traumprinz aus dem Märchenland ist irgendwo in der Nähe, richtig?« Er lachte kurz und unverkennbar bitter auf. »Du träumst wirklich. Als ich ihn das letzte Mal gesehen habe, folgte er einer Süßen, die viel mehr seinem Typ entspricht – eine Puppe mit rotblondem Haar und Beinen bis hier.« Er hielt eine Hand flach vor seinen Hals. »Du weißt schon, die Sorte, die ihm ein paar Jahrhunderte lang erhalten bleiben dürfte ... und mit der er die ganze Nacht lang tanzen kann.«

»Nur, dass er mit ihr nicht glücklich werden würde«, verteidigte Willow den Vampir, der für sie ein Freund war, und sie mochte es nicht, wenn man schlecht über jemanden redete, vor allem wenn derjenige nicht anwesend war.

Spike reckte das Kinn vor. »Was macht das schon? So oder so, mit unserer Jägerin kann er jedenfalls nicht das Bett teilen.«

»Wenn du nicht bald still bist, pfähle ich dich mit dem nächstbesten Ast, der mir in die Finger kommt«, warnte Buffy ihn.

Einen Augenblick lang herrschte Schweigen. Dann zuckte Spike die Schultern. »Wie du willst. Aber wenn du morgen Abend tot wieder aufwachst, dann sag nicht, ich hätte dir nicht angeboten, in der Nähe zu bleiben und dich zu beschützen«, erklärte er, machte auf dem Absatz kehrt und stolzierte von dannen.

Buffy und die anderen sahen ihm nach, und Xander schüttelte verständnislos den Kopf. »Ich verstehe einfach nicht, warum wir ihn nicht umbringen.«

»Na ja, manchmal ist er ganz nützlich«, entgegnete Willow. »Und mit diesem Chip in seiner Birne ist er Menschen gegenüber ziemlich harmlos, aber für die dämonische Bevölkerung kann er immer noch eine echte Plage sein.«

»Harmlos gegenüber Menschen?« Xanders Unterkiefer sackte herab. »Das gilt auch für Bleichmittel und Ammoniak, so lange man beides nicht mischt.«

Anya zerrte an seinem Arm. »Lass uns gehen, Xander. Buffy sagt doch, sie kommt klar.«

»Anya, manchmal sagen die Leute etwas nur, damit man sich keine Sorgen um sie macht«, erwiderte Xander.

Beunruhigt starrte Anya ihn mit großen Augen an. »Wirklich?«

»Nicht dieses Mal«, sagte Buffy und versetzte Xander einen sanften Schubs. »Verschwindet. Alle. Ich wäre gern ein bisschen allein, bevor ich zurückschwirren muss, um Dawn abzuholen.« Ihre Freunde sahen zwar immer noch wenig begeistert aus, ließen sich aber endlich überzeugen, nach Hause zu gehen.

Buffy blieb allein am Rand des städtischen Friedhofs zurück.

# 9

»Was zum Teufel sieht sie nur in dem Kerl?« Spike griff nach seinem Glas und starrte es an. »Der Typ redet kaum, stolziert nur durch die Gegend, groß, düster und trübsinnig – aber nicht mal besonders interessant. Überhaupt nicht interessant.«

Er schwenkte sein Whiskyglas in der Hand. Obwohl er eigentlich keinen Durst verspürte, war er auf ein oder zwei Drinks hergekommen, um den Ärger über die jüngste Abfuhr, die Buffy ihm erteilt hatte, hinunterzuspülen. Und natürlich bestand immer noch die Möglichkeit, dass er den einen oder anderen Hinweis auf Celinas Versteck erhielt, selbstverständlich immer in der Hoffnung, in Buffys Augen etwas besser dazustehen, wenn er ihr ein paar wirklich gute Informationen lieferte.

Unauffällig sah Spike sich um. Er fühlte sich in diesem Laden – dem *Fish Tank* – nicht sonderlich wohl. Jedes Mal, wenn er einen Fuß in die Bar setzte, schien unweigerlich eine Schlägerei zu folgen. Irgendein Kerl riss hier immer die Klappe auf, bis Spike ihm einfach zeigen musste, wo es langgeht. Nach einer Weile wurde es uninteressant. Andererseits war er seit sechs oder sieben Wochen nicht mehr hier gewesen. Vielleicht hatte die Kundschaft gewechselt, und ein neuer Haufen Nichtsnutze hatte die Stelle des vorangegangenen Abschaums eingenommen. Dann wären wenigstens die Gerüchte, die dummen Sprüche und, ja, sogar die Beleidigungen wieder neu, zumindest für diese Art von Kundschaft. Und unter diese neuen Leute konnte sich ja auch Celina gemischt haben, also beschloss Spike, einfach eine

Weile sitzen zu bleiben und die Gäste zu beobachten, ohne sich dabei allzu auffällig zu verhalten. Vielleicht schnappte er so den einen oder anderen Leckerbissen auf, ohne dass er jemandem die Nase brechen musste.

»Wirst du das trinken, oder spielst du lieber damit?«

Die samtige, leicht heisere weibliche Stimme erklang plötzlich hinter seinem Rücken, und als er sich umdrehte ...

Starrte er direkt in Celinas Augen.

Hätte er ein Herz – ein schlagendes Herz – gehabt, so hätte es jetzt wohl einen Sprung getan, aber er war nicht ganz sicher, ob Furcht die Ursache gewesen wäre. Nun, vielleicht zu einem kleinen Teil ... okay, zu einem großen Teil, aber da war noch etwas anderes.

Er wollte verdammt sein, aber sie war wirklich eine überwältigend schöne Frau.

Für einen peinlich infantilen Augenblick brachte er keinen Ton heraus. Sie im *Bronze* von weitem zu beobachten, hatte ihm nicht nur in dieser Hinsicht nur einen Teil der Wahrheit offenbart, sondern ihm überdies eine wichtige Information vorenthalten. Nun aber, da sie so dicht vor ihm stand, fütterte ihr Anblick seinen Geist mit tief vergrabenen Erinnerungen, die seit vielen Jahren in seinem Gedächtnis schlummerten ...

*Madame Rilette's.*

*Es ist ... welches Jahr? 1900? 1890? Spike konnte sich nicht so genau erinnern, und das war auch nicht weiter wichtig. Von außen ist das Gebäude nur eines von vielen windgepeitschten Häusern an einer staubbedeckten Straße, in der ein buntes Treiben von edlen Kutschen, Pferdeäpfeln und Menschen, wohlhabenden Bürgern und Bettlern, herrschte. Regelrechte Schlammmassen bildeten sich überall dort, wo die Geschäftsleute ihr Schmutzwasser und Kübel mit weitaus widerlicheren Flüssigkeiten in die Gosse neben*

*den hölzernen Gehsteigen schütteten. Spike hat das Sonnen-*
*licht schon seit einer Ewigkeit nicht mehr gesehen, aber er*
*weiß noch wie es ist, die Sonne auf der Haut zu spüren, und*
*es fällt ihm verdammt schwer zu glauben, dass Tageslicht in*
*dieser kleinen, schmuddeligen Stadt um die Jahrhundert-*
*wende irgendetwas anderes als noch mehr Dreck zum Vor-*
*schein bringen würde.*

*Trotzdem hat er schon einiges über dieses Haus gehört,*
*und er kann ein bisschen Abwechslung vertragen – Drusilla*
*ist an diesem Abend allein losgezogen, und nur Gott weiß,*
*wo sie nun wieder hineingeraten mag. Dann und wann geht*
*ihr Temperament mit ihr durch, und sie braucht ihren Frei-*
*raum für all die merkwürdigen Dinge, die in ihrem schönen*
*Kopf unter dem schwarzen Haar herumspuken; statt sich*
*ihrem Zorn auszuliefern, hält Spike sich lieber zurück und*
*lässt ihr ihren Willen. Aber bekanntermaßen tanzen die*
*Mäuse auf dem Tisch, wenn die Katze aus dem Haus ist –*
*heute Abend will auch Spike ein wenig tanzen.*

*An der schweren Mahagonitür hängt ein kunstvoll bemal-*
*tes Schild mit der Aufschrift* Entrez, *also stemmt er die Tür*
*auf, ohne vorher anzuklopfen. Was er nun sieht, ist so anders*
*als die Welt draußen, dass er einen Moment einfach still ste-*
*hen bleibt, um den Anblick in sich aufzunehmen und sich an*
*ihm zu erfreuen. Holz, dunkel und aufwändig poliert,*
*scheinbar überall um ihn herum; das schwere viktorianische*
*Mobiliar passt hervorragend zu den Holztäfelungen und*
*lädt mit seiner dicken Polsterung und dem roten Brokat zum*
*Sitzen ein – und Spike liebt Rot. Hier gibt es keine kahlen,*
*langweiligen Wände, keine ungenutzten Ecken oder leeren*
*Tische – überall stehen Statuen aus Marmor oder Messing*
*zusammen mit Fabergé-Eiern und kunstvoll geschnitzten*
*Schatullen jeglicher Art; Gemälde überall, hauptsächlich*
*Reproduktionen französischer und italienischer Meister in*
*großzügigen, vergoldeten Rahmen, umgeben von schweren*
*Vorhängen, die von Kordeln mit silbernen Tasseln zusam-*

mengehalten werden. Die Öllampen brennen auf kleiner Flamme, und der Raum wird von geschickt platzierten Kerzen erhellt, die die unzähligen Kristallfiguren im Zimmer wie Diamanten funkeln lassen, während leise Musik – jemand spielt mit leichten Fingern in der entferntesten Ecke des Raumes Piano – die gedämpften Stimmen der Gäste begleitet.

Spike ist begeistert – der ganze Raum strahlt eine Atmosphäre von Reichtum und Dekadenz aus, die so bezaubernd ist, dass er sich ihr einfach hingeben muss. Menschen, vorwiegend Frauen, schweben vorbei und erfüllen die Luft mit gedämpftem Gelächter und den Düften von einem Dutzend verschiedener Parfümsorten. Die Damen hier sind zweifellos kostspielig – vielleicht teurer als alles, was er sich bisher geleistet hat – aber Spike hat genug Geld, und es dauert nicht lange, bis er genau das erspäht, wonach ihm der Sinn steht.

Halb zurückgelehnt sitzt sie auf der Chaiselongue in der Nähe des Stutzflügels. Neben Drusilla – für ihn gab es damals keinen Zweifel, dass Drusilla immer die Nummer eins sein würde – ist sie das lieblichste Geschöpf, das ihm je unter die Augen gekommen ist. Lockiges Haar, beinahe schneeweiß, umrahmt eine zarte, elfenbeinfarbene Haut, die über dem schwarzen Spitzenabschluss ihres tief ausgeschnittenen, karmesinroten Kleides zu leuchten scheint. Ihre dunklen Augen erscheinen ihm beinahe so verführerisch wie ihre vollen Lippen, die in der Farbe ihres Kleides schimmern; nichts, kein Perlenkollier, keine goldene Kette, stört den Anblick der ebenmäßigen Haut zwischen Kinn und Brust. Sie erinnert ihn ein bisschen an eine kostbare Porzellanpuppe, und ihre Schönheit ist überwältigend genug, ihm den Atem zu rauben … nun, zumindest wäre sie es, müsste er atmen.

Er bahnt sich einen Weg durch den Raum und bleibt mit seinem gewinnendsten Lächeln auf den Lippen vor ihr ste-

*hen. »Guten Abend.« Und ihre Antwort ist geradezu klassisch – ein skeptischer Blick, eine hochgezogene Braue ...*

*Abgeblitzt.*

*Nun, dann wird er wohl ein wenig an dieser Sache arbeiten müssen.*

*Herausforderungen liebt er von jeher.*

*Spike deutet auf den freien Platz am anderen Ende der Chaiselongue. »Darf ich mich zu Ihnen setzen?«*

*Sie seufzt. »Muss das sein?«*

*Er setzt sich, ohne ein weiteres Wort ihrerseits abzuwarten. »Es muss, fürchte ich. Sie sind viel zu schön, als dass ich einfach so weitergehen könnte.«*

*Das Gespenst eines Lächelns zeigt sich auf ihren Lippen, Vorspiel zu einer Konversation, die, wie Spike später feststellen soll, viel zu kurz ausfallen wird, um zu ergründen, mit wem – oder was – genau er sich eingelassen hat. Er umschmeichelt sie eine Weile, und schließlich führt er die betörende Blutsaugerin, die sich ihm unter dem Namen Callia vorstellt, in eines der freien Schlafzimmer ...*

*Wo Spike inmitten von laubgrünem Satin und silberfarbenen, gehäkelten Bettvorhängen die grausigste Überraschung seines noch nicht allzu langen Lebens erwartet.*

War Angel in der Nähe? Buffy hätte schwören können, dass sie seine Anwesenheit gespürt hatte. Oder war es nur Wunschdenken ihrerseits, hatte sie sich das Gefühl nur eingebildet, weil sie sich so sehr nach seiner Gegenwart sehnte? Sie hatte ihm zwar gesagt, er solle nicht kommen, aber natürlich hatte sie sich im Grunde gewünscht, dass er käme ... und laut Spike hatte Angel genauso reagiert, wie sie es erhofft hatte. Sie brauchte keine Hilfe – glaubte sie –, aber wenn die Möglichkeit bestand, Angel wieder zu sehen, so würde sie sie ohne Zögern wahrnehmen. Jederzeit, an jedem Ort.

Nun, da ihre Freunde alle fort waren, war die Nacht auf einmal kälter als noch vor ein paar Minuten und furchtbar still. Niemand, nicht einmal ein Vampir, der sie zum Kampf herausforderte, war in der Nähe. Dunkel, still und verlassen – plötzlich fühlte sich Buffy deprimiert, als ihr klar wurde, dass so möglicherweise auch der Rest ihres Lebens aussah. Auch Dawn würde nicht für immer bei Buffy bleiben; noch ein paar Jahre, dann ging sie aufs College, und was, wenn sie sich entschloss, Sunnydale zu verlassen? Buffy, die sich früher selbst so sehr gewünscht hatte, den Höllenschlund weit hinter sich zu lassen, wäre sicher nicht im Stande zu widersprechen, sollte Dawn ähnlich empfinden. Und wenn sie auch jetzt noch halbwegs dazu fähig war, würde sie ihre kleine Schwester nicht ihr ganzes Leben lang vierundzwanzig Stunden am Tag, sieben Tage in der Woche beschützen können.

Anya und Xander mochten auch in den nächsten Jahren noch in der Gegend sein, aber seien wir ehrlich – sie mussten ihr eigenes Leben aufbauen, und sie hatten einander. Wohin das führen würde, stand wohl außer Frage, kleinere Kabbeleien würden daran ebenso wenig ändern wie heftigere Auseinandersetzungen. Oberflächlich verhielten sich die beiden wie Hund und Katze, aber in der Art, wie sie einander ansahen, lag eine wachsende Zärtlichkeit, die selbst Buffy nicht entgangen war.

Willow und Tara ... Buffy war so oder so der Ansicht, dass Willow für Größeres als das kleine alte Sunnydale bestimmt war, und wenn die Dinge sich weiterhin so glatt wie bisher entwickelten, würde Tara Willow an jeden Ort dieser Welt folgen. Auf der anderen Seite waren beide klug und voller Energie, und gemeinsam stellten sie eine erstaunliche Wicca-Verbindung dar. Vielleicht würden sie doch in Sunnydale bleiben und ihr in dem nie endenden Kampf zur Seite stehen. Komisch, in all den Mantel-und-Degen-Romanen klang das so romantisch und aufregend, aber wenn man selbst den Degen schwingen sollte und Tag für Tag auf Tuchfühlung mit irgendwelchen widerwärtigen Vampiren oder Dämonen ging, war es schnell vorbei mit dem Fantasy-Spaß.

Jedenfalls hatten auch Willow und Tara einander – aber wen hatte sie? Giles war ihr Freund und ihr Wächter und beinahe wie ein Vater. Er war im Grunde immer da, andererseits war auch ihre Mutter immer da gewesen. Nun war sie dennoch fort, und Buffy hatte sich neben den Jägerstiefeln auch noch die Schuhe der Mutter angezogen und ihren Traum vom College und all den Dingen, die dem begehrten Abschluss normalerweise folgten, aufgegeben. Diese neuen Schuhe waren größer, und sie brachten eine größere Verantwortung mit sich. Von Dawns Gegenwart abgesehen musste sie sich nun auch noch mit Rechnungen und Hypotheken rumschlagen und sich über Dawns Zukunft Gedanken machen. Eine Zeitlang konnten sie noch auf die Ersparnisse ihrer Mom zurückgreifen, aber eines Tages würde Buffy sich darum kümmern müssen, Geld zu verdienen. Und ohne dieses wertvolle Stück Papier ... der Gedanke versetzte sie in Angst und Schrecken.

Irgendwo heulte eine Eule, es war ein trostloser, hallender Laut. Sonst war nichts zu hören, nicht einmal der Wind war stark genug, das Laub zum Rascheln zu bringen. Buffy mochte das Geräusch so wenig wie Halloween – es war schwer, die kindliche Liebe zu Halloween beizubehalten, wenn man wusste, was für Bestien tatsächlich durch die Nacht schlichen.

Ihr Blick streifte durch die noch belaubten Baumkronen, und sie musste an Riley denken. Wo er jetzt wohl war? Immer noch in irgendeinem süd- oder mittelamerikanischen Dschungel? Oder war sein Team zu irgendeinem anderen verborgenen Ort weitergezogen? War er überhaupt noch am Leben? Sie wusste es nicht, und sie hatte keine Möglichkeit, es herauszufinden, aber der Gedanke, dass er tot sein könnte, vielleicht schon vor Monaten gestorben war, ohne dass sie es erfahren hatte, deprimierte sie nur noch mehr. Sie hatte einen furchtbaren Fehler begangen, als sie ihn hatte gehen lassen, ohne ihm zu sagen, dass sie ihn wirklich brauchte, als sie zugelassen hatte, dass er in der Überzeugung, seine Liebe wäre nicht erwidert worden, aus ihrem Leben verschwand. Sie fühlte sich schuldig wegen des Kummers, den sie ihm bereitet hatte, sie schämte sich und hoffte, dass er eines Tages das Glück, das er verdiente, finden würde und dass ihn jemand ebenso anbeten würde, wie er sie angebetet hatte.

Erst Angel, dann Riley ... war es das, was die Zukunft für sie bereithielt – noch mehr Liebeskummer? Wartete mit einem neuen Mann auch neuer Liebeskummer auf sie? Sie hatte Riley aus Unentschlossenheit und Dummheit verloren, aber Angel war hier, in Sunnydale, und sein Platz in ihrem Herzen war immer noch frei. Es wäre so schön, so süß, so vertraut, wieder bei ihm zu sein, selbst wenn sich nichts geändert hatte, selbst wenn sie in ihrer Liebe nie allzu weit gehen durften. Sie kannte Angel, und er kannte sie. Tief im Herzen wusste sie, dass er sie immer noch liebte. Täte er das nicht, würde er sie kaum beschatten, was er tat, seit die anderen vor einer halben Stunde nach Hause gegangen waren. Immer gerade außer Sichtweite, wachte er über ihre Sicherheit.

»Angel«, sagte sie leise.

Dann wartete sie atemlos, doch er zeigte sich nicht. Aber er war in der Nähe, das hatte sie den ganzen Abend lang gefühlt.

Sie hatte Riley geliebt, ja, aber nicht so sehr, nicht mit dieser Unabänderlichkeit ihrer Gefühle, die sie für Angel empfand. Ihre Zukunft schien so trist und kalt, so leer, ohne ihre Familie, ohne ihre Freunde und ohne Liebe. Anders als die anderen würde Angel immer für sie da sein und zwar buchstäblich bis in alle Ewigkeit. Aber konnte sie ... würde sie ... versuchen, Angel zu überzeugen, nach Sunnydale zurückzukehren?

Ein wahnsinnig verlockender Gedanke ...


Oh, ja.

Angel war nicht der Einzige, der Celina schon früher begegnet war.

Sie lächelte Spike an, aber jetzt und hier, im *Fish Tank*, war keine Spur von dem Zorn zu spüren, den er in ihrem Gesicht gesehen hatte, als sie sich mit Angel unterhalten hatte. »Damals in Marseille habe ich deinen Namen gar nicht erfahren.«

Spike räusperte sich. »Spike«, sagte er und beschloss, die ganze Sache möglichst lässig anzugehen. »Und du bist Callia, wenn ich mich richtig erinnere. Wann war das, achtzehn ...?«

Celina zuckte die Schultern. »Inzwischen heiße ich Celina. Nach so vielen Jahrhunderten geraten die Daten ziemlich durcheinander, und sie sind mir nicht wichtig genug, sie mir zu merken.«

»Also, Celina.« Spike kniff die Augen zusammen. »Weißt du, ich hätte dich damals gern ein bisschen ... *näher* kennen gelernt. Versuchst du immer, deine Liebhaber umzubringen?«

Sie setzte ein bösartiges Grinsen auf und nahm neben ihm auf einem Barhocker Platz. »So oft wie möglich.«

Spike winkte dem Barkeeper. »Darf ich dich einladen?«

»Gern, solange du nicht versuchst, mich in ein dunkles Zimmer zu locken und noch einmal in den Hals zu beißen.«

Nun war Spike derjenige, der lächelte. »Ich bin nicht dumm, Süße. Ich wusste in dem Moment, in dem ich deine Hand berührte, dass du ein Vampir bist. Eine Mahlzeit war jedenfalls das Letzte, woran ich interessiert war – ich hatte lediglich an ein paar Turnübungen in Satinlaken gedacht. Wenn ich nicht irre, waren sie grün.«

Celina lachte herzlich. »Mein Fehler! Und ich dachte, du wolltest mich zum Hauptgang des Abends machen.«

Der Barkeeper stellte ein zweites Glas Whisky auf den Tresen, und sie griff über Spike hinweg nach dem Drink. Ihr Parfüm drang in seine Nase und erregte ihn, anders als vor hundert oder mehr Jahren, aber nicht weniger verführerisch. »Das Angebot gilt noch.«

Sie schenkte ihm ein strahlendes Lächeln. »Tatsächlich? Immer noch? Weißt du, ich hatte immer schon eine Schwäche für den britischen Akzent.«

Spike drehte sich auf dem Barhocker, bis er sie direkt ansehen konnte. »Deiner gefällt mir auch. Was ist das? Russisch? Ungarisch?«

»Griechisch«, sagte sie. Dann runzelte sie plötzlich die Stirn, als hätte sie bereits zu viel gesagt.

»Meine Gruft oder deine?«, fragte Spike, ehe sie zu lange darüber nachdenken konnte, wie sie dieses Leck in ihrer Tarnung stopfen könnte. »Ich habe mir ein ziemlich nettes Grab eingerichtet, und du bist neu in der Stadt.« Er prostete ihr mit dem Whiskyglas zu. »Allerdings habe ich nur selten Damenbesuch, du müsstest dich also mit etwas Staub abfinden.«

Celinas Stirn glättete sich, und Spike entspannte sich ein bisschen. Insgeheim hatte er befürchtet, sie würde ihn gleich an Ort und Stelle pfählen, als sie erkannt hatte, dass sie ihm ein Detail ihrer Geschichte offenbart hatte. »Du gibst wohl nicht so leicht auf, was?«

Er antwortete mit einem einladenden Lächeln. »Nicht, wenn es sich um eine so außergewöhnlich attraktive Frau handelt.«

Eine Weile musterte sie ihn nachdenklich, dann erwiderte sie sein Lächeln. »Weißt du, Spike, ich kann mich gar nicht mehr erinnern, wann ich mich zum letzten Mal habe verwöhnen lassen. Ich werde dein Angebot annehmen, damit ich erfahre, was ich verpasst habe.«

»Warum sind wir dann noch hier?« Er schüttete den Rest Whisky hinunter und gab sich wenig Mühe, seinen Widerwillen zu verbergen – scheußliches Zeug und verwässert noch dazu, warum um alles in der Welt hatte er es nur getrunken? Dann bot er ihr formell wie ein galanter Ritter seinen Arm. »Darf ich bitten, Mylady?«

Celina kicherte, als sie ihre Hand unter seinen Arm schob und sie hinausgingen. »Wie manierlich. Seit unserer letzten Begegnung bist du ein richtiger Gentleman geworden. Ganz anders als damals in Marseille.«

»Das hatte vermutlich mit dem Pflock zu tun, den du mir unbedingt ins Herz stoßen wolltest«, sagte Spike mit einem schiefen Seitenblick. »Mein damaliges Verhalten diente ausschließlich meinem Überleben. Aber ich schlage vor, wir lassen die Vergangenheit sein, was sie ist – vergangen.«

»Ein ausgezeichneter Vorschlag.«

Der Weg zu seiner Gruft auf dem Friedhof war nicht weit, was Spike ernsthaft bedauerte. Seltsam genug, dass ihm diese Frau das Gefühl gab, er hätte ein richtiges Date – wie lange war es her, seit er zum letzten Mal eine Frau ausgeführt hatte, lebendig oder tot, und ihr die Stadt gezeigt hatte? In gewisser Weise tat er jetzt genau das, wenn er auch sorgsam darauf bedacht war, ihr nur harmlose Informationen zu liefern und alles in leuchtenden Farben zu schildern. Sie schien an allem interessiert zu sein, ob es nun die Geschichte von Bürgermeister Wilkins war oder die von der Schwimmmannschaft der Highschool, deren Mitglieder zu Fischmenschen mutiert waren. Ihm war, als wären Jahre vergangen, seit Drusilla oder irgendwer seinen Erzählungen wirklich aufmerksam zugehört hatte, und jetzt führte er dieses ausgesucht schöne Geschöpf am Arm, und sie wirkte so, na ja, so normal.

Okay, dachte Spike. Ich muss aufpassen. Es bringt mich nicht weiter, von einer Schlange im Körper einer Frau verschlungen zu werden.

Aber das war schwer. Die Celina, die an seiner Seite ging, hatte so gar keine Ähnlichkeit mit der Mörderin namens Callia, gegen die er sich vor hundert oder mehr Jahren in einer mondlosen Nacht in Europa gewehrt hatte. Die Callia von damals war bösartig und beinahe tödlich gewesen; die Celina im Hier und Jetzt war charmant und kokett und, wie er sich eingestehen musste, unglaublich reizvoll – sie hatte die düster verführerische Art von Drusilla, kombiniert mit dem Verstand und der Persönlichkeit einer Buffy. Wie sollte er sich dem verschließen?

»Also, da ist es«, verkündete er, als er sie in seine Gruft führte. »Mein kleines, finsteres Zuhause.«

»Nicht schlecht«, sagte sie, und es klang, als würde sie es ehrlich meinen. Sie ging durch den Raum, berührte dieses, ergriff jenes zu einer näheren Begutachtung, und er konnte keine Spur von Grausamkeit an ihr erkennen – schön, abgesehen von der Bemerkung, sie würde Männer so oft wie möglich umbringen, aber das war vermutlich nur ein flotter Spruch gewesen. Darin war er selbst nicht schlecht, ebenso wie die meisten Leute in seinem Bekanntenkreis. Er fand nichts, was all die Gerüchte und Anspielungen erhärten konnte, die über Celina im Umlauf waren.

Sie stellte ein paar Fragen, und Spike beantwortete sie so gut er konnte, während er eine Flasche mit altem französischen Merlot zu Tage förderte, eine Kostbarkeit, die er für eine bisher ungeahnte besondere Gelegenheit aufbewahrt hatte. Heute schien die Gelegenheit gekommen zu sein, und er stellte fest, dass er den Wein brauchen würde, um den Wirbelsturm seiner Gedanken zu besänftigen. Je länger er zusah, wie sie graziös durch seine Gruft spazierte, sein Heim mit ihrer Anwesenheit erfüllte, desto mehr verliebte er sich in sie und desto weniger war er fähig, in dieser Frau die Person zu sehen, von der die anderen behaupteten, sie hätte Anya angreifen und Buffy umbringen wollen, die Person, die scheinbar völlig grundlos jeden ermordete, der ihren

Weg kreuzte. Und wenn sie ihm tatsächlich nur etwas vorspielte, so machte sie ihre Sache verdammt gut.

Spike reichte Celina ein Glas, und sie prosteten einander zu und nippten an dem Wein, genossen für einen Augenblick das kostbare Aroma alter Eichen und reifer Beeren, die den vierzig Jahre alten Tropfen so einzigartig machten. Der Wein und die Konversation gaben ihm Zeit, die Dinge zu überdenken, die sich während der letzten paar Tage ereignet hatten, also ging er alles noch einmal Schritt für Schritt durch und versuchte, der ganzen Geschichte einen Sinn abzuringen. Er hatte nie dazu geneigt, Tatsachen zu beschönigen oder Fakten zu mildern, aber nun, da Celina so nahe bei ihm war und vage nach tropischen Blumen und Weihrauch duftete, war sein Verstand froh und zufrieden, die Statistik der letzten Tage ein wenig durcheinander zu bringen. Ein Teil von ihm wusste genau, was er tat; ein anderer Teil jedoch trieb ihn dazu, fröhlich Ausreden zu erfinden und Tatsachen zu vernebeln, statt sich der Wahrheit zu stellen, ein Verhalten, über das er zu jedem anderen Zeitpunkt die Nase gerümpft hätte.

Kurz gesagt, Spike wollte glauben, dass all dem nur ein gewaltiges Missverständnis zu Grunde lag.

Es konnte nicht anders sein, sie hatten Celina mit irgendeiner anderen Schlächterin verwechselt. Zur Hölle, Buffy war stets in den dunkelsten Nachtstunden unterwegs, immer an Orten, an denen es keine Straßenbeleuchtung gab – wie konnte sie dann sicher sein, wen sie gesehen hatte? Und Angel war sowieso immer geneigt, jeden Kerl oder Dämon, der gerade auf den Straßen Amok lief, auf der Stelle zu erledigen. In Spikes Augen machten sie sowieso aus jeder Mücke einen gewaltigen Elefanten und bliesen die winzigsten Kleinigkeiten, die unbedeutendsten Plagen zu weltbedrohlichen Problemen auf.

Dieser spießige alte Ex-Bibliothekar unterstützte sie auch noch darin, aber sein Hirn war vermutlich so verstaubt, dass er nicht mehr geradeaus denken konnte, weshalb man ihm vermutlich keinen Vorwurf machen durfte. Andererseits war er schließlich der Älteste, der Klügste, der, den alle um Rat fragten. Der Mann sollte im Stande sein, die Realität von all dem Gefasel zu unterscheiden, das in seinen verrotteten alten Büchern stand. Und Anya – wenn die nicht neben der kleinen, verletzlichen Tara die größte Luftnummer von allen war, dann wusste Spike nicht, wer es sonst sein sollte. Die Frau war so lange ein Dämon gewesen, dass sie nicht einmal im Stande war, sich einigermaßen ordentlich in die menschliche Gesellschaft einzufügen – Celina hatte vermutlich nur versucht, ein zivilisiertes Gespräch mit ihr zu führen, und Anya war vollkommen ausgeflippt. Typisch Frau.

Aber der lästige rationale Teil seines Gehirns ermahnte ihn immer noch, dass er vorhatte mit etwas zu spielen, das weitaus gefährlicher war als Feuer – denn hier spielte er möglicherweise mit dem Tod. Diese Frau wollte Buffy tot sehen. Andererseits war Buffy schließlich voll und ganz zufrieden, solange Angel auf sie aufpasste. Aber was, wenn sie nur darauf wartete, dass er die Deckung fallen ließ? Irgendwie gefiel ihm der unrühmliche Gedanke nicht, als etwas zu enden, das man mit einem batteriebetriebenen Handstaubsauger entfernen konnte.

Während er noch seinen Gedanken nachhing, nahm ihm Celina das Weinglas aus der Hand und stellte es auf den Tisch. »Ich glaube, du hast in der Bar etwas vom Herumwälzen im Staub erzählt«, sagte sie, trat noch näher an ihn heran und schlang die Arme um seine Taille, und das Licht der Kerzen, die er überall in der ausgedehnten Gruft verteilt hatte, spiegelte sich in ihren Augen.

Sein logisches Denkvermögen war in null Komma nichts zur Tür des Mausoleums hinausgeflüchtet, und als sie ihre Lippen auf seinen Mund presste, löste sich alles, was auch nur entfernt an einen klaren Gedanken erinnerte, auf der Stelle in Luft auf. Es war sehr lange her, dass er einer willigen

Frau begegnet war, mit der auch er zusammen sein wollte – Harmony hatte sich viel Mühe gegeben, das musste er ihr lassen, aber dieser leblose Klumpen Fleisch, der einmal sein Herz gewesen war, hatte einfach nicht mitspielen wollen. Sie war ein hübsches Ding gewesen, und sie wusste auf sich Acht zu geben, aber... na ja, ohne Liebestaumel keine Liebesübungen, sozusagen.

Aber Celina war eine vollkommen andere Geschichte.

»Ich dachte, wir könnten den Staub auf dem Boden lassen und uns stattdessen ins Bett zurückziehen.« Mit einer sicheren Bewegung zog er sie an sich, und sie lachte kehlig und packte ihn wie ein Footballspieler. Ohne sie loszulassen, stolperte er einen Schritt zurück, dann hob er sie hoch und trug sie ins Bett, das von einer zerdrückten Tagesdecke bedeckt war.

Ihr Körper war natürlich nicht warm, aber welcher finstere Geist sie auch trieb, er war wirklich heiß. Und hungrig, allerdings nicht in Bezug auf Hamburger und Pommes frites. Nach ihren Reaktionen zu schließen, hatte auch sie lange keine Turnübungen in einer Gruft veranstaltet. Kreuz und quer, hin und her, auf und nieder, immer wieder – jedenfalls stellte sich schnell heraus, dass die Dame das Versäumte auf der Stelle nachzuholen gedachte.

Und, hey, der gute alte Spike war eindeutig der richtige Mann, um sie auf den neuesten Stand der Dinge zu bringen.


Später, sehr viel später, zündete sich Celina eine Zigarette an einer der heruntergebrannten Kerzen an, die auf der Kiste, welche Spike als Nachttisch diente, in einer Lache von rotem Wachs standen. Ihm gefiel, dass sie rauchte – sonst war er nur von Tugendbolden umgeben, Rauchen ist ungesund, Rauchen verursacht Krebs, Teufel, ihm hatte das nie geschadet – er war immer völlig gesund gewesen und würde bestimmt nicht an einem Lungenemphysem oder irgendetwas Ähnlichem sterben. In seinen Augen war dieses ganze Nikotin-Krebs-Gerede nur ein weiterer Nachteil eines schlagenden Herzens.

Celina blies einen dicken Rauchkringel in die Luft. »Erzähl mir mehr über diese drollige kleine Stadt«, forderte sie mit diesem herrlichen mediterranen Akzent. »Sie ist wirklich hübsch mit all den kleinen schmucken Häusern und Läden. Und diese attraktiven, wohl genährten jungen Leute. Sie sind wie wandelnde, sprechende Safttüten, die nur darauf warten, dass jemand mit einem Strohhalm vorbeikommt.«

Spike hob einen Arm über den Kopf und streckte sich, labte sich an der wohligen Ermattung, die von seinen Muskeln Besitz ergriffen hatte, während das Kribbeln auf seiner Haut noch immer über seinen ganzen Körper kroch. Er fühlte sich gut, ja, das tat er, so gut, wie er sich nicht mehr gefühlt hatte, seit die süße Drusilla ihn mit ihrer stets ein wenig verrückten Präsenz beehrt hatte. »Es geht so«, sagte er. »In Bezug auf leichte Beute ist die Stadt kaum zu übertreffen. Ich war schon ziemlich lange hier, bevor ich abgehauen bin, aber ich bin wieder zurückgekommen – ich schätze, Sunnydale kommt dem, was man ein Zuhause nennt, für mich am nächsten.« Er verschwieg, dass der Hauptgrund für seine Rückkehr die Hoffnung war, eines Tages diesen verdammten Chip der Initiative wieder aus dem Schädel zu bekommen.

Celina betrachtete ihn amüsiert, als wüsste sie genau, dass er ihr etwas vorenthielt. »Das klingt alles so harmlos, Spike, dabei erzählt man sich überall auf der Welt, dass es hier einen Höllenschlund gibt. Und eine Jägerin.«

Plötzlich fühlte sich Spike gar nicht mehr wohl in seiner Haut. »Es ist, wie es ist«, sagte er und zuckte die Achseln. »Ich kümmere mich nicht darum, was Menschen so daherreden. Sie leben sowieso nicht lange genug, um etwas wirklich Interessantes von sich zu geben.«

Celina strich sanft mit der Hand über seine Brust, und ihre kühlen Finger sandten einen Schauer durch seinen Leib, der rein gar nichts mit Kälte zu tun hatte. »Mach dir keine Gedanken, Baby. Ich weiß, dass du mit der Jägerin und ihren Groupies abhängst. Hey, ein Mann muss tun, was ein Mann tun muss, um an einem Ort zu überleben, der von der Jägerin kontrolliert wird. Ich verstehe das.«

Spike biss die Zähne zusammen, um nicht die ganze erbärmliche Geschichte von dem verfluchten Elektroschocker auszuplaudern, der in seinen Schädel eingepflanzt worden war. Es war nicht seine Schuld, dennoch fragte er sich, was sie von ihm halten würde, wenn sie davon wüsste. Würde sie seine Männlichkeit anzweifeln? Er hatte sie gerade erst unter Beweis gestellt, aber die Funktionsweise eines weiblichen Gehirns war ihm von jeher unverständlich gewesen. Das war alles so unfair ...

»Erzähl mir von der Jägerin«, sagte Celina und brachte so den ganzen Zug seiner selbstbezogenen Gedanken zum Entgleisen. »Wie ist sie so? Was sind ihre Stärken und Schwächen?«

»Warum interessiert dich das?«, fragte er argwöhnisch. »Sag nicht, du bist verrückt genug, dich noch einmal mit ihr anzulegen.«

»Natürlich nicht. Ich bin nur neugierig, das ist alles.« Aber nun klang ihre Stimme plötzlich ein wenig zu glatt, als hätte sie ihre Worte sorgfältig einstudiert. »Sie liefert eine Menge Futter für die Gerüchteküche – sie soll schon ziemlich lange am Leben sein und einen Vampir zum Freund haben. Es heißt, sie wäre sogar einmal von den Toten zurückgekehrt.«

»Reine Glückssache«, murmelte Spike. Bisher hatte er sich ganz gut geschlagen, von ein paar Erkundigungen bezüglich der Vergangenheit mal ganz abgesehen. Er hatte nicht mehr an die Jägerin gedacht, und die Ablenkung hatte ihm gut getan. Sicher hatte er auch nicht mit einer wilden Balgerei in seiner Gruft gerechnet, aber warum auch nicht?

Aber nun war er hier und setzte sein Leben für die Jägerin aufs Spiel, und sie schlich immer noch um Angel herum.

Inzwischen waren all seine wohligen Empfindungen verloren, und er wünschte, sie würden zurückkehren. Konnten sie nicht einfach die Uhr um zehn Minuten zurückdrehen? Zu der Zeit hatten sie jedenfalls noch verdammt viel Spaß miteinander gehabt.

»Tatsächlich.« Die schöne Blutsaugerin bedachte ihn mit einem scheelen Blick. »Sag mal, dieses Gerede über ihren untoten Freund – du bist nicht zufällig der Glückliche?«

»Nicht in diesem Leben«, entgegnete Spike, während er sich fragte, wie überzeugend seine Darbietung wohl sein mochte. Hinter seinen Worten versteckte sich mehr als nur ein wahrer Kern, und er hoffte, dass sein Tonfall nicht so bitter gewesen war, wie er sich tief im Inneren anfühlte. »Außerdem bin ich schon ein paar Jahre länger tot als die Jägerin lebt.«

»Na ja«, sagte Celina, »ich habe immer gehört, es wäre ein großer, attraktiver dunkelhaariger Typ, aber du weißt ja selbst, wie das mit Gerüchten so ist. Es hätte ebenso gut ein großer, attraktiver blonder Typ sein können.« Sie strich mit den Fingern durch sein Haar, und er konnte ihre Fingernägel sacht auf seiner Kopfhaut spüren. Wieder erschauerte er, dieses Mal bis hinunter zu den Zehen und wieder zurück. Am liebsten hätte er geschnurrt wie eine zufriedene Katze.

»Reden wir nicht mehr über so langweilige Sachen wie die Jägerin«, sagte er grinsend und drehte sich auf die Seite, um sie anzusehen. »Ich kann mir eine Menge interessanterer Dinge vorstellen.«

Sie lächelte und zeigte ihm ihre strahlend weißen Zähne. »Darauf wette ich.« Nun lachte sie, schnippte ihre Zigarette auf den staubigen Boden und legte entschlossen die Arme um seinen Körper. »Ohne jeden Zweifel!«

Irgendwann erloschen die Kerzen flackernd in einem See

aus geschmolzenem Wachs, und die beiden Vampire ruhten sich eng umschlungen in der finsteren Sicherheit von Spikes Gruft aus.

Celina wartete bereits vollständig angezogen, als Spike endlich aus seinem Postkopulationsnickerchen erwachte.

Es war immer noch dunkel, und die Sonne würde erst in einer Stunde aufgehen. Durch ihr höheres Alter besaß Celina einen Zeitsinn, der zu bestimmten Gelegenheiten ungeheuer praktisch war, beispielsweise, wenn ihr, wie jetzt, ein Vorteil gegenüber ihrer eigenen Art besonders gelegen kam. Nebenbei machte es einfach Spaß, so eine Geschichte einzufädeln ... und das nachfolgende Feuerwerk zu genießen.

Der blonde Vampir lächelte mit geschlossenen Augen, ein vertrautes, träges, zufriedenes Lächeln, das gleiche Lächeln, mit dem auch sie sich aus der Behaglichkeit des Schlafes gelöst hatte. Er war wirklich ein attraktiver Teufel – sie hatte eine Vorliebe für große, schlanke blonde Männer, und er war verdammt gut gebaut. Hübsche Augen hatte er außerdem. Allerdings gab es da ein kleines Problem, sollte er versuchen, sich zu strecken, was er gerade in diesem Moment tat ...

... musste er feststellen, dass er mit ausgebreiteten Armen an das Bett gefesselt war.

Sein Versuch, sich wohlig zu strecken, fand ein abruptes Ende, und statt sich langsam aus dem Schlaf zu lösen, war er auf der Stelle hellwach, als hätte jemand einen Schalter umgelegt. Spike riss die Augen auf, während sich die Muskeln an seinen Armen und der Brust spannten, selbstverständlich vergeblich. Die Jahrhunderte – und ein paar Monate in männlicher Verkleidung als Nachtmatrose auf einem großen Walfänger – hatten Celina gelehrt, wie man richtige Knoten knüpft.

»Was zum Teufel soll das?« Spike starrte die Blutsaugerin an, die ganz entspannt neben dem Bett stand. »Süße, wenn du unbedingt dieses Spiel spielen willst, hättest du mich wenigstens warnen können. Ich habe hier irgendwo Seidenschals, die sich erheblich besser anfühlen würden als dieses derbe Zeug.« Er hob den Kopf und warf einen verärgerten Blick auf die Seile, die um seine Hand- und Fußgelenke geschlungen waren. »Außerdem sind die Seile ein bisschen zu stramm, meinst du nicht?«

Celina sah ihn nur an. »Überlegen wir mal. Du bist nicht angezogen. Du bist gefesselt. Ich bin angezogen. Ich bin nicht gefesselt. Muss ich dir wirklich erst eine Lektion in Orwell'scher Logik erteilen?«

Dieses Mal unterstrich er seine Bemühungen mit einem wütenden Knurren, als er, nun doch etwas entschlossener, an seinen Fesseln zerrte. Celina konnte sich ein Grinsen nicht verkneifen, als Spike sein Vampirgesicht aufsetzte und feststellen musste, dass auch seine verstärkte Kraft nicht ausreichen würde und er sich wieder zurückverwandelte. Wie schade.

»Deinem Sinn für Humor mangelt es an Realitätsgefühl«, fauchte er. »Das hier hat ziemlich wenig mit *Saturday Night Live* zu tun.«

»Oh, ich finde es trotzdem recht amüsant.« Sie zog sich einen Stuhl heran und setzte sich so vor das Bett, dass sie ihm direkt ins Gesicht sehen konnte. »Ich meine, überleg doch mal. Tausende von Jahren haben Männer Frauen benutzt und weggeworfen, weil sie sie für das schwächere Geschlecht gehalten haben. Ich habe den Spieß mit dir lediglich umgedreht.«

»Du redest wie dieser Ex-Dämon, der mit der Gang der Jägerin abhängt«, sagte Spike. »Anya. Hätte ich gewusst, dass du auf einem Kreuzzug bist, hätte ich Abstand gehalten und mich in irgendein anderes verdammtes Land verzogen.«

»Anya ist ein ehemaliger Dämon? Ich wusste, dass irgendetwas an ihr anders ist.« Sie grinste ihn an. »Wir alle haben unsere Kreuzzüge zu bestehen, Spike. Manche von uns haben sogar das Glück, lange zu leben und immer weiterzukämpfen.«

Spike wirkte plötzlich sehr nachdenklich. »Ich weiß, ich werde die Frage noch bedauern, aber was willst du damit sagen?«

Celina zuckte die Schultern. »Ich dachte, das wäre offensichtlich – ich werde dich natürlich umbringen.«

»Hey«, protestierte Spike mit geweiteten Augen. »Spiel jetzt nicht die Schwarze Witwe ...«

»Für Einwände ist es jetzt ein bisschen zu spät, mein Süßer.« Gedankenverloren betrachtete sie ihre Fingernägel. »Hmmm, bewusstlos ... oder nicht bewusstlos?« Die Antwort ließ nicht lange auf sich warten. »Definitiv nicht bewusstlos. Das macht viel mehr Spaß. Ich kann mich nur nicht entscheiden, ob ich es jetzt oder später tun soll.«

»Später«, sagte er eilends. »Auf jeden Fall später.«

»Ich bin mir da nicht so sicher.« Sie musterte ihn forschend. »Die Frage ist, ob die Vorteile das Risiko überwiegen, sollte ich dich noch ein paar Stunden am Leben lassen. Einerseits ist da die Fluchtgefahr, andererseits könnte ich vielleicht noch mehr Informationen über die Jägerin und ihre Freunde brauchen. Möglicherweise bist du mir noch von Nutzen. Hmmmm ... Entscheidungen, Entscheidungen.«

»Ich habe eine Menge Potential«, gab Spike zu bedenken.

»Das sagtest du bereits«, erwiderte sie mit zweifelnder Miene.

»Und ich habe dir eine verdammt angenehme Nacht bereitet«, fügte er hinzu. »Das kannst du nicht abstreiten, und es sollte dir eigentlich ein paar Stunden meiner Existenz wert sein.«

Celina schwieg einen endlosen Moment lang. Nur das Scharren ihrer Fingernägel auf dem Laken war zu hören. Das *Ratsch, Ratsch, Ratsch* jagte Spike eine Gänsehaut ein, aber natürlich konnte er nichts dagegen tun, und er wagte nicht, sich zu beklagen. »In Ordnung«, stimmte sie schließlich zu. »Ich werde dich am Leben lassen ... für den Augenblick. Aber du bleibst hier im Bett.« Damit erhob sie sich.

»Du kannst mich doch hier nicht so liegen lassen«, protestierte Spike.

Sie schüttelte den Kopf. »Natürlich kann ich. Du wirst eben warten müssen.«

»Dann sei wenigstens so anständig mich zuzudecken! Was, wenn jemand reinkommt und mich so sieht?«

Sie bedachte ihn mit einem breiten, bösartigen Grinsen und schnipste einen Finger gegen sein Kinn. »Hast du schon mal den Ausdruck ›Lustknabe‹ gehört, Spikey?«

Sie lachte lauthals und ließ Spike sicher an sein eigenes Bett gefesselt zurück. Sie trat hinaus in das nächtliche Sunnydale, um sich ihrem kleinen Problem mit der Jägerin zu widmen und Bewegung in die Sache zu bringen.

# 10

Xander war längst aufgestanden, hatte geduscht und sich auf den Weg zur Arbeit gemacht, als Anya dem wiederholten Summen ihres Weckers endlich die gebührende Aufmerksamkeit schenkte. Draußen war es noch dunkel, und bis Sonnenaufgang würde noch eine halbe Stunde vergehen. Üblicherweise stand sie gemeinsam mit Xander auf, aber an diesem Morgen hatte er besonders früh mit der Arbeit anfangen wollen, fest entschlossen, mit dem Zaun vor dem Bastelgeschäft fertig zu werden, um sich dem nächsten Job zu widmen. Was war das noch gleich? Ach ja, sicher, etwas, das Xander als Mrs. Wedgemans Treibhauseffekt-Notfalleinsatz bezeichnete, die neueste Verrücktheit der reichen, aber exzentrischen alten Dame an der Argyle Street. Dieses Mal wollte sie von Xander, dass er ihr ein kleines Häuschen mit vielen Fenstern und Regalen baute, in dem sie ihre Pflanzen unterbringen konnte, weil sie plötzlich auf die Idee gekommen war, die Pflanzen würden in ihrem Siebzehn-Zimmer-Haus zu viel Sauerstoff abgeben, wovon ihr schwindelig würde.

Dieser Job machte ihm bei aller Arbeit auch noch eine Menge Spaß, und selbst Anya musste zugeben, dass es Xander, seit er sein Geschick im Umgang mit Holz und Zimmermannswerkzeug entdeckt hatte, nie an Arbeit gemangelt hatte. Mit ihm fühlte sie sich sicher und gut versorgt, aber nicht allein in materieller Hinsicht. Auch ihre emotionale Welt gestaltete sich ausgesprochen angenehm – sie verstand sogar Xanders Kommentar darüber, dass Menschen manchmal Dinge sagten, nur damit andere sich besser fühlten. Das hieß zwar nicht, dass sie größere Veränderungen in ihrem eigenen Sprachgebrauch erwog, aber das Leben der Menschen war nun einmal ziemlich kurz, also schien es nur logisch, dass manche, eindeutig die freundlicheren unter ihnen, dann und wann versuchten, den Alltag für ihre Mitmenschen ein wenig schöner zu gestalten.

So wie Xander es für sie tat.

Er machte ihr das Leben sogar sehr schön ... ihr Dasein war erheblich angenehmer und erfüllter als zu der Zeit, als sie noch Anyanka gewesen war. Sie hatte sogar Sex, und, seien wir ehrlich, das war etwas, das einem Rachedämon nur sehr begrenzt zur Verfügung stand – aus irgendeinem Grund hatten die Kerle das Interesse an kleinen Techtelmechteln mit ihr verloren, als sie angefangen hatte, Ex-Freunde und untreue Liebhaber in Frösche ohne Beine oder Brandopfer aus Stroh zu verwandeln. Im Grunde verstand sie nicht, was diese Typen für ein Problem hatten – schließlich hatte sie nie irgendjemandem etwas getan, der es nicht verdient hatte – aber Männer waren eben Rudeltiere, die gern zusammenhielten.

Da sie D'Hoffryn erst vor kurzem begegnet war, war ihr seine Aura der Finsternis wieder relativ vertraut, und sie fühlte seine Ausstrahlung bereits, als er anfing, sich in dieser Ebene zu materialisieren. Ihr blieb nur ein kurzer Moment, sich zu fragen, warum er sie nicht einfach auf seine Ebene holte, dann stand der große, alte, stinkende Kerl bereits in ihrer hellen, sauberen Küche und schnüffelte in ihren Schränken herum. Und da hatte sie auch die Antwort – er war zu ihr gekommen, weil er neugierig war und wissen wollte, wie sie lebte, so einfach war das. Dämon, Mensch – war es nicht typisch männlich, die Nase in alle möglichen Dinge zu stecken, die einen nun wirklich überhaupt nichts angingen?

»Hör auf damit«, sagte sie scharf, als er einen Schrank öffnete und nach einem Glas mit Pinienkernen griff. »Die sind teuer.«

Er ignorierte sie und krümmte seine dunklen Finger um das Glas. »Was macht das schon?« Seine Stimme klang eitel und übermäßig selbstzufrieden. Er schien seiner Sache überaus sicher zu sein. Anya verabscheute diesen Ton, der zu verstehen gab: *Ich weiß, was du denkst, also werde ich dir die Mühe ersparen, es selbst auszusprechen.* War D'Hoffryn womöglich selbst einmal ein sterblicher Mann gewesen? Auf jeden Fall benahm er sich wie einer. »Du wirst diese irdischen Dinge nicht mehr brauchen, wenn du wieder zu deinem dämonischen Dasein zurückgekehrt bist.«

Anya streckte die Hand aus und riss ihm das Glas weg. Dann stellte sie es außerhalb seiner Reichweite auf den Küchentisch, verschränkte die Arme vor der Brust und starrte ihm geradewegs in die Augen. »Meine Antwort ist nein.«

Eine Sekunde lang stand D'Hoffryn nur da und lächelte, als hätte er Schwierigkeiten mit der Datenverarbeitung. Als die Worte schließlich ihren Weg in seinen dicken, vielfach gehörnten Dämonenschädel fanden, schwand das Lächeln. »Was?«

»Nein. Ich habe beschlossen, sterblich zu bleiben.«

D'Hoffryn, der die Pinienkerne offenbar vollkommen vergessen hatte, richtete sich zu seiner vollen Größe auf und musterte sie finster. »Was redest du da, Anyanka?«

»Mein Name ist nicht mehr Anyanka«, entgegnete sie streng. »Ich heiße Anya. Und ich weiß, dass deine Ohren vollkommen in Ordnung sind, abgesehen davon, dass du sie während der letzten fünf oder sechs Jahrhunderte nicht gewaschen hast.«

Nun spiegelte sich der pure Unglaube in D'Hoffryns Miene. »Du ziehst das Leben eines Sterblichen meinem Angebot vor? Ewiges Leben, Macht ...«

»Ja.«

D'Hoffryn schüttelte das gehörnte Haupt. »Ich verstehe dich nicht. Erst bist du ein Mensch, dann ein Dämon, dann ein Mensch, der sich nichts sehnlicher wünscht, als seinen dämonischen Stand zurückzuerhalten. Was hält dich jetzt in der Dimension der Sterblichen?«

Anya beschränkte sich auf eine einfache Antwort. »Es gefällt mir hier.« Sie hatte wirklich kein Bedürfnis nach einem vertraulichen Gespräch mit ihrem Ex-Boss.

D'Hoffryns Augen glühten kurz auf. »Du wirst sterben wie eine Wanze«, sagte er düster. »Zerquetscht unter dem unausweichlichen Stiefelabsatz der Zeit.«

»Damit komme ich klar.«

Und …

*Paff!*


Der kleine, nach Fisch stinkende Dämon schlich um den Hintereingang der *Catbox* herum. Offensichtlich war er schon wieder des Hauses verwiesen worden. Wer konnte schon sagen, was er hier noch zu erreichen hoffte – vielleicht bildete er sich ein, jemand würde ihm einen Drink bringen, aber nachdem Celina durch Spike von dem abscheulichen Gebräu erfahren hatte, bezweifelte sie, dass der Barkeeper dieses Gesöff noch einmal mixen würde. Der Dämon wandte ihr den Rücken zu, während sein Blick die Straße nach einem lohnenden Ziel absuchte; die Unachtsamkeit dieses Dummkopfes, der nicht im Stande war, sich den Rücken freizuhalten, machte die Sache für Celina umso einfacher.

Sie traf ihn so hart, dass er gegen die Wand prallte und einen hässlichen Nasenabdruck in grünlichem Blut auf dem Mauerwerk hinterließ. Keuchend ging er zu Boden und versuchte, sich umzudrehen, um nachzusehen, wer ihn angegriffen hatte. Er schaffte es, den Kopf zur Seite zu wenden, doch weiter kam er nicht; sein Profil war genau der richtige Platz für den harten Absatz von Celinas Stiefel. »Ich hörte, du konntest deine Klappe nicht halten«, sagte sie und trat ein wenig härter zu. »Nenne mir einen guten Grund, warum ich dein schwatzhaftes, nach Fisch stinkendes Maul nicht für immer zum Schweigen bringen soll.«

Was auch immer er antwortete, es verlor sich in einem unverständlichen Murmeln, da der größte Teil seines Mundes und seiner Nase in den Schmutz gepresst wurden. Sie lüftete ihren Fuß ein bisschen, und er versuchte es noch einmal; grob übersetzt könnte seine verstümmelte Sprache etwa folgende Worte hervorgebracht haben: »Weil ich dir nützlich sein kann.«

»Ich wüsste nicht, wie«, konterte Celina, obwohl sie das durchaus wusste – tatsächlich hatte sie bereits große Pläne für dieses kleine Stück Fischabfall.

»Aber i-ich kann Sachen machen!«, würgte er eifrig hervor. »Botengänge. Ich kann deine Wäsche zur Reinigung bringen, mit dem Hund spazieren gehen, ich hole sogar überfahrene Tiere für den Köter von der Straße ...«

»Als würde ich zulassen, dass du meine Kleider anfasst. Und einen Hund habe ich nicht.«

»Dann eben deine Fische! Ich kann sie für dich füttern!«

»Denkst du, ich habe Seegras im Kopf?«, herrschte sie ihn an. »Wenn ich Fische hätte, würdest du sie vermutlich fressen.«

»Nein ...«

»Halt die Klappe.« Sie unterstrich ihre Anweisung durch etwas zusätzlichen Druck auf den Fuß, der ihn weiter auf den Boden drückte. »Ich werde deinem kleinen stinkenden Leib gestatten, noch ein wenig länger über diesen Planeten zu wandeln, aber nur, weil du vielleicht, ich sagte: vielleicht, im Stande bist, etwas für mich zu tun. Ich werde dir einen Auftrag erteilen, und du wirst ihn bis zur Abenddämmerung ausführen. Wenn du das nicht tust, werde ich dir demonstrieren, wie Sushi gemacht wird, obwohl in deinem Fall wohl nur verdorbenes Fleisch und Fischabtart dabei herauskommen würden. Hast du mich verstanden?« Celina zog den Fuß zurück und gestattete der gedrungenen kleinen Kreatur, sich wieder aufzurichten.

Grollend starrte er zu ihr hinauf, als er sich an der Wand aufrichtete und sich den Dreck von den Hosenbeinen wischte. »Ich habe die Klamotten gerade erst gewaschen. Wenn du übers Geschäft reden willst, hätten wir das auch auf eine zivilisierte Art tun können.«

»Du bist nicht zivilisiert«, entgegnete sie kategorisch. »Du bist ein Fischdämon.«

Er funkelte sie böse an. »Ich bin intelligent, ich habe ein Hirn! Und ich arbeite nicht umsonst, egal, was du davon hältst – ich habe ein Recht, für meine Bemühungen bezahlt zu werden!«

»Du hast natürlich Recht«, erwiderte Celina mit einem verständnisinnigen Lächeln. »Die Bezahlung für deine Dienste wird die Abwesenheit deines Todes sein.« Ehe ihre Worte überhaupt in sein Bewusstsein dringen konnten, griff sie mit einer Hand zu, schloss ihre Finger um die klumpige Stelle an seinem Hals – zwei Luftröhren, eine für jeden modifizierten Kiemen – und drückte keineswegs sanft zu. »Wusstest du, dass ein Druck von fünfhundert Pfund vollkommen reicht, ein menschliches Ohr abzureißen?«, fragte sie. »Ich glaube, es wird weniger Mühe machen, die Luftröhren aus einem schleimigen Stück Fischabfall zu reißen.«

Er würgte, und sie ließ ihn los, gab ihm aber noch einen kräftigen Stoß, der ihn erneut gegen die Wand beförderte, an der er prompt zu Boden glitt, sich die Kehle rieb und mit furchtsamem Blick zu ihr aufsah. »Ojemineh, du meinst es aber ernst.«

»Todernst.« Sie musterte ihn nachdenklich. »Ich überlege gerade, ob ich dir irgendwelche Körperteile brechen sollte, um dir zu veranschaulichen, dass ich in der Tat meine, was ich sage. Kannst du auch mit einem Kiemen atmen, oder bringt es dich um, wenn ich sie zerfetze?«

»Nein, nein!« Hastig richtete er sich auf. »Ich hab's kapiert. Ehrlich! Sag mir nur, was ich für dich tun soll.«

Celina lächelte ihn strahlend an. »Kooperation – das gefällt mir. Dir muss wirklich viel an der Verlängerung deiner kläglichen irdischen Existenz liegen.«

Er zuckte die Schultern, ließ sie aber nicht aus den Augen. »Das hat durchaus etwas für sich.«

»Ja, das höre ich auch immer wieder«, sagte sie. »Allerdings überwiegend von diesen jämmerlichen Menschen, die die Fähigkeit zu atmen nur deshalb so hoch schätzen, weil sie so leicht zerstört werden kann. Ich persönlich glaube, das Leben ist nur das wert, was man daraus machst. Und nun hör gut zu, während ich dir erkläre, was du zu tun hast, um etwas mehr aus deinem zu machen.« Zur Bekräftigung verwandelte sie sich in einen Vampir, und der dumme kleine Dämon fing vor Schreck an zu zittern – passend zurechtgemacht bot sie mit ihrer jahrhundertealten Erfahrung in der Tat einen Furcht erregenden Anblick. »Und übrigens«, knurrte sie bedrohlich, »wirst du dich unterstehen, der ganzen Unterwelt zu erzählen, dass du mit mir geredet hast, sonst …«


D'Hoffryn war fort. Verschwunden, ohne die Bitte, sie möge es sich noch einmal überlegen, ohne das Angebot, noch ein paar Tage länger darüber nachdenken zu dürfen. Keine zweite Chance. Nur eine abscheuliche Rauchwolke, die nach Schwefel stank – D'Hoffryn hinterließ diesen Dreck immer, wenn er wütend war –, und es würde Stunden dauern, bis sie sich verflüchtigt hatte.

Einen scheinbar endlos langen Moment blieb Anya einfach stehen, regte sich nicht und dachte daran, welche schreckliche Angst sie vor der Zukunft und ihrer Sterblichkeit hatte und vor so vielen anderen Dingen, die sie als sterbliche Frau erwarteten, Liebe und Verlust, vielleicht sogar die menschliche Qual einer Geburt, die Möglichkeit, eines

Tages Xander zu verlieren und schließlich auch ihr eigenes Leben. Und dennoch, es fühlte sich einfach gut an, wenn sie einatmete – ungeachtet des Schwefelgestanks – menschlich und ... richtig. Sich ihrer Angst zu stellen und all diese Dinge zu erleben ... das war die Sache wert, denn ohne sie wäre ihr Dasein leer und bedeutungslos. Sie konnte sich nicht vorstellen, die Freude, die Liebe und die Möglichkeiten einer Existenz als menschliche Frau aufzugeben, und wozu? Für ein ewiges Leben, das letztlich doch nur eine finstere und triste Existenz war. Was hatte D'Hoffryn gesagt?

*»Du wirst sterben wie eine Wanze.«*

Vielleicht behielt er sogar Recht, aber, bei Gott, sie wäre eine glückliche Wanze. Und so etwas gab es in D'Hoffryns Dimension eben nicht.

Anya versuchte vergeblich, den Schwefelgestank wegzuwedeln, und räumte das Glas Pinienkerne zurück an seinen Platz. Danach nahm sie eine Dusche, genoss die reinigende Wärme des Wassers und schwelgte gleich darauf in dem Geruch der frischen Kleidung, die sie nach dem Duschen anlegte. Fertig angezogen konnte sie sich nicht gegen ihr Bedürfnis wehren, durch die ganze Wohnung zu wandern und an jeder Tür stehen zu bleiben, um sich genau umzusehen. Vielleicht war sie ein bisschen materialistisch – okay, ziemlich materialistisch –, aber sie liebte dieses Apartment, die Helligkeit, die Offenheit, die Art, wie Xander und sie es eingerichtet hatten, um ihrer eigenen, einzigartigen Geschmackskombination gerecht zu werden. Ordnung war ihr wichtig, hier ebenso wie in der *Magic Box*, und so hatte alles seinen Platz, bis hin zu Xanders Action-Figuren, die er auf einem Regalbrett am Kopfende des Bettes aufgereiht hatte. Nur ein Makel fiel ihr ins Auge, und das war der Müll in der Küche, aber sie hatte noch genug Zeit, ihn wegzubringen, bevor sie zur Arbeit ging.

Anya schloss das Apartment ab und machte sich auf den

Weg zu den Müllcontainern auf der Rückseite des Gebäudes. Sie musste ein wenig mit dem Deckel kämpfen, als sie versuchte, ihn mit einer Hand aufzustemmen. Er war schwer, aber schließlich glitt er zurück ...

Und sie hätte beinahe laut aufgeschrien, als ihr aus dem Müllbehälter ein Dämon entgegengrinste.

»Hey, schöne Frau«, sagte die Kreatur, entriss ihr den Müllbeutel und warf ihn hinter sich, um gleich darauf von dem Berg schmutziger Plastikbeutel zu krabbeln. Er roch nach Fisch und benutzter Katzenstreu und mindestens einhundert anderen verrotteten Dingen, über die Anya gar nicht nachdenken wollte. »Mein Name ist Dunphy. Und deiner?«

»Das geht dich nichts an«, schnappte Anya, kräuselte die Nase und wich zurück. Welche Art Dämon war das – irgendeine genetische Fehlentwicklung, eine Mischung aus einem Fischdämon und dem *Kindstod* oder vielleicht dem *Ugly Man*? Möglicherweise war seine andere Hälfte auch ein Zombie – den passenden Körpergeruch hatte er jedenfalls. Sie war nicht mehr so auf dem Laufenden in Bezug auf die dämonische Genealogie wie noch vor ein paar Jahren. Sie sollte den neuen Arten wirklich mehr Aufmerksamkeit widmen. »Bist du irre?«, schimpfte sie. »Was tust du hier? Warum kriechst du hier rum wie eine ... eine Küchenschabe, um Himmels willen?«

»Hey, hier liegen ein paar nette Snacks herum«, protestierte er und zeigte ihr ein graues Etwas, das möglicherweise einmal zu einem Steak gehört hatte ... vor mindestens vier Tagen. »Und nichts gegen Schaben – sie sind wirklich köstlich.«

»Du bist widerlich. Komm aus unserem Müll raus und verzieh dich wieder in das Loch, aus dem du gekrochen bist. Wenn du nicht in dem Haus wohnst, darfst du auch nicht aus Mülltonne essen.« Damit machte Anya kehrt, um ihrer Wege zu gehen.

»Okay«, meinte der Dämon zustimmend. »Ich gehe. Aber du wirst mit mir gehen!«

Und bevor Anya einen Ton herausbringen oder gar fliehen konnte, hatte er ihr die Arme auf den Rücken gedreht und zerrte sie hastig in die Schatten zwischen den Apartmenthäusern.

# 11

»Ich habe seit halb eins achtmal im Apartment nachgesehen. Ich habe in jedem Raum eine Notiz hinterlassen, und wenn ich nicht selbst dort war, habe ich zehnmal pro Stunde angerufen, seit Sie mir gesagt haben, dass sie nicht zur Arbeit erschienen ist«, sagte Xander zu Giles. Seine Augen waren vor Sorge geweitet und von dunklen Ringen umgeben, und er marschierte in die *Magic Box* von der Tür bis zum hinteren Ende hin und wieder zurück, begleitet von dem nervösen Trommeln seiner Schritte. »Verdammt, Giles, es ist schon fast fünf. Wo ist sie? Ich habe ein verdammt mieses Gefühl, und das nimmt allmählich gigantische Ausmaße an.«

Giles nahm seine Brille ab und rieb sich die Augen, er bemühte sich aber, mit Rücksicht auf Xander wenigstens den Anschein ruhiger Gelassenheit zu geben. Obwohl Xanders Sorge keineswegs unbegründet war – Anya war eine Pedantin und Pünktlichkeitsfanatikerin, wenn es um die Arbeit ging. Hatte sie ihn nicht erst gestern zur Schnecke gemacht, weil er zu spät gekommen war? Er hatte nie recht verstehen können, wie ein ehemaliger Dämon so viel Freude an Geld und materiellen Dingen finden konnte, aber die junge Frau tat nicht nur das, sie konnte auch nicht begreifen, warum all die Leute um sie herum nicht die gleiche, tief empfundene Hingabe wie sie selbst zu diesen Dingen entwickeln konnten oder wollten. Anya würde niemals grundlos der Arbeit fern bleiben, doch als er heute Morgen um halb zehn das Geschäft betreten wollte, war die Tür noch verschlossen und der Verkaufsraum dunkel gewesen.

Er hatte alle möglichen Vermutungen angestellt und Xander über jede einzelne informiert, hatte sogar selbst einige Leute angerufen und sie gebeten, nach Anya Ausschau zu halten. Nun wollte Giles kein weiterer nutzloser Rat mehr einfallen, von einem sinnvollen ganz zu schweigen. Die Qual, es wenigstens zu versuchen, blieb ihm erspart, da Buffy und Dawn zur Tür hereinstürmten, direkt gefolgt von Willow und Tara. Sein hoffnungsvoller Blick wich jedoch schnell einer bestürzten Miene.

»Nichts«, sagte Buffy. »Nachdem ich Dawn abgeholt habe, haben wir jeden denkbaren Ort und noch ein paar mehr abgesucht. Niemand hat sie gesehen, niemand hat irgendwas gehört, nicht einmal Gerüchte gibt es.« Ihr Blick fiel auf Xander. »Hast du in eurer Wohnung wirklich gar keinen Hinweis gefunden? Nichts zerbrochen oder durcheinander...?«

»Nein«, sagte Xander. »Da ist es so sauber und ordentlich wie in einem Operationssaal. Sie hat sogar den Müll rausgebracht.«

Willow und Tara wechselten einen verstohlenen Blick, der doch zu auffällig war, unbemerkt zu bleiben. »Hey, diesen Blick kenne ich«, sagte Xander. »Das ist dieser Ich-weiß-was-was-du-nicht-weißt-Blick, der schon für eine Million Schulkinder zum Verhängnis geworden ist.«

Willow zuckte die Schultern, trotzdem war offensichtlich, dass irgendetwas nicht stimmte. »Wahrscheinlich ist es gar nicht wichtig.«

»Anya hat nur... ein paar Fragen gehabt, das ist alles«, fügte Tara hinzu. »Sie hat uns nichts Genaues gesagt.«

»Fragen?« Xander brach seinen Marsch ab. »Was für Fragen?«

Willow setzte eine unschlüssige Miene auf. »Na ja...«

»Ich glaube, sie hat sich überlegt, wieder zum Dämon zu werden«, sagte Dawn vollkommen ungerührt. »Ihre Macht zurückzuerhalten und so.«

Xander wurde kreideweiß und war plötzlich sehr, sehr ruhig. »Anyanka?«, flüsterte er.

»Das hast du schön hingekriegt, Dawn«, schimpfte Buffy. »Erinnere mich daran, dich als Ratgeber für taktvolles Verhalten in allen Lebenslagen zu verpflichten.«

»Was habe ich denn Falsches gesagt?«, protestierte Dawn verwirrt.

Buffy seufzte. »Vergiss es. Xander...«

Doch der sank gerade sehr langsam auf einen Stuhl. »Aber ich dachte, die Geschichte mit D'Hoffryn wäre ausgestanden«, sagte er. Plötzlich sah er aus, als laste ein Vierhundert-Pfund-Gewicht auf seinen Schultern. »Ich meine, ich dachte, dass ihr diese Möglichkeit überhaupt nicht mehr offen stand.«

»Ich denke, D'Hoffryn könnte sie besucht und ihr angeboten haben, ihr alle Kräfte zurückzugeben«, gestand Willow zögernd. »Sie hat Tara und mir eine Menge Fragen gestellt.«

»Was für Fragen?«, erkundigte sich Giles und setzte sich aufrecht hin. »Hat sie irgendetwas Besonderes gesagt?«

Willow schüttelte den Kopf. »Nein, und sie hat auch nie gesagt, dass sie mit D'Hoffryn gesprochen hätte. Aber sie hat so ein Zeug gefragt, zum Beispiel, warum ich abgelehnt habe und sterblich geblieben bin, als er mir die Unsterblichkeit angeboten hat, oder was mich an die Dimension der Sterblichen bindet, so ein Zeug eben.«

»Unsterblichkeit.« Xander raufte sich mit beiden Händen die Haare, bis sie in wirren Büscheln vom Kopf abstanden. Dann senkte er die Arme und barg das Gesicht in den Handflächen. »*Unsterblichkeit?* Wie zum Teufel soll ich da mithalten?«

»Ich glaube nicht, dass es darum geht, mitzuhalten«, sagte Giles, als er hinter dem Tresen hervorkam und sich neben Xander setzte.

Xander hob den Kopf und schaute ihn finster an. »Nicht? Dann erklären Sie mir doch, was es sonst sein sollte. Was könnte ich Anya geben, das besser wäre als das ewige

Leben – nicht zu vergessen, ein Leben, in dem sie sich nicht wie ein Vampir im Dunkeln herumdrücken muss – und die Macht, irgendwelche Leute in Trolle zu verwandeln oder zu machen, dass sie nie existiert haben, um nur ein paar Kleinigkeiten zu nennen?« Mit beiden Händen schlug er auf den Tisch. »Was bin ich im Vergleich dazu? Nur ein schwacher kleiner Sterblicher, der Tag für Tag mit Holz und Werkzeug spielt.« Der Arme sah entsetzlich unglücklich aus.

Buffy trat zu ihm und legte ihm eine Hand auf die Schulter. »Mach dich nicht schlechter als du bist, Xander. Du hast unheimlich viel für Anya getan und ihr Leben vollkommen verändert. Du musst darauf vertrauen, dass sie das weiß und dich genug liebt, dir den Vorzug vor der Finsternis zu geben. Hab Vertrauen zu dir selbst und zu ihr.«

»Wirklich?«, fragte Xander erbittert. »Wenn das wahr ist, und wir annehmen müssen, dass sie ein Jobangebot – samt diverser Vergünstigungen – von ihrem Ex-Boss erhalten hat, dann sage mir:

*Wo ist sie?*«

Zwei Stunden nach Sonnenuntergang taumelte Spike in die *Magic Box* und sah aus, als wäre er unter die Räder eines Leichenwagens gekommen.

Sein Haar stand in vierzehn verschiedenen Richtungen vom Kopf ab, und seine Kleider waren vollkommen zerknittert, als hätte er sich nur hastig geschnappt, was gerade zur Hand war, ohne sich Gedanken darüber zu machen, ob die Klamotten vielleicht erst eine Wäsche hätten gebrauchen können. Seine Handgelenke waren dort, wo der Jackenärmel endete, von großen, rotblaugelben Quetschungen übersät, seine Augen blickten gehetzt und misstrauisch, und er bewegte sich irgendwie ruckartig.

»Was zum Teufel ist mit dir passiert?«, fragte Buffy. »Und wo warst du überhaupt? Anya ist verschwunden ...«

»Ich weiß«, fiel ihr der Vampir ins Wort. Am Tisch löste Xander den unglückseligen Blick von dem polierten Holz. Bei Spikes nächsten Worten zuckte er buchstäblich zusammen. »Und ich weiß, was mit ihr passiert ist.«

Xander hatte sich bereits auf ihn gestürzt, bevor Spike auch nur mit der Wimper zucken, geschweige denn eine Hand zu seiner Verteidigung rühren konnte. »Wo ist sie?«, herrschte Xander ihn an. »Ist sie in Ordnung?« Er hatte den Vampir am Kragen gepackt und fing an, ihn durchzuschütteln. Spike, der so oder so schon aussah wie durch den Wolf gedreht, schaukelte in Xanders Griff hin und her wie eine Stoffpuppe. »Sag mir, wo sie ist, oder ich schüttele dir sämtliche Knochen aus dem Leib und bastele eine abstrakte Skulptur aus deinem Gerippe!«

»Xander, reiß dich zusammen!« Giles schob sich zwischen die beiden Männer und schlug Xanders Hand weg. »Gib ihm wenigstens eine Chance, etwas zu sagen.«

Spike stolperte gegen den Tresen und schüttelte den Kopf, als müsste er seine Gehirnwindungen sortieren. »Ich weiß nicht genau, wo sie ist – alles, was ich gesagt habe, war, dass ich weiß, was mit ihr passiert ist.«

Xander und die anderen starrten ihn an und malten sich bereits das Schlimmste aus. Ein Vampirangriff? Oder hatte sie womöglich D'Hoffryns Angebot angenommen und modellierte ihren Zorn über die letzten paar Jahre menschlichen Daseins bereits in bösartige Zauber zur Bestrafung dummer und unglückseliger Männer um?

»Ist sie … am Leben?«, brachte Xander schließlich hervor, innerlich überzeugt, dass die Antwort auf diese Frage alles war, was er wissen musste.

Spike starrte ihn entsetzt an. »Natürlich ist sie am Leben, du Vollidiot.«

Erleichtert ließ sich Xander auf einen Stuhl fallen. »Toll«, seufzte er.

Spike schüttelte sichtlich verständnislos den Kopf. »Unser

Dämonenmädchen wird es vermutlich nicht so toll finden, gekidnappt worden zu sein.«

»*Was*?« Xander schoss von seinem Stuhl hoch, als wäre er vom Blitz getroffen worden.

»Hoh, sitz, Junge.« Spike wich zurück, als Giles ein zweites Mal zwischen Xander und den Vampir trat. »Ich werde euch gern alles erzählen, wenn du damit aufhörst, mir jedes Mal das Gehirn durchzuschütteln, sobald ich den Mund aufmache.«

»Du hast ein Gehirn?«, fragte Buffy mit unschuldigem Augenaufschlag.

Spike bedachte sie mit einem finsteren Blick. »Genug, um dir etliche Male deinen blonden Schädel zu retten, Süße.«

»Dies ist nicht der passende Zeitpunkt für Streitereien«, mahnte Giles. »Spike, du wärest gut beraten, uns zu sagen, wo Anya ist, bevor Xander sein Versprechen, dich in Stücke zu reißen, in die Tat umsetzt.«

»Ich sage doch, ich weiß nicht, wo sie ist. Nur, was passiert ist.«

Buffy beförderte den Vampir nicht gerade sanft auf einen Stuhl. »Das wäre doch ein wirklich guter Anfang.«

Spike verlagerte sein Gesicht, bis er seine gewohnt nachlässige Haltung eingenommen hatte, und schlug die Beine übereinander. »Okay, Folgendes ist passiert. Unsere kleine Ex-Dämonin ist derzeit in der Obhut dieser mörderischen Braut, nach der ihr schon die ganze Zeit sucht. Wie es scheint, hat sie eine Art Handel im Sinn.«

Buffy zog eine Braue hoch. »Handel?«

»Du gegen Anya.«

»Warum habe ich gewusst, dass das so kommen musste?« Die Jägerin verschränkte die Arme vor der Brust. »Also gut, wo genau ist Celina?«

»Ich weiß es nicht«, sagte Spike aufrichtig. »Sie hat gesagt, du sollst um Mitternacht am Hauptfriedhof sein.« Dann warf er einen scharfen Blick auf Xander. »Ich muss dir sicher nicht detailliert schildern, was sie mit Xanders weitaus besserer Hälfte anzustellen gedenkt, wenn du nicht auftauchst.«

»Oh, ich werde da sein«, sagte Buffy düster. »Diese Frau hat ihr Quantum als Plagegeist mehr als erfüllt.«

»Buffy, sie ist extrem gefährlich«, mahnte Giles. »Wir wissen immer noch sehr wenig über sie ...«

»Ich wette, sie ist Griechin«, sagte Spike plötzlich.

Sämtliche Blicke richteten sich auf ihn. »Und worauf genau basiert diese Theorie?«, erkundigte sich Giles.

»Auf ihrem Akzent«, erklärte Spike. »Wir haben uns unterhalten, und ich habe sie danach gefragt. Ich glaube, sie hat geantwortet, ohne nachzudenken – sie sah ein wenig beunruhigt aus, nachdem ihr diese Info entschlüpft war.«

»Warte«, sagte Willow und blickte Spike forschend an. »Ihr habt euch unterhalten? Und du weißt, dass sie Anya entführt hat, und du weißt sogar, was sie für ihre Freilassung verlangt?« Sie runzelte die Stirn. »Hat außer mir noch jemand den Eindruck, dass es hier nach Ratte stinkt?«

»Ja«, sagte Xander. »Nach toter Ratte.« Wieder wollte er sich auf Spike stürzen, aber dieses Mal ging Buffy dazwischen und rettete die Haut des Vampirs. »Was hast du getan, Spike?«, wütete Xander über Buffys Schulter hinweg. »Du hast diese Undercover-Nummer wohl ein bisschen übertrieben. Wenn Anya was passiert, weil du ...«

»Oh, du hast bereits deutlich genug gesagt, was du dann tun wirst«, höhnte Spike.

»Das ist nicht witzig, Spike!« Der Vampir schrie auf, als Buffy Xander losließ und Spike einen Hieb auf den Schädel versetzte.

»Au – hey!«

»Ich denke, du solltest allmählich die fehlenden Informationen liefern«, sagte Giles ruhig, aber bestimmt. »Für den Anfang könnte es deiner Gesundheit dienlich sein, uns zu sagen, woher du das alles weißt.«

Als Spike zögerte, ging Buffy drohend auf ihn zu. »Schon

gut, schon gut!« Wütend starrte er sie an. »Also, ich habe sie in einer Bar getroffen, okay? War keine große Sache, nur so was wie ... ein ...«

»Aufriss?«, fragte Tara, und als plötzlich alle Blicke auf sie gerichtet waren, voller Staunen, dass ausgerechnet sie so etwas gesagt hatte, röteten sich ihre Wangen sichtlich.

»Ja, so was in der Art«, gab Spike verärgert zu. »Denkt ihr etwa, nur weil ich ein Vampir bin, hätte ich keine Bedürfnisse?«

»Bitte, erspar uns die Details aus deinem Sexleben«, sagte Buffy. »Ich glaube, so genau müssen wir es doch nicht wissen.«

»Aber dann verpasst ihr das Beste«, witzelte Spike, sichtlich stolz auf sich. Nur zu gern hätte er seine Geschichte in allen Einzelheiten erzählt.

»Ich kann durchaus auf die Berichterstattung von der Nacht der kopulierenden Toten verzichten«, sagte Xander.

»Ich schließe mich an«, fügte Willow hinzu.

Spike gab ein verächtliches Schnauben von sich. »Meinetwegen.«

»Ich bin überzeugt, wir alle können uns vorstellen, was nach logischen Gesichtspunkten passiert sein dürfte, nachdem du Celina in der Bar begegnet bist«, sagte Giles. »Aber ich denke, du solltest dich auf den Teil der Geschichte beschränken, der sich ereignet hat, als du am nächsten Abend wieder aufgewacht bist. Eine Erklärung dafür, wie Anya in dieses Bild passt, scheint mir angeraten.«

Ein widerstrebender Zug schlich sich in Spikes Mienenspiel. »Sie, äh, sie wollte, dass ich es euch erzähle.«

»Aber das ergibt keinen Sinn«, wandte Willow ein. »Der zeitliche Ablauf ...«

»Schon gut!«, explodierte Spike. »Wenn ihr es unbedingt wissen müsst, ich bin eine Stunde vor Sonnenaufgang aufgewacht, und die verfluchte Schlampe hat mich verschnürt wie einen Schmorbraten!«

Für einen Augenblick kehrte Schweigen ein.

»Äh ...«, setzte Xander an.

»Sie hat mich so zurückgelassen«, fiel ihm Spike aufgebracht ins Wort. »Den ganzen Tag. Als sie zurückkam, war ich so steif, dass ich meine Beine kaum noch bewegen konnte.«

»Wo war sie inzwischen?«, fragte Buffy.

Spike verdrehte die Augen. »Was ist das hier? Eine Quizshow? *Ich weiß es nicht.* Was ich weiß, ist, dass sie zurückkam, mich losgebunden hat und mir aufgetragen hat, dir zu sagen, du sollst zum Friedhof kommen, wenn du Anya je lebend wieder sehen willst.«

»Oh, Mann!«, machte Xander ziemlich unglücklich.

»Mach dir keine Sorgen, Xander«, sagte Buffy. »Wir kriegen sie zurück.«

»Immer vorausgesetzt, das Weib hat sie nicht längst alle gemacht«, sagte Spike mit dem ganzen Feingefühl einer wohl gefüllten Mülltonne. »Sie ist die bösartigste Kreatur, der ich je begegnet bin.«

»Halt die Klappe«, schnappte Buffy.

»Schön«, entgegnete Spike. »Das ist völlig in Ordnung. Benutzt mich, und werft mich weg, ich bin es gewohnt.«

»Darauf wette ich.« Buffy ignorierte seinen wütenden Blick und setzte eine nachdenkliche Miene auf. »Du glaubst, sie ist Griechin?«

»Erst soll ich die Klappe halten, dann soll ich wieder reden«, beklagte sich Spike. »Was denn nun?«

Buffy bedachte ihn mit einem zuckersüßen Lächeln. »Wie wäre es, wenn ich dir die Stimmbänder herausreiße und nachsehe, ob ich die Antwort, auf die ich warte, dort finde?«

»Definitiv Griechin«, entgegnete Spike. »Und ich bin ihr schon früher begegnet ...«

Giles Augen weiteten sich. »Du kanntest sie?«

»Junge«, machte Willow. »Die kommt ganz schön rum, findet ihr nicht?«

»Ja«, sagte Spike. »Damals nannte sie sich Callia.«

»Wann?«, fragte Giles gespannt. »Wann war das? Vor kurzem? Oder ...«

»Ich kann mich nicht genau an das Datum erinnern«, erklärte Spike dem ehemaligen Bibliothekar. »Spätes neunzehntes Jahrhundert, glaube ich. In einem Salon.«

»Und wieder eine Bar«, kommentierte Willow.

Spike verzog das Gesicht. »Wie ich bereits sagte, traf ich sie in einem Salon. In dem Moment, in dem ich sie sah, wusste ich, dass sie ein Vampir ist, aber sie war auch eine sehr schöne Frau. Ich dachte, ich könnte ein bisschen Gesellschaft vertragen, aber sie war in dieser Nacht ziemlich schlecht gelaunt. Am Ende bin ich nur noch um mein verdammtes Leben gerannt.«

»Warum hat sie dich dann nicht gekillt, als ihr euch wieder getroffen habt?«, fragte Buffy misstrauisch. »Vielleicht weil du so eine ergiebige Informationsquelle bist?«

Der Vampir richtete sich empört auf. »Ganz sicher nicht! Außerdem, was hätte ich ihr wohl erzählen können, das sie nicht längst wusste?« Er deutete auf die *Magic Box* mit einer knappen Geste. »Offensichtlich weiß sie bereits über diesen Laden Bescheid – hier hat sie schließlich auch Anya aufgelauert. Sie ...«

»Und woher wusste sie von der Verbindung zwischen Anya und Buffy?«, hakte Xander mit finsterer Miene nach. »Das liegt nicht zufällig daran, dass du einfach den Mund nicht halten konntest, oder?«

Spike schaffte es tatsächlich, gleichzeitig beleidigt und verwirrt auszusehen. »Ich habe ihr jedenfalls nichts verraten, und sollte ich das doch getan haben, dann nicht mit Absicht, das schwöre ...«

»Schon gut«, unterbrach ihn Buffy. »Wie sie auf diesen Zusammenhang gekommen ist, ist sowieso nicht mehr wichtig. Was jetzt zählt, ist, dass sie Anya hat, und wir sie wiederhaben wollen.«

»Richtig«, stimmte Giles zu. »So ungern ich mit Spike einer Meinung bin, er hat Recht. Celina wusste bereits von dem Laden und von Anya, immerhin hat sie Anya gleich gefragt, wie sie Buffy finden kann.«

»Wenn sie sich in den gleichen schäbigen Kneipen herumtreibt wie Spike, hat sie das vermutlich aus der Gerüchteküche erfahren«, stellte Willow fest.

Spike reckte trotzig das Kinn vor. »Man kann nicht gerade behaupten, dass wir Vampire besonders viel Gelegenheit hätten, unsere soziale Existenz zu pflegen, falls dir das noch nicht aufgefallen ist. Wenn es einen Club nur für Mitglieder gäbe, könnte man das Niveau vielleicht ein bisschen verbessern ...«

»Der einzige Club nur für Mitglieder, dem du je beitreten wirst, wird von Mr. Pflock geführt«, verkündete Buffy.

»Was habe ich dir eigentlich getan?«, fragte Spike verletzt. »Ein Typ kommt hierher, liefert euch Informationen, versucht zu helfen, und alles, was er davon hat, ist Ärger.«

»Im Leben bekommt man nicht mehr, als man selbst zu geben bereit ist«, sagte Tara mitfühlend. »Vielleicht gilt das auch im Nichtleben.«

»Ich komme gut ohne deine Schmetterlingsphilosophie zurecht, herzlichen Dank«, grummelte Spike.

»Genug gezankt«, erklärte Buffy. »Celina will etwas, und ich will etwas. Sie bekommt ihren Kampf, und ich bekomme Anya zurück. Wir werden beide zufrieden gestellt, und die ganze Sache findet heute Nacht ein Ende.«

»Wir haben noch etwas Zeit für ein paar Vorbereitungen«, sagte Giles. »Lass mich noch ein bisschen in meinen Schriften suchen. Immerhin haben wir jetzt einen Hinweis, mit dem wir arbeiten können. Wenn diese Frau tatsächlich Griechin ist, können wir den Umfang unserer Nachforschungen einschränken.«

»Nur für ein paar Vorbereitungen«, kommentierte Willow grinsend.

»Mir kommt da gerade etwas in den Sinn.« Giles hastete zum Ladentisch und zog mehrere sehr alte Ausgaben der Wächterprotokolle hervor, schlug sie auf und blätterte sie durch, bis er die Stellen gefunden hatte, die er bereits vor ein paar Tagen markiert hatte. »Es gibt im Lauf der Jahrhunderte mehrere Hinweise auf weibliche Vampire, die einen ähnlichen Namen wie Celina haben«, erklärte er. »Sie sind alle entkommen, aber ich glaube, wenn wir die Namen zurückverfolgen, werden wir feststellen, dass die Namen alle aus dem Griechischen stammen.«

Willow erhob sich und ging zu ihm, um ebenfalls einen Blick in die Bücher zu werfen. »Sie denken, es ist immer dieselbe Frau?«

»Vielleicht. Sieh dir das an.« Er wühlte in den Büchern, bis der älteste, abgenutzteste Band ganz oben lag. »Die einzelnen Erwähnungen ziehen sich durch die Jahrhunderte, aber wenn man sie im Ganzen betrachtet, kann man eine Geschichte erkennen.« Er schob seine Brille hoch. »Eine bösartige Blutsaugerin namens Calida in Salem, eine andere namens Caterina in Italien, Catalina in Spanien, Christine im mittelalterlichen London, mehrere Erwähnungen in den Vereinigten Staaten, wo sowohl Angel als auch Spike ihr begegnet sein könnten.«

»Aber woher stammt sie?«, fragte Tara mit großen Augen. »Wenn sie so alt ist, und sie die ganze Zeit beobachtet wurde, muss dann nicht auch bekannt sein, wo sie herkommt?«

Giles runzelte die Stirn, während er sich auf den Stammbaum konzentrierte, den er auf einem linierten gelben Blatt Papier entwarf. »Die Einträge weisen nicht daraufhin, dass sie von den Wächtern beobachtet wurde. Wir dürfen nicht vergessen, dass jeder Eintrag von einem anderen Wächter stammt und in den verschiedensten Ländern der Welt vorgenommen wurde. Zwischen den einzelnen Einträgen liegen Jahrzehnte. Vielleicht ist die Verbindung noch nie jemandem aufgefallen. Wenn es sich um dieselbe Blutsaugerin handelt, dann hat sie es offenbar für sinnvoll erachtet, ihre Identität zu verschleiern.«

»Aber warum?« Xander beugte sich gespannt vor. »Ich meine, sie ist doch bereits tot, also muss sie keine Angst haben, dass jemand sie umbringen könnte. Solange sie sich außer Reichweite der jeweiligen Jägerin befindet, sollte sie sich doch fühlen wie die Made im Speck.«

Giles nickte. »Das sollte man annehmen, aber wo sie auch war – immer vorausgesetzt, es war immer derselbe weibliche Vampir –, sie hat immer einen griechischstämmigen Namen benutzt. Es gibt Berichte über sie aus Portugal, aus Brasilien und Nordamerika, aber Griechenland scheint ihr am meisten zu liegen.«

Willow setzte sich an den Computer, klickte mit der Maus und fing hastig an, auf die Tastatur einzuhämmern. »Sehen wir doch mal, was wir mit diesen Informationen im Internet finden«, sagte sie. »Wir kommen vielleicht etwas schneller voran, wenn wir uns nicht Seite für Seite durch Aufzeichnungen kämpfen müssen, die in fremden Sprachen geschrieben und außerdem vom Alter vergilbt sind.«

»Diese Bücher sind von unschätzbarem Wert«, verkündete Giles entrüstet.

»Natürlich sind sie das«, entgegnete Willow besänftigend. »Aber sie haben nicht die Reichweite, die uns das Netz liefert. Das ist eben der Vorteil der modernen Technik.« Sie tippte immer noch, als sich die anderen inklusive Spike bereits um den Monitor versammelten. »Arbeiten wir uns rückwärts voran. Buffy, du hast gesagt, Angel wäre ihr in den Sechzigern begegnet, richtig?«

»Ja. Er hat gesagt, sie hätte in der Stadt damals so viele Leute umgebracht, dass sie glaubten, sie hätten es mit einem Serienmörder zu tun.« Dann setzte sie eine nachdenkliche Miene auf. »Aber er hat mir nicht gesagt, in welcher Stadt es war.«

»Hmmmm.« Willow konzentrierte sich ein paar Sekunden ausschließlich auf ihre Arbeit, ehe sie, einige Doppel-klicks später, wieder das Wort ergriff: »Wartet mal – hier: Es war Mullen, Nebraska.«

Xander starrte ungläubig auf den Bildschirm. »Eine Stadt kann doch unmöglich Mullen heißen.«

»Sicher kann sie das«, widersprach Willow. »Obwohl die Bevölkerungsdichte dort rapide abnimmt.«

»Wie kommst du darauf?«, fragte Giles.

»Nach der Volkszählungsstatistik betrug die Population in ganz Hooker County 1960 gerade 1130 Personen ...«

Xander schüttelte verständnislos den Kopf. »Hooker? Was für dämliche Namen haben sich diese Leute denn nur ausgedacht?«

»... *und*«, fuhr Willow mit einem verärgerten Blick auf Xander fort, »1990 waren es nur noch 793. Aber es kommt noch besser.« Sie deutete auf den Monitor. »Nach den Erhe-bungen des *National Geographic* hatte Mullen allein 1999 nur 479 Einwohner.«

»Also stirbt die Stadt aus.« Giles zog ein unglückliches Gesicht.

»Das kann man nur hoffen«, sagte Buffy düster, und jeder wusste, was sich hinter ihren Worten verbarg.

»Hier«, sagte Willow. »Da sind Hinweise auf Zeitungsbe-richte über den so genannten ›Pennermörder‹. Es heißt, die Person sei nie geschnappt worden – etwas Besseres wird ihnen wohl nicht eingefallen sein, nachdem sie verschwun-den ist, obwohl sie geglaubt hatten, sie hätten sie getötet. Mal sehen, was dabei herauskommt, wenn ich das mit einer Suche nach Serienmorden innerhalb eines begrenzten Gebietes verknüpfe ... mehr als sechs über die nächsten vierzig Jahre – hier. Eine Liste ungelöster Mordfälle.« Ihre Augen wurden plötzlich sehr groß. »Seht euch das an. Hier ist ein ganzer Haufen Einträge über eine Verdächtige, die gefangen genommen und inhaftiert wurde, aber jedes Mal fliehen konnte und nicht wieder aufgegriffen wurde.«

Tara runzelte die Stirn. »Und die Verbindung ist nie aufgefallen?«

Willow zuckte mit den Schultern. »Es gab immer einen Zeitabstand von einigen Jahren, dazu kommen verschiedene Städte, ein paar größere Städte im Mittleren Westen. Computer gab es zwar zu der Zeit schon, aber ich glaube, die Nutzung des Internets zur Weitergabe von Informationen wurde erst in den Neunzigern modern.«

»Wann ist das alles passiert?«, fragte Buffy.

Willow starrte auf den Monitor. »Das Muster ist ziemlich deutlich erkennbar . . . wenn man weiß, wonach man suchen muss. Wenn das unser Mädchen ist, dann veranstaltet sie immer irgendwo eine Gewaltorgie und killt zwischen sechs und vierzehn Menschen, ehe sie wieder für ein paar Jahre in der Versenkung verschwindet – oder flieht, je nachdem.«

»Gibt es Bilder von ihr?«, erkundigte sich Spike. Ein wenig abseits von den anderen zog er sich einen Stuhl heran und fläzte sich bequem auf die Sitzfläche. »Ich habe den Eindruck, dass sich dieser schwer zu fassende Vampir nicht gern fotografieren lässt, und ohne optische Beweise ist alles nur Spekulation. Es könnte auch eine ganz andere Königin der Nacht sein.«

»Finden wir es doch heraus.« Willows Finger flogen über die Tastatur. »Volltreffer – sie mag es nicht gern haben, aber offensichtlich hatte sie nicht immer die Wahl. Hier sind ein paar – typische Polizeifotogrimassen.«

Spike erhob sich wieder. »Okay. Dann sehen wir mal, ob wir von derselben Person sprechen.« Er warf über Willows Schulter einen Blick auf den Monitor und setzte ein verstohlenes Grinsen auf, als er das Bild einer dämlich lächelnden, aber schönen jungen Frau mit rabenschwarzem, kinnlangen Pagenschnitt betrachtete, wie es seinerzeit modern gewesen war. »Oh ja, die Haare sind anders, aber sie ist es.« Kurz bedachte er die anderen mit einem selbstzufriedenen Blick. »Heute sieht sie besser aus.«

Willow hantierte mit der Maus. »Wie steht es mit der hier?«

»Yep. Das ist sie auch.«

»Und die?«

»Dito.«

Willow nahm die Hände von der Tastatur. »Ich schätze, nun wissen wir, wie sie gelebt hat. Oder nicht gelebt hat.«

»Aber wer ist sie?«, fragte Buffy. »Sieh mal nach, ob du ältere Einträge findest.«

»Das ist der nächste Schritt.« Willow blickte wieder auf den Monitor. »Mal sehen – Ich werde es mit einer weltweiten Suche versuchen, aber ich weiß nicht, ob uns das weiterbringen wird. Das kommt vor allem darauf an, wie die Polizei in den einzelnen Ländern arbeitet. Einige arbeiten den ganzen alten Kram auf und hinterlegen die Daten im Netz. Die Frage ist nur, welche Akten sie für wichtig genug halten, sie einzuspeisen.«

Giles gab ein verächtliches Schnauben von sich. »Wenn ihr mich fragt, gibt es keinen Grund, etwas einzuspeisen, was man auch in einem guten Buch nachlesen kann. Ich bin der Meinung ...«

»Jackpot«, unterbrach ihn Willow. »Giles, hier ist ein Eintrag, der sich auf die Sache in Polen in den Fünfzigern bezieht, als sie sich Catia nannte.«

»Vergesst nicht, dass sie Ende des achtzehnten Jahrhunderts Callia hieß«, nörgelte Spike.

»Ich vergesse überhaupt nichts«, konterte Willow ein wenig genervt. »Davor ... mal sehen.« Ihre Finger rasten über die Tastatur, und sie starrte angestrengt auf den Monitor. Die Suche gestaltete sich offensichtlich nicht ganz einfach. »Hier ist etwas, das passen könnte. Ein Hinweis auf eine dämonische Frau, die Anfang des achtzehnten Jahrhunderts in einer malaysischen Stadt aufgetaucht ist. Inzwischen ist sie anscheinend zur Legende geworden – nur darum gibt es diesen Eintrag. Es heißt, sie wäre ursprünglich ganz normal gewesen. Sie hat sich mit den ortsansässigen Kampfkunstmeistern angefreundet und unter ihrer Anleitung studiert, bis sie so gut war wie ihre Lehrer.« Willows Blick wanderte zu Buffy. »Dann hat sie sie alle umgebracht.«

Buffy rieb sich nachdenklich die Hände. »Steht da auch, was sie studiert hat? Celina hat etwas erwähnt, aber ich kann mich nicht mehr erinnern, was es war.«

Wieder starrte Willow konzentriert auf den Monitor und blätterte mit der Maus weiter. »Pen ... cat See-lat«, sagte sie um halbwegs korrekte Aussprache bemüht. »Ich kann es nicht richtig aussprechen.«

»Du bist nahe genug dran«, entgegnete Buffy und verzog das Gesicht bei dem Gedanken an den zurückliegenden Kampf. »Das ist es.«

»Tut mir Leid, wenn ich dich in deinen unschönen Erinnerungen störe, Buf, aber die Zeit bleibt nicht stehen, und wir wissen immer noch nicht, was mit Anya ist«, drängelte Xander mit angespannter Miene.

»Richtig«, stimmte Willow zu. »Mal sehen, was es sonst noch gibt.« Während die anderen warteten, setzte Willow ihre Suche schweigend fort, doch ihr Gesichtsausdruck wurde von Minute zu Minute angespannter. »Wirklich viel ist das nicht – je weiter ich zurückgehe, desto magerer werden die Informationen. Ein paar Geschichten aus dem Reich der Legenden, Hinweise auf einen weiblichen Dämon oder Vampir, der dutzendfach gemordet hat, bevor er wieder verschwand, aber die Beschreibungen sind alle unterschiedlich.«

»Muss sie euch erst eine Flasche Haarfärbemittel über den Schädel ziehen, um diesen Punkt zu klären?«, fragte Spike blasiert. »Wenn sie plötzlich auf den Gedanken kommt, sich den Kopf zu rasieren und sich mit einer Robe aus Sackleinen zu kleiden, könnte sie in einem Haufen buddhistischer Mönche untertauchen.«

»Richtig«, sagte Willow, die zu sehr mit dem Computer beschäftigt war, um sich eine passende Entgegnung einfallen zu lassen. Sie zögerte kurz und tippte dann umso schneller. »Ich kann ihre Spur vielleicht bis in die Mitte des fünfzehnten Jahrhunderts zurückverfolgen. Möglicherweise finden wir in den Dateien des Rates etwas Brauchbares über diese Zeit ...«

Alarmiert blickte Giles auf. »Du kannst doch nicht einfach in den Dateien herumstöbern. Woher hast du überhaupt das Passwort?«

Willow bedachte ihn mit einem nachsichtigen Blick aus dem Augenwinkel. »Entspannen Sie sich, Giles. Ich schwöre, ich werde die Adressen der einzelnen Ratsmitglieder nicht bei E-Bay versteigern.«

»Mehr als einen Cent als Höchstgebot dürftest du vermutlich auch nicht bekommen«, spottete Spike.

»Willow«, versuchte Giles es noch einmal, »ich glaube nicht ...«

»Drin«, schnitt Willow ihm das Wort ab. »Hier heißt es ... oh!«

»Was?« Giles, der seine Einwände plötzlich völlig vergessen hatte, trat näher zu ihr. »Was hast du entdeckt? Etwas Interessantes?«

»Mehr als interessant, schätze ich.« Willows Stimme klang, als versuche sie um einen großen Klumpen Mist in ihrer Kehle herumzusprechen. »Ich habe mich reingehackt und die Suche auf die Ratsarchive ausgedehnt. Dann habe ich es mit einem Querverweis auf die griechische Geschichte versucht, weil Sie gesagt haben, die Namen wären alle griechischen Ursprungs.« Mit großen Augen blickte sie erst Giles, dann Buffy an. »Ich glaube, unsere Celina ist nicht nur ein Vampir, dem ein langes, glückliches, mörderisches Leben beschieden war, sie ist weit mehr als das.«

»Was sollte sie sonst noch sein?«, fragte der Wächter. »Ein

Dämon vielleicht? Eine Art Kreuzung zwischen einem Dämon und einem Vampir?«

Willow schluckte, erhob sich und überließ Giles ihren Platz, damit er sich selbst ein Bild machen konnte. Er setzte sich und überflog die Zeilen auf dem Bildschirm, bis er plötzlich leise keuchte. Schließlich las er laut vor, was er sah, und seine Stimme klang mit jedem Wort tiefer und erschütterter, während sein Geist einen logischen Sprung von der Vergangenheit in die Gegenwart tat.

»Nach den Mikrofilmunterlagen des Rates hat eine Wächterin in Griechenland 1527 nach Christus berichtet, dass ihr Schützling, die Jägerin Cassia Marsilka, ihr Quartier verlassen hat, ohne sich bei ihr zu melden. Sie kehrte nie zurück, und eine neue Jägerin wurde berufen; später nahm man an, dass Cassia Marsilka eines natürlichen Todes gestorben wäre. So wird sie auch in den Archiven geführt.«

Lange sagte niemand ein Wort, bis Xanders Stimme das Schweigen durchbrach: »Bitte, spulen Sie noch mal zurück und sagen Sie mir, dass Sie nicht behaupten, meine Freundin wäre von einer ehemaligen Jägerin entführt worden.« Sein Blick wanderte von Giles zu Buffy und weiter zu Spike. »Du hast doch ein bisschen Zeit mit ihr verbracht – du hast sie gebumst, um es genau zu sagen. Sie hat sich doch nicht wie eine Jägerin verhalten, oder?« Xander schien am Boden zerstört.

Spikes Gesichtsausdruck war alles andere als tröstlich. Stattdessen sah der blonde Vampir äußerst selbstzufrieden aus. »Ich wusste, dass sie kein gewöhnliches Vampirflittchen ist«, sagte er überheblich. »Mit so etwas gebe ich mich schließlich auch nicht ab.«

»Halt die Klappe, Spike«, fauchte Willow mit verkniffener Miene. »Glaubst du wirklich, dass sie das ist – die untote Version einer Jägerin?«

Spike funkelte sie böse an. »Hast du nicht gerade gesagt, ich soll die Klappe halten?«

»Spike, ich warne dich …«

»Spart euch die Mühe«, ging Giles ermattet dazwischen. »Ich denke, wir kennen die Antwort bereits. Die junge Frau, die uns derzeit das Leben schwer macht, war früher als Cassia, die Jägerin, bekannt.«

# 12

## Griechische Küste, 1527 n. Chr.

*Ein feuchtwarmer Sommerwind trieb den schweren Geruch von Salzwasser über die Küste des Golfes von Saronikós. Zwischen den Wolken leuchtete der Mond auf das Wasser hinunter und brachte die Wellen, so weit Cassia Marsilka sehen konnte, zum Funkeln. Das Panorama schien endlos und voller Möglichkeiten. Der Wind trug den Geruch der Fischerboote zu dem kleinen Dorf hinüber; er konnte so reinigend sein, dieser Wind, fegte all die Ausdünstungen einfach fort, die Menschen offenbar immer mit sich bringen mussten – Kochgerüche, Abfälle, ungewaschene Leiber und sogar die angenehmeren Düfte parfümierter Öle und zuckersüßer Feigen. Aber es gab andere Dinge, die auch der Seewind nicht vertreiben konnte, beispielsweise den Geruch des Todes und des Moders, die Ausdünstung eines Übels, das schon vor Jahrhunderten hätte beerdigt werden müssen.*

*Sie wusste, dass die Bestie hinter ihr war, noch bevor sie einen Ton von sich gegeben hatte.*

*»Du bist sogar noch schöner, als man sich erzählt.«*

*Langsam drehte sie sich um und stand aufrecht und furchtlos vor ihm. Sie wusste, dass sie für eine Frau recht groß war, schlank, aber kräftig, begünstigt durch ihre gute Abstammung aus einer begüterten Familie, die nie auf Nahrung oder Medizin hatte verzichten müssen. Ebenso wusste sie, wie die Kreatur, die nur wenige Meter von ihr entfernt war, sie sah. Sie konnte das Verlangen in seinen gold gesprenkelten braunen Augen flackern sehen, als sein Blick über ihre*

Augen, ihre makellose elfenbeinfarbene Haut und die rabenschwarzen Locken, die sanft über ihre Schultern fielen, wanderte. Eine Windböe strich über sie und presste die schlichte Leinentunika an ihren wohl geformten Körper; trotz der Entfernung konnte Cassia erkennen, dass seine Nasenflügel flatterten wie die eines Wolfes. Der Anblick des kurzen Schwertes an ihrem Gürtel schien ihn nicht zu kümmern, und sie kam nicht umhin, diese wortlose Akzeptanz ihrer Kraft und ihrer Weiblichkeit anzuerkennen.

Cassia war neugierig. »Wer erzählt sich das?«

Hier konnte man nie wissen, wann der Seewind schwerere Wolken herbeitrug, die Sternenschein und Mondlicht trübten, und um sicher zu gehen, dass sie sich dem Feind in dieser Nacht nicht bei annähernd vollkommener Dunkelheit stellen musste, hatte sie bereits in der Dämmerung ein kleines Feuer aufgeschichtet. Der Vampir, immer noch in menschlicher Gestalt, trat ein wenig näher an die Steine heran, die die Feuerstelle umgaben. Wenn eine Frau das römische Schönheitsideal schätzte, würde sie ihn als recht attraktiv empfinden. Er hatte den starken Körperbau eines Söldners, und sein ebenmäßiges Antlitz wurde von dichtem, dunklen Haar umrahmt; seine farblich leicht voneinander abweichenden Augen waren groß und standen weit auseinander. Er hatte sich sogar gewaschen und trug frische, wertvolle Kleider, die der damaligen Mode am englischen Hof entsprachen.

Doch für Cassia roch er immer noch nach Tod.

»In meinen Kreisen spricht man nur mit Ehrfurcht von dir«, sagte er. »Cassia, die Jägerin, ist eine Frau, die man in der Tat fürchten muss.«

»Deine Kreise?« Cassia machte sich nicht die Mühe, ihre Abscheu zu verbergen. »Untote, zweifellos.«

Er zuckte die Schultern. »Was hast du erwartet? Christenpriester, vielleicht?« Als sie nicht antwortete, fuhr er fort: »Ich bin Cyrus, der Gladiator. Ich habe vor beinahe vierzehnhundert Jahren unter dem Kommando des Kaisers Trajanus gekämpft, und ich habe bis heute nicht aufgehört zu kämpfen.« Sein Blick suchte den ihren. »Gleich, wie stark und mutig dich all die Geschichten auch darstellen, du besitzt weder die Erfahrung noch die Gewandtheit, mich zu schlagen, Jägerin.«

Cassia lachte. »Hast du mich deswegen gesucht? Weil du glaubst, du könntest mich besiegen? Das ist ein Vergnügen für Feiglinge!«

Cyrus lächelte schwach. »Ich war vieles in meinem langen Leben, Cassia, doch ein Feigling war ich nie.«

»Nie?«, konterte sie. »Warum sonst sollte ein mächtiger Gladiator einen unwürdigen Gegner fordern, wenn nicht, um den nächsten Morgen – oder Abend – noch erleben zu dürfen?«

Der dunkelhaarige Vampir trat einen Schritt näher und atmete tief ein, um Luft für seine Stimmbänder zu sammeln. »Um dir ein Angebot zu unterbreiten, Cassia. Ich suche eine Gefährtin, die es wert ist, an meiner Seite zu sein.«

Es dauerte einen Moment, bis ihr die Bedeutung seiner Worte aufging, doch dann lachte Cassia lauthals. »Du musst verrückt sein – ein Vampir und eine Jägerin? So etwas wird nie geschehen.«

Cyrus schüttelte den Kopf. »Nein, das nicht. Ein Vampir und eine Jägerin, die gleichzeitig ein Vampir ist.«

Sie starrte ihn an, beinahe zu wütend, ein Wort hervorzubringen. »Für dieses Angebot werde ich dich töten«, kündigte sie schließlich an. »Wie kannst du es wagen, mir so etwas vorzuschlagen? Und wie kommst du darauf, dass ich einverstanden wäre?«

Seine Lippen verzogen sich zu einem verschlagenen Lächeln. »Deine Antwort war etwas überstürzt, Cassia. Vielleicht solltest du erst ein bisschen in dich hineinlauschen und die Finsternis in deinem Inneren erforschen.«

»In mir gibt es keine Finsternis«, fauchte sie. »Du sprichst *von Dingen, die du dir wünschen magst, die jedoch nie Teil der realen Welt sein werden.«*

*»Wenn du dessen so sicher bist, warum hörst du mir dann zu?«*

Unter den Falten ihrer Tunika umfasste Cassia zuversichtlich ihren Pflock, ehe sie Cyrus, dem Gladiator, ein müdes Lächeln schenkte. »Weil du, auch wenn es schon so viele Jahrhunderte her ist, einmal ein Mann gewesen bist, und ich habe es mir zur Gewohnheit gemacht, einem Sterbenden zu gestatten, ein paar letzte Worte zu sprechen.«

Dann sprang sie.

Er war nicht überrascht von ihrem Angriff, aber er war auch nicht schnell genug, ihr vollständig auszuweichen. Ihr Pflock traf nur Luft, als er herumwirbelte und versuchte, nach ihr zu schlagen, doch Cassia war ebenso wie er selbst nicht dort, wo er sie vermutet hatte. Sein Schlag traf sie auf einem Schulterblatt und richtete außer einem unbedeutenden Schmerz keinerlei Schaden an. Cassia zog ihr Schwert mit der Linken und wehrte einen Hieb von Cyrus' schwerer Klinge ab, einen Hieb, der ihr den Arm am Ellbogen hätte abtrennen können. Sie versuchte, den Knauf ihres Schwertes hinter seinem Handgelenk zu verhaken und den Arm um den seinen zu schlingen, doch der Gladiator war zu behände – er beugte den Ellbogen und ließ sich zurückfallen, ehe sie ihn entwaffnen konnte.

Wieder trafen ihre Klingen aufeinander, Metall schlug auf Metall, mit solcher Wucht, dass Funken in der Dunkelheit stoben, und die Kampfgeräusche verjagten die Nachtvögel aus ihren Verstecken in den Bäumen und Sträuchern am Rande der Klippe, die die Küste überragte. Bei jedem Schritt, den er vorankam, tat Cassia zwei zurück; für jeden Hieb und jeden Tritt, den sie einstecken musste, um sein Schwert abzuwehren, teilte sie drei aus. Trotz seines Alters und seiner Kraft konnte Cassia fühlen, wie er ermüdete, und bald waren seine Schwertstreiche so schwerfällig, dass sie ihren

*Vorteil nutzen konnte. Er mochte vierzehnhundert Jahre alt und erfahren sein, aber er war dennoch nur ein Vampir.*

*Und sie war Cassia, die Jägerin.*

*Ein kreuzweise geführter Hieb zwang Cyrus in die Knie. Cassia schlug mit der flachen Seite der Klinge von links oben zu, lehnte sich dann nach rechts, bereit, den hölzernen Pflock in seine Brust zu rammen, als er den Arm hob, um sie abzuwehren. Noch war sie ein wenig zu weit von ihm entfernt, und sie machte einen winzigen Schritt vorwärts ...*

*... und traf mit einem Zeh ihres rechten Fußes auf einen runden Stein und knickte um.*

*Ihr Pflock verfehlte sein Ziel, als ihr Fußgelenk unter ihrem Gewicht nachgab. Die Spitze ratschte seitwärts über das Gewebe seines Hemdes, und sie verlor das Gleichgewicht; Cyrus erkannte seine Chance, und er wusste sie zu nutzen. Sein Schwert wechselte über seinem Kopf in die linke Hand, während er gleichzeitig ihren rechten Unterarm verdrehte. Cassia fiel zur Seite, und die Zeit schien sich endlos zu dehnen, als sie fühlte, wie ihre Finger das kostbare Holz nicht mehr halten konnten, worauf der Pflock irgendwo in den pechschwarzen Schatten im hohen Gras verschwand.*

*Noch hatte sie ihr Schwert, aber Cyrus stürzte sich mit seinem ganzen Gewicht auf sie und drückte sie mit dem Gesicht voran auf den Boden. Im nächsten Moment krachte sein linkes Knie auf ihr Handgelenk, und die Waffe war nutzlos. Sie versuchte, sich zu befreien, als etwas Kühles, Scharfes zwischen ihren Hals und den Erdboden glitt ...*

*Cyrus' Schwert.*

*Der Gladiator hatte gewonnen.*

*»Ein exzellenter Kampf, Cassia«, sagte der Vampir direkt an ihrem Ohr. Die Luft, die er in seine Lungen gesogen hatte, um sprechen zu können, wogte heraus und roch nach Grab, trocken und kühl und widerlich süß. Aber Cassia ließ nicht zu, dass er ihre aufwallende Übelkeit bemerkte. Nie*

würde sie ihm die Gelegenheit geben, diese minimale Regung als Furcht zu verstehen. Sie fürchtete sich nicht. Niemals. »Du hast dich gut geschlagen.«

»Du hast nur durch Glück gewonnen«, gab sie zurück. Das Sprechen fiel ihr schwer, und bei jeder Bewegung ihres Kehlkopfes schnitt die Klinge in ihren Hals. Der Schmerz erschwerte ihr das Atmen, und sie fühlte, wie das Blut aus der Wunde hinab zu ihrem Schlüsselbein rann.

Cyrus' Körper spannte sich, und er lächelte. »Wie süß dein Blut schmeckt«, murmelte er und rieb kosend seine Wange an der ihren wie ein Hund, dem es nach Streicheleinheiten verlangte. Sein Gewicht auf ihrem Rücken war niederschmetternd, und sie hatte sich in ihrem Leben nie etwas mehr gewünscht, als ihn jetzt abschütteln zu können. »Wir hatten wenig Gelegenheit, miteinander bekannt zu werden, Jägerin. Dabei hast du so viel zu geben, so viel von dem, was ich mir seit Jahrhunderten von einer Gefährtin wünsche, was ich mir von einer Frau wünsche. Schönheit, Geschicklichkeit, Leidenschaft – eine Lebenslust, die nicht erlöschen sollte. Diese Welt wäre um einiges ärmer, müsste sie darauf verzichten.«

»Was weißt du von Lebenslust?«, zischte sie. »Wenn du mich umbringen willst, Gladiator, dann tu es endlich!«

Cyrus kicherte. »Ich weiß mehr über das Leben und die Lust als du, Kindchen – wie schnell du doch bereit bist, das deine wegzuwerfen! Ich habe über die Jahre so viel gesehen, viel Leben und viel Tod, habe den Schmerz von Verletzung und Isolation gefühlt, die Qualen der Einsamkeit hingenommen, länger, als du dir vorstellen kannst.« Lange regte er sich nicht und sagte keinen Ton, dann fühlte sie, wie sich etwas an ihrem Gesicht bewegte, wie die Haut gedehnt wurde, als er sich in einen Vampir verwandelte. Seine Stimme klang nun tiefer, beinahe wie ein leises Knurren. »Komm zu mir, Cassia. Bleib bei mir für die Ewigkeit, und ich werde dir die Schönheit der dunklen Seite des Seins zei-

*gen. Was du in deinen kurzen siebzehn Jahren von der Welt gesehen hast, hast du durch Augen betrachtet, deren Blickfeld die Rechtschaffenheit bestimmt hat, aber wer sagt, dass es auch Recht war, dir diese Sicht aufzubürden? In der Unterwelt gibt es Dinge, von denen du noch nicht einmal geträumt hast, Freuden, die du dir nicht vorstellen kannst. All das biete ich dir.«*

*»Nein ...«*

*Und Cyrus grub seine Zähne in das weiche Fleisch ihres Halses.*

*Der sengende Schmerz der Einstiche wich sogleich einer Wonne, die so unglaublich stark war, dass sie kein Glied mehr rühren konnte. Ihre Finger verkrampften sich in der Luft, als der Gladiator sich an ihrer Kehle labte, sorgsam darauf bedacht, keinen Tropfen zu verschwenden. Schwärze wogte über die äußeren Bereiche ihres Blickfeldes, und sie hätte laut geschrieen – »Nein, nur das nicht – töte mich lieber, ich flehe dich an!« – aber ihre Stimme versagte ihr den Dienst, war so nutzlos wie der Rest ihres Körpers. Taubheit breitete sich in ihrem Leib aus, während er sie langsam ausblutete, sie schwächte, als hätte er ihr Gift ins Essen gemischt. Sie konnte ihren Herzschlag hören, erst panisch und ohrenbetäubend, dann*

*Langsamer ...*

*Langsamer ...*

*Laaangsaaaaamer ...*

*Die Ewigkeit winkte, doch Cassia war noch nicht ganz dort, war noch nicht ganz tot. Sie schwebte, nein, sie fiel in einen Abgrund, dunkel, aber weich, behaglich und unendlich, angefüllt mit den geflüsterten Echos der lockenden Worte einer Kreatur, die einst Cyrus, der Gladiator, gewesen war, einer Kreatur, die sich gerade von ihrem Hals gelöst hatte.*

*»Wir alle haben eine dunkle Seite, Cassia Marsilka.« Das animalische Timbre seiner Stimme war so besänftigend, so*

*einladend, die letzte Verbindung zur Welt, an die sie sich klammern konnte, ehe der Tod endgültig nach ihr greifen würde. Plötzlich wollte sie nicht mehr, dass die Stimme schwieg. »Die Macht der Versuchung ist unendlich stark, und anders als Jesus Christus in der Wüste, erliegt ihr so mancher Sterblicher. Ich biete dir mich und die Unsterblichkeit, aber du musst dich entschließen, diese Gaben anzunehmen. Ich werde dich nicht zwingen. Denk nach, meine Schöne. Wer kann dir schon sagen, dass dich auf der anderen Seite mehr als nur ein schwarzes Nichts umfängt?«*

*Sie fühlte, wie er ihren hilflosen Körper vom Boden hob, einen Körper, so kraftlos wie der einer Puppe aus Garn und Stoff. Nun war ihr Gesicht nach oben gewandt, ihre Augen Schlitze, durch die sie nur den Schatten von Cyrus' Antlitz sehen konnte; die zahllosen Sterne am Himmel winkten ihr, sie erschienen ihr nun unendlich Furcht einflößend. Dann versperrte ihr etwas anderes die Sicht – sein Handgelenk, aus dem Blut aus einer selbst zugefügten Wunde troff, kupfern, so alt, wie Cyrus selbst es war. Was ihr zuvor Übelkeit erregt hatte, roch plötzlich wie kostbarer alter Wein. Sie musste nur den Mund öffnen, um es aufzusaugen …*

*»Du musst deine eigene Wahl treffen, Cassia. Geh in den trüben Tod der Sterblichen oder begleite mich in die glorreiche Unsterblichkeit.«*

*Und Cassia, die Jägerin, trank sein Blut.*


»Du riechst abscheulich. Wann hast du das letzte Mal ein Bad genommen?«

Auf der anderen Seite des kleinen, feuchten Raumes blickte der scheußliche Dämon namens Dunphy, der Anya an diesem Morgen bei den Mülleimern überfallen hatte, von der Tüte Kartoffelchips auf, deren schwindenden Inhalt er eifrig in sich hineinschaufelte. »Was?«, fragte er mit einem absolut dämlichen Gesichtsausdruck.

»Ich weiß, dass du nichts an den Ohren hast«, sagte Anya gereizt. »Weißt du nicht, dass persönliche Hygiene ein Schlüsselelement für die Integration in die moderne Gesellschaft ist? Ich habe in der *Cosmopolitan* alles darüber gelesen. Du wirst niemals auf Akzeptanz treffen, wenn du nicht lernst, den Wert von Wasser und Seife zu schätzen.«

Der Dämon starrte sie an. »Ich kann Seife nicht vertragen«, sagte er schließlich. »Davon bekomme ich Asthmaanfälle.«

»Dann eben nur Wasser«, erwiderte Anya. »Wasser musst du doch mögen. Du bist ein Fisch … dämon.«

Die Kreatur zuckte die Schultern. »Ich mag Seewasser, aber nicht das Zeug, das hier aus dem Wasserhahn kommt. Unter dem gechlorten Zeug kommt man sich vor wie unter einem Kübel Bleiche, und es stellt üble Sachen mit meiner Haut an.«

»Dir würde ein bisschen Bleiche ganz gut tun«, gab Anya zurück. »Besonders in diesem Loch.«

Dunphy legte die inzwischen vollkommen geleerte Chipstüte weg und schüttelte staunend den Kopf. »Wow, du bist ganz schön anstrengend«, sagte er, während er aufstand und zu ihr hinüberschlenderte. »Für jemanden in deiner wenig erfreulichen Lage hast du ein ziemlich freches Mundwerk.« Er zerrte grob an den Seilen, mit denen sie gefesselt war.

»Au – hey, lass das!« Anya funkelte ihn böse an. »Weißt du, ich habe auch gelesen, dass es Richtlinien für die Behandlung von Gefangenen gibt, und ich glaube, du hältst dich nicht an die Regeln.«

»Du liest ziemlich viel, was?«, bemerkte der Dämon und lachte. »Regeln? Es gibt keine Regeln, Missy. Und du bist keine Gefangene, du bist eine Geisel, das ist etwas ganz anderes.«

Anya verdrehte die Augen. »Hast du kürzlich zufällig einen Blick in den *Webster's* geworfen?«

Dunphy starrte sie nur verständnislos an. »Häh?«

»Ein Lexikon, du verfaulte Missgeburt. Es enthält ein Nachschlagewerk für die Regeln des täglichen Miteinanders. Wenn du auf der Ebene der Sterblichen leben willst, solltest du wenigstens mit ihrer Kultur und deren Ursprüngen vertraut sein. Ich habe gelesen ...«

»Du bereitest mir Kopfschmerzen«, unterbrach er sie. »Und ich neige dazu, ziemlich eklig zu werden, wenn ich Kopfschmerzen habe.« Plötzlich rückte er nahe an Anya heran, viel zu nahe. »Ich glaube, ich habe dir noch gar nicht erzählt, was ich tue, wenn ich Kopfschmerzen bekomme ...«

Buffy hörte gerade gespannt Spike zu, der erzählte, er habe eine Idee, wo Anya gefangen gehalten werden könnte, als plötzlich Angel in der Tür stand.

Ihre Augen leuchteten, doch sie beeilte sich, ein neutrales Gesicht aufzusetzen. »Angel. Was machst du hier?«

Seine Antwort war typisch: kurz und ohne jeden Informationsgehalt. »Ich war gerade in der Gegend.«

Giles musterte ihn interessiert. »Raus mit der Sprache.«

Angel ignorierte den ehemaligen Bibliothekar. »Und? Habt ihr mehr über Celina herausfinden können? Wer sie ist und was sie von dir will?«

»Ja«, antwortete Buffy. »Wir haben. Wir glauben, sie ist eine untote Jägerin.«

Nun sah sogar Angel überrascht aus. »Eine Jägerin?«

»Aus dem sechzehnten Jahrhundert«, fügte Giles hinzu. »Damit ist sie ein bisschen älter als du.«

Angels drehte sich wieder in Buffys Richtung, und seine dunklen Augen funkelten. »Dann brauchst du jede Hilfe, die du kriegen kannst.«

»Eigentlich ist das im Moment nicht unser Hauptproblem«, entgegnete sie und deutete auf Spike. Der Vampir lungerte immer noch auf einem der Stühle herum, sah aber angesichts Angels Gegenwart inzwischen ausgesprochen unzufrieden aus. Sein Redefluss war mitten im Wort versiegt, und er war stocksauer, da sich alle Aufmerksamkeit plötzlich nur noch auf Angel richtete. Vermutlich hätte er keinen Ton mehr von sich gegeben, hätte Xander ihm nicht mit den Handknöcheln einen kräftigen Hieb in die Muskulatur oberhalb seines rechten Knies versetzt.

Mit einem Schmerzensschrei riss Spike das Bein weg. »Hände weg!«

»Du wolltest uns doch etwas erzählen, bevor der Kostverächter aufgetaucht ist?«, erinnerte Xander ihn in giftigem Ton. »Seltsamerweise war es etwas, das ich sogar hören wollte, also sprich weiter, oder ich lege dir die Hände um den Hals und wringe den Rest aus dir heraus.«

»Ich dachte, Geduld sei die Höflichkeit der Könige oder so.« Spike massierte sich die schmerzende Stelle an seinem Bein und starrte Xander mit beleidigter Miene an.

»Geduld ist was für Leute, die zu viel Zeit haben. Dir bleibt nicht mehr viel.«

Spike schien eine passende Antwort auf der Zunge zu haben, entschloss sich dann aber anders. »Ich bin mir nicht hundertprozentig sicher«, gab er zu. »Aber ich wette meine nächste frische Mahlzeit darauf, dass dieser Fischdämon Dunphy etwas mit der Sache zu tun hat. Er ist ein bisschen zu gut über Celina und ihren Verbleib im Bilde, und er ist zu gern bereit, irgendwelche schmutzigen kleinen Jobs zu übernehmen, wie zum Beispiel eine Menschenfrau zu entführen.«

Angel sah Buffy an, und seine Augen wurden noch dunkler, als ihm der Sinn dieses Gesprächs bewusst wurde. »Wartet mal – jemand wurde entführt? Wer?«

»Anya.«

Angel sah sie verständnislos an.

»Sie ist meine Freundin«, bellte Xander. »Ein ehemaliger Dämon, der sich in eine hilflose Menschenfrau verwandelt hat.«

Buffy baute sich vor Spike auf. »Und wo finden wir diesen Dunphy?«

»Das weiß ich auch nicht so genau«, sagte Spike, worauf Xander einen knurrenden Laut von sich gab und nach ihm greifen wollte, aber Spike fegte die Hand des jungen Mannes einfach fort. »Aber ich bin durchaus bereit, Nachforschungen in diesem Punkt anzustellen.«

»Wie mutig von dir, nachdem Celina dich wie ein Paket verschnürt auf deinem eigenen Bett zurückgelassen hat«, bemerkte Giles gelassen.

Nun lachte Angel schallend. »Wie ich sehe, hast du immer noch ein sicheres Händchen bei der Auswahl deiner Gespielinnen, Spike.«

»Ich erinnere mich nicht, dass irgendjemand dich aufgefordert hat, zu dieser lustigen kleinen Jagdgesellschaft zu stoßen«, knurrte Spike. »Solltest du nicht fröhlich im Land der Verrückten vor dich hin rotten?«

Angel lächelte schwach. »Verrückte gibt es überall. Sieh nur in den Spiegel.«

Plötzlich sprang Xander auf, packte Spike am Kragen und zerrte ihn auf die Beine. »Zeit, dass du ein bisschen den Spürhund spielst.«

Spike sah ihn entsetzt an. »*Was?*«

»Sorry«, sagte Xander. »Ich habe mich wohl falsch ausgedrückt. Ich wollte eigentlich *Bluthund* sagen.«

»Okay«, mischte sich Buffy ein, ehe Xander und Spike sich ein ausferndes verbales Gefecht liefern konnten. »Xander, du machst dich mit Giles und Spike auf die Suche nach Anya. Ihr werdet vermutlich auf Gegenwehr stoßen, wenn ihr versucht, sie zu befreien, und falls sie sich in einer Privatwohnung aufhält, wird Spike nicht hineinkönnen.«

»Buffy, wir sollten noch einmal über diese Sache sprechen«, wandte Giles mit aschfahlem Gesicht ein. »Die Konsequenzen eines Kampfes ...«

»Dafür ist jetzt keine Zeit, Giles.« Sie schaute ihn unverwandt an und wusste, dass er nicht nur um ihre Gesundheit besorgt war, sondern sich mit seiner größten Furcht konfrontiert sah – dass sie in einen Vampir verwandelt werden könnte, wie er es einmal in einem furchtbaren Traum erlebt hatte, einen Traum, den sie beide geträumt hatten. »Mir passiert nichts. Ich verspreche es.«

»Ich glaube nicht, dass Dunphy sich in einem Privathaus aufhält«, ließ sich Spike vernehmen. »Diese widerlichen kleinen Dämonen haben alle eine Vorliebe für stinkende, feuchte Keller in großen Gebäuden. Ich erinnere mich ...«

Giles verzog das Gesicht und schlüpfte widerstrebend in sein Jackett. »Na schön. Lasst uns Spikes Erinnerungen auf einen anderen Zeitpunkt verschieben. Im Augenblick müssen wir Anya finden, bevor ihr noch etwas geschieht.«

»Genau«, stimmte Spike zu. »Wisst ihr, ich habe eine Menge Gerüchte über Menschen gehört, die aufgefressen wurden und ...«

»Ich dachte, ich hätte dir gesagt, du sollst die Klappe halten«, sagte Willow mit schriller Stimme, als Xander ein ersticktes Würgen von sich gab. Etwas blitzte finster in ihren Augen auf, ein Glitzern, das an Onyx und polierten Stahl erinnerte.

Spike zuckte zusammen. »Schon, aber das ist eine Weile her. Ich wünschte, du wüsstest, was du willst, Süße.«

Willow starrte ihn nur an. »Ich glaube nicht, dass dir das gerade jetzt gut tun würde.«

»Willow«, sagte Buffy rasch. »Du und Tara, könnt ihr bei Dawn bleiben?« Plötzlich sah sie Spike mit zusammengeschweißten Lippen vor ihrem geistigen Auge, und so verlockend die Vorstellung einerseits war, schien es ihr doch sinnvoller, ihm zumindest für die nächsten Stunden seine Sprechfähigkeit zu lassen. Willows Beschützerinstinkt war mit jedem Stich, den Xander Dank Spikes Mangel an Feingefühl hatte einstecken müssen, größer geworden, und Buffy hielt es für das Beste, Willow eine Weile von dem Vampir fern zu halten. »Ich wäre für eine Portion Wiccaschutz wirklich dankbar, sollte sich unser böses Mädchen hier zeigen.«

»Klar«, sagte Willow.

»Ich brauche keinen Babysitter«, sagte Dawn. »Wie oft muss ich das noch sagen?«

»Noch sehr oft, schätze ich«, sagte Buffy und strich ihrer Schwester liebevoll über die Schulter.

»Ich will aber mit dir und Angel gehen.« Das junge Mädchen beäugte Angel mit sichtlichem Interesse. »Er ist Privatdetektiv, da, wo die ganzen Stars sind, und so eine Art kalifornischer Kolchak oder so. Er könnte uns etwas über Hollywood erzählen. Und er ist dein Ex-Freund.«

»Eigentlich war Kolchak ein Reporter«, sagte Angel mit unbehaglicher Miene. »Und er hat in Chicago gearbeitet ...«

»Ich bin der Ansicht, dass du hier, bei deinen Hausaufgaben, besser aufgehoben bist«, verkündete Buffy streng. »Trigonometrie, richtig?«

»Bitte, Buffy. Ich werde euch nicht im Weg sein, ich verspreche ...«

»Wir sind doch eigentlich gar keine Aufpasser«, warf Willow rasch ein. »Stell es dir als Mädchenparty vor. Aber ...« Willow bedachte ihre Freundin mit einem verschlagenen Grinsen, ehe sie den Blick wieder auf Buffy richtete. »Gib uns noch zehn Minuten, ehe du gehst. Ich denke, Tara und ich sollten uns im Geiste treffen und dir noch ein bisschen Extra-Munition verschaffen.«

Hinter ihr lächelte Tara zustimmend. Mit engelsgleichem Gesicht erhob sie sich und schnappte sich ihren Rucksack. »Es dauert nicht lang.«

»In Ordnung«, sagte Buffy. »Ich soll sie sowieso erst um Mitternacht treffen, wir haben also noch eine Menge Zeit, aber ich möchte möglichst früh dort sein.«

»Gehen wir, Spike«, sagte Xander derweil mit verkniffenem Gesichtsausdruck. »Das ist deine einmalige Chance, den großen Anführer zu mimen.«

»Von was?«, konterte der Vampir. »Von Schwachsinnigen?« Nichtsdestotrotz erhob er sich und ging zur Tür. »Dann los. Sehen wir, was wir in dieser jämmerlichen kleinen Stadt herausfinden können.«

»Um deinetwillen hoffe ich, wir werden etwas über Anya erfahren«, gab Xander zurück, als Giles zu ihnen stieß.

»Oh, wir werden sie finden.« Spikes Stimme verhallte allmählich, als sie zur Tür hinausgingen. »Hoffen wir nur, ihre Einzelteile stehen noch in engem Kontakt zueinander. Es gibt da so ein hässliches Gerücht über einen Haufen ...«

Die Tür fiel ins Schloss, und Buffy, Angel und Dawn starrten noch einige Zeit hinter den anderen her und überlegten ein paar Sekunden zu lang, was Spike gesagt haben könnte.

»Immer noch in engem Kontakt?«, wiederholte Dawn mit dünner Stimme.

»So weit wird es nicht kommen«, erwiderte Buffy in einem Ton, der keinen Widerspruch duldete. »Wir werden sie finden, und sie wird vollständig und in Ordnung sein, du wirst schon sehen.«

Einige Augenblicke standen sie zu dritt beieinander, ohne ein Wort zu sagen, während jeder von ihnen seinen eigenen Gedanken und der Frage nachhing, ob die drei Männer, die gerade den Laden verlassen hatten, Anya tatsächlich rechtzeitig finden würden. »Vielleicht entkommt sie ja auch ohne fremde Hilfe«, sagte Dawn plötzlich. »Ich meine, sie war doch selbst Hunderte von Jahren ein Dämon und so. Sie muss alle möglichen Tricks kennen, um sich selbst zu helfen.« Hoffnungsvoll sah sie erst ihre Schwester und dann Angel an. »Meint ihr nicht auch?«

»Oh, bestimmt«, sagte Angel, aber seine Miene passte nicht so recht zu der vorgespielten Gelassenheit seines Tons und zu Buffys gespielt enthusiastischem Nicken.

Nach einer scheinbar endlosen Zeit, die doch nur ein paar Minuten gedauert hatte, kehrten Willow und Tara aus dem Hinterzimmer zurück, ein paar sorgsam ausgewählte Wicca-Objekte auf den Armen. Verschlagen lächelnd hielt Willow das größte der Stücke hoch und wedelte Buffy damit verführerisch vor ihrer Nase herum. Buffy streckte die Hand aus und schloss ihre Finger um einen kleinen Beutel aus purpurrotem Samt, der mit einer schwarzgoldenen Kordel locker verschnürt war. Er wog nicht viel, aber er kribbelte in ihrer Hand, als wäre in seinem Inneren etwas Warmes, Energiegeladenes, das kaum erwarten konnte, endlich befreit zu werden.

»Wow, was ist das?«, fragte sie und machte Anstalten, den Beutel zu öffnen.

Willow legte die Hand über den Beutel. »Nein, nicht aufmachen, solange du es nicht benutzen willst. Und pass auf, dass du nichts davon in die Augen bekommst. Da ist Poleiminzwurzel drin und Galangalwurzel und noch ein paar andere Sachen, die etwas mit ganz bestimmten Körperteilen von Tieren zu tun haben, über die du bestimmt nicht mehr erfahren möchtest.« Sie beugte sich vor und flüsterte Buffy noch einige Anweisungen ins Ohr, und das Lächeln der Jägerin wurde mit jedem ihrer Worte breiter.

»Verstanden«, sagte Buffy und schob den Beutel vorsichtig in die vordere Hosentasche, wo sie ihn schnell herausziehen konnte. »Sehr praktisch.«

Willow reichte ihr einen anderen kleinen Gegenstand. »Steck dir das hier in die andere Tasche, schön tief, damit es nicht herausfallen kann. Es ist ein Schutztalisman, speziell für dich angefertigt. Du musst ihn nur bei dir tragen.«

»Und alles bleibt wieder mal ein großes Geheimnis«, seufzte Dawn missmutig. »Warum können wir über so was nicht offen reden wie normale Erwachsene?«

»Normale Erwachsene reden selten offen über irgendwas«, erwiderte Buffy geistesabwesend, als sie Willows Talisman tief in die andere Vordertasche ihrer Jeans steckte. »Sie tun alles Mögliche hinter deinem Rücken, und das nennt man dann Politik.«

»Ich glaube, Giles wäre in diesem Punkt anderer Meinung«, kommentierte Willow.

»Für mich klingt das ziemlich korrekt«, sagte Tara kaum hörbar. Willow warf ihr einen mitfühlenden Blick zu, wohl wissend, dass Tara nicht zuletzt an die verdrehte und vollkommen erlogene Geschichte dachte, die sich ihre Familie für sie ausgedacht hatte, um sie zur Rückkehr zu überreden und sie zu einer Art Haussklaven für die männlichen Mitglieder ihrer Sippe zu machen.

»Was hast du da in der Hand?«, erkundigte sich Buffy. »Noch mehr Zeug, das ich mitnehmen soll?«

Taras Augen leuchteten auf. »Wir werden ein paar Kerzen anzünden und einen Segenszauber durchführen, um dir zusätzliche Kraft und Schnelligkeit zu verleihen, dann noch einen, der deine Augen vor Trugbildern schützen soll, nur für den Fall, dass sie auch Magie einsetzt. Wir dachten uns, es kann nicht schaden, und du musst dafür nicht in unserer Nähe bleiben.«

»Klingt vernünftig.« Buffy zog ihren Pflock hervor und untersuchte ihn auf mögliche Risse. Dann steckte sie ihn in ihren Hosenbund und vergewisserte sich, dass er durch ihr Shirt verdeckt war. »Ich bin bereit. Wir sehen uns dann, wenn es vorbei ist.« Sie gab sich wirklich Mühe, zuversichtlich und gelassen zu klingen; Dawn würde es zwar nie zugeben, vermutlich nicht einmal gegenüber Buffy selbst, aber sie brauchte diese tröstliche Vorstellung von Buffy, der Furchtlosen.

Angel, der lange geschwiegen hatte, trat nun ebenfalls vor. »Ich gehe mit dir.«

Aber Buffy wollte nicht. »Nein.«

»Wie wäre es, wenn ich dich nur ein Stück weit begleite?«

Buffy konnte sich ein Grinsen nicht verkneifen. »So, als würdest du mich zur Schule bringen?«

»So in der Art.«

»Willst du meine Bücher tragen?«

Angel lachte, doch es klang angespannt. »Klar.«

Buffy kniff Dawn sanft in die Wange und winkte Willow und Tara zu, ehe sie mit Angel zur Tür und in die Nacht hinausging. Es war ein wundervoller Abend, windig, aber nicht zu kalt ... vielleicht war es auch Angels Nähe, die sie innerlich erwärmte und die Kälte vertrieb, die Buffy zuvor verspürt hatte. Wolken fegten über den Himmel und brachten im Zusammenspiel mit dem schwankenden Geäst der Bäume das Mondlicht auf den Straßen und Gärten zum Tanzen, als würde es eine himmlische Version einer gigantischen Monster-Muppets-Show darstellen. Und jedes Mal, wenn sich eine Wolke vor den Mond schob, fühlte sich Buffy, als würde die Temperatur um mehrere Grad sinken – was natürlich albern war, da der Mond schließlich keine Wärme ausstrahlte. Andererseits reflektierte der Mond Licht, und Licht war Balsam für die Seele und spendete Wohlbehagen; auf diesem Umweg mochten die Wolken durchaus für den imaginären Temperaturabfall verantwortlich sein.

Es war so ein verführerisch schöner Abend für einen Spaziergang mit einem Ex-Liebhaber, der immer noch einen großen Raum in ihrem Herzen einnahm. Warum konnte sie dann nicht die angstvolle Ahnung abschütteln, dass sie geradewegs in ihren Tod rannte?

*Sie erwachte in einer neuen Welt, und der Geschmack von Blut und Tod haftete schwer auf ihrer Zunge.*

*Die Abenddämmerung war hereingebrochen, und sie befand sich in einer Höhle, einem kleinen Loch, versteckt hinter den Felsen abseits der bewaldeten Küstenlinie hinter dem Dorf. Cassia stand auf und inspizierte ruhelos die kleine Höhle und schüttelte den Schmutz von ihrer Tunika, der* noch von dem Kampf der vergangenen Nacht stammte. Die Dunkelheit um sie herum war fast … nicht vorhanden, als hätten ihre Augen eine eigene Lichtquelle hervorgebracht, beinahe wie eine nie verlöschende Fackel. Sie konnte fühlen, dass die Sonne außerhalb der Höhle gerade am Horizont verschwand, wusste instinktiv, dass sie ihren Strahlen unbedingt aus dem Weg gehen musste, noch während sie sich an den Höhleneingang herantastete. Cyrus, ihr Mörder und Möchtegernliebhaber für die Ewigkeit, musste sie hierher gebracht haben, um sie zu beschützen. Ja, er war hier – sie konnte ihn weiter hinten in der Höhle hören; bald würde er sich zu ihr gesellen und erwarten, dass die Zeit ihres gemeinsamen Daseins gekommen war. Die Jahre, die sich endlos vor ihr ausbreiteten, die sie aber nicht so ganz begreifen konnte.

Als die letzten Sonnenstrahlen verschwunden waren, breitete sich Zwielicht über der griechischen Küstenlinie aus, und Cassia ging hinaus, ohne auf Cyrus zu warten. Die Küste und der Ozean, der sich vor ihr bis zum Horizont erstreckte, sahen irgendwie anders aus, heller und kontrastreicher, trotz der heraufziehenden Dunkelheit, und ihre Ränder waren leicht rot eingefärbt. Cassia glaubte, alles riechen und hören zu können – den Aasgeruch einer räuberischen Eule, die nur wenige Meter entfernt auf einem Baum thronte, das Rascheln des Grases, als ein überdimensionierter Käfer sich direkt vor ihr durch das Gewirr aus Halmen kämpfte. Ihre Sinne waren nun hundertmal feiner als zuvor, und sie bückte sich, ergriff einen am Boden liegenden Zweig und stieß träge nach der lumineszierenden Flügeldecke des Insekts, bevor sie es weiterziehen ließ.

Das Holz in ihrer Hand fühlte sich an wie früher, der Stoff ihrer Tunika schmiegte sich in gleicher Weise an die Kurven ihres Körpers, ihre Haare, wenn auch schmutzig und zerzaust, waren immer noch gelockt. Warum fühlte sie sich dann so anders?

*Ich bin ein Vampir,* dachte Cassia, und schon empfand sie Abscheu vor sich selbst.

*Ihre Feigheit hatte dazu geführt, dass sie zu dem geworden war, was sie mehr hasste als alles andere auf der Welt; sie war wie eine jener Kreaturen, die ihre Eltern und ihren Bruder getötet und sich an ihnen gelabt hatten in jener Nacht, in der sie zum ersten Mal von ihrer Existenz erfahren hatte. Doch dieses Wissen war zu spät gekommen, um ihre Familie zu retten – wie hätte ihr Vater, ein so gastfreundlicher Mann, auch wissen sollen, dass er die zwei müden Fremden nie hätte mitten in der Nacht in sein Haus einladen dürfen? Als sie die Schreie gehört hatte und zum Ort des Geschehens gerannt war, hatten ihre Familie und zwei Diener bereits mit zerfetzten Kehlen dagelegen. In jener Nacht hatte sie ihre verborgene Kraft und die geheimnisvollen Fähigkeiten entdeckt, die sie durch so viele Kämpfe getragen hatten. Die Frau, die eine Woche später zu ihr gekommen war und sich als Wächterin vorgestellt hatte, hatte erkannt, dass Cassia voller Zorn war. Sie wurde als Jägerin berufen, doch sie verachtete die so genannte Wächterin, und sie gab ihr und ihresgleichen die Schuld am Tod ihrer Eltern und ihres jüngeren Bruders. Wie konnte jemand von derartigen Dingen wissen, von diesen Kreaturen und von den Jägerinnen, und doch nichts tun, um ihre Familie zu beschützen? Hätten sie ihr nicht irgendeine Warnung zukommen lassen können, sie vor der Nacht dieser schrecklichen Morde mit diesem Wissen ausstatten können? Nun würde ihre Wächterin vergeblich nach Cassia suchen, die heimlich aus dem Dorf verschwunden war, um auf eigene Faust Vampire zu jagen, nachdem sie der Frau so oder so stets so weit wie möglich aus dem Weg gegangen war.*

*Ich bin ein Vampir,* dachte sie erneut. *So viel stand fest, und sie konnte den Hunger der Bestie in ihrem Inneren spüren, der sich mit jeder Minute verstärkte wie ein Verlangen, eine Sehnsucht, die nie gestillt werden konnte. Und ir-*

*gendwo im Inneren war sie auch immer noch eine Jägerin,
fühlte sie die außergewöhnlichen Kräfte der Jägerinnen, nun
verstärkt durch die überirdischen Fähigkeiten der Vampire.
Sie verabscheute diese Kreaturen, die sie getötet und zu einer
der ihren gemacht hatten, verabscheute den einen, der sie
umgebracht hatte, verabscheute, was er aus ihr gemacht
hatte. Schlimmer aber war, dass sie auch die Menschen verabscheute – wie schnell sie in ihrem Denken zu kaum mehr
als gewöhnlichem Schlachtvieh geworden waren, schwache
Gefäße, die geleert werden mussten, um ihre eigene Kraft zu
nähren. Nach weniger als zwei Jahren hatte sie ihr Leben als
Sterbliche für diese jämmerlichen Wesen gelassen und wozu?
Damit sie bis zum greisen Alter von vierzig oder fünfzig Jahren weiterleben durften?*

*Nein, dachte Cassia. Ich bin nicht nur ein Vampir, und ich
bin nicht nur eine Jägerin. Ich bin Cassia, die Vampire ja-
gende Vampirin.*

*So, wie sie in der vorangegangenen Nacht vor dem Kampf
gewusst hatte, dass er da war, wusste Cassia auch jetzt, dass
Cyrus hinter ihr stand. Ohne Zweifel hegte der attraktive
Gladiator große Pläne in Bezug auf Morden, Speisen und lei-
denschaftliche Verbindungen für die kommenden Äonen,
vielleicht dachte er sogar daran, in ferne Länder zu reisen,
an Orte, die zu sehen Cassia sich zuvor nicht einmal hätte
erträumen können. Aber sie hatte längst ihre eigenen Pläne,
und auf die Führung durch die mächtige Hand eines alten
Römers konnte sie gut verzichten. Cyrus mochte ein großer Kämpfer gewesen sein, aber er war auch ein großer
Narr. Er wusste tatsächlich nicht, dass er in der letzten Nacht
eine Schlacht gewonnen hatte, nur um heute endgültig zu
verlieren.*

*Sie hörte, wie er Luft zum Sprechen holte, doch bevor er
einen Ton herausbringen konnte, hatte Cassia sich umgedreht und ihm den Pflock tief in die Brust gerammt. Sie ver-
zichtete darauf, sich zu verabschieden, als die Augen ihres*

*vollkommen überraschten Schöpfers aus den Höhlen traten,*
*ehe sie sich zusammen mit dem Rest seines Körpers auflösten.*
*Cassia war allein.*

*Und dort, jenseits der sanften Wellen des Mittelmeeres im*
*Golf von Saronikós, wartete die große weite Welt darauf,*
*von ihr entdeckt zu werden ...*

Angel ging mehrere Blocks wortlos neben Buffy her, bis er schließlich das Schweigen brach. »Dieses Mal brauchst du Hilfe, Buffy. Catia ist ...«

»Celina«, korrigierte Buffy automatisch. »So nennt sie sich jetzt.«

»Von mir aus kann sie sich Königin der Finsternis nennen«, schnappte er. »Sie ist verdammt gefährlich, und darüber kannst du nicht einfach so hinweggehen.«

»Ich gehe über gar nichts hinweg, Angel«, sagte sie müde. »Wusstest du, dass ich in einem meiner schlimmsten Alpträume selbst zum Vampir werde? Es gab da einen Jungen namens Billy, und er lag in einer Art Koma. Er hatte Alpträume, und sie fingen an, wahr zu werden, und dann bekamen auch alle anderen Alpträume, die Wirklichkeit wurden.« Buffy kniff kurz die Augen zusammen, als die Erinnerung in ihr lebendig wurde. »Ich war ein Vampir, Angel. Nicht lange, aber zu diesem Zeitpunkt fühlte es sich an, als würde ich es für alle Zeiten bleiben.«

»Alpträume werden niemals wahr«, entgegnete er, aber seine Stimme klang ein wenig zu steif.

»Nicht?« Sie gingen weiter, und der Vampir verfiel erneut in Schweigen. Buffy wünschte, er würde etwas sagen – über Celina, über Los Angeles, darüber, wie es Cordelia und Wesley ging und wie es um die Agentur stand, über irgendetwas, nur, damit sie nicht ständig über die bevorstehende Konfrontation nachdenken musste.

Hatte sie Angst?

*Ja.*

Nun, Seite an Seite mit dem Mann – dem toten Mann –, den sie nach all der Zeit und all den Ereignissen, die sie trennten, immer noch liebte, prügelte sich die Angst in ihrem Kopf mit den Fakten, und in diesem Fall behielt die Angst die Oberhand. Warum? Weil sie sich heute Nacht einer Situation stellen musste, die sie insgeheim immer für die schrecklichste Herausforderung, den schrecklichsten aller Alpträume gehalten hatte. Einen Vampir als Gegner, der gleichzeitig eine Jägerin war. Celina war all das, was Buffy niemals sein wollte, was sie mehr als alles andere fürchtete. Begütert mit außergewöhnlicher Kraft und Geschwindigkeit, hatte diese angeblich so schöne Griechin vor Jahrhunderten die Seiten gewechselt, gezwungen, ihren Kampf für das Gute aufzugeben und sich dem Bösen zu ergeben.

Und hatte die erste Jägerin Buffy nicht gesagt, dass ihre Kräfte in der Finsternis wurzelten? Auch Faith hatte darauf beharrt, dass Buffy eine dunkle Seite besäße, die sie streng unter Kontrolle hielte. Wenn das alles wahr war, was würde dann in diesem Kampf mit ihr geschehen? Würde die dunkle Seite ihrer Seele, die unberechenbare Seite, hervortreten und versuchen, ihre Entschlossenheit, diese Frau zu vernichten, zu untergraben? Die dunkle Seite ihrer selbst zu verleugnen erschien Buffy sinnlos. Was sonst sollte sie dazu treiben, sie, die sie womöglich nur um des Kampfes gegen das Böse auf Erden weilte, ausgerechnet eine jener Kreaturen bar jeder Hoffnung zu lieben, die zu töten sie geschworen hatte?

Als Dracula sich ihr genähert hatte, hatte Buffy den verführerischen Sog dieses Blutfürsten gespürt, der gedroht hatte, sie in sein Reich zu ziehen, direkt in die Arme des Bösen. Sie hatte ihm widerstanden – für den Augenblick –, aber was würde sie tun, wenn sie in ihrem eigenen Inneren das düstere Abbild ihrer selbst fand, das nach Erfahrung dürstete, das die zusätzliche Macht und die Unsterblichkeit begrüßen würde, die vielleicht nur noch einen Herzschlag entfernt wären? Vielleicht wäre sie mit Angel an ihrer Seite besser auf so eine Versuchung vorbereitet. Er könnte ihr zu Hilfe kommen, falls notwendig, und sie wäre stärker...

Aber nein. Es war nicht Angels Aufgabe, ihre Kämpfe für sie auszufechten. Er hatte so etwas zwar schon getan – sie waren ein unschlagbares Team gewesen – aber das hier war etwas anderes. Der Feind war ihr eigenes Schattenbild, ein mächtiger Gegner, weitaus gefährlicher als Faith es gewesen war. Wenn er ihr dieses Mal half, wenn sie nicht selbst genug Kraft bewies und er ihr beistehen musste, dann sollte sie den Titel der Jägerin nicht tragen, denn dann hätte sie ihn nicht verdient. So wie Celina – oder Catia, oder Cassia – vor so vielen Jahrhunderten das Recht verwirkt hatte, diesen Titel zu tragen. Angels Anwesenheit mochte überaus hilfreich sein, ja, aber nicht so, wie er sich das vorstellte. Sie fragte sich, ob Celina gezwungen worden war, das Blut ihres Mörders zu trinken, oder ob sie – Gott bewahre – der Versuchung aus freien Stücken erlegen war.

Eine Vorstellung, die Buffy noch düsterer stimmte.

»Warum, glaubst du, hat sie die Seiten gewechselt?«, fragte sie plötzlich. »Wer sie auch getötet hat, hat sie gezwungen zu trinken, richtig? Eine Jägerin würde ... sie würde es doch nicht freiwillig tun, nicht wahr?« Ihre Stimme war mit jedem Wort leiser geworden, als würde sie von der Furcht in ihrem Inneren erstickt werden.

Angel ließ sich lange Zeit mit einer Antwort, und sie fühlte sich mit jeder Sekunde schlechter. Und als er dann endlich antwortete, ließ das eine Wort zu viel Raum für Zweifel offen. »Vermutlich.«

»Der Mann der vielen Worte.« Seufzend starrte sie in die Finsternis.

»Manche Leute sind stärker als andere«, rang sich Angel nun doch einige weitere Worte ab. »Sie lassen sich nicht so leicht vom geraden Pfad abbringen, wie schmal er auch sein mag. Bei Jägerinnen ist das nicht anders – sie sind so menschlich wie jeder andere auch, nur physisch überlegen. Emotional müssen sie sich mit den gleichen Fragen herumschlagen wie alle Menschen. Und mit den gleichen Dämonen.«

»Wohl wahr«, sagte Buffy leise.

»Buffy«, setzte er ein wenig zaghaft an, als wüsste er genau, in welche Richtung ihre Gedanken führten. »Lass mich . . .«

Sie hielt eine Hand hoch, und er verstummte. »Ich muss das selbst in Ordnung bringen, Angel. Du kannst argumentieren, so lange du willst, aber im Grunde weißt du das auch. So einfach es wäre zu sagen: Klar, lass uns ein Team bilden, so falsch wäre es, weil es gerade in diesem Fall Tausend Gründe gibt, das nicht zu tun. Weil Celina eine Jägerin ist, muss ich wissen . . . muss ich beweisen – dir, Giles und vor allem mir – dass ich sie schlagen kann.«

Er blieb stehen und sah sie an, und sie wartete auf seinen Protest. Stattdessen zog er sie in seine Arme und hielt sie fest. »Ich wünschte, unser beider Leben hätte sich anders entwickelt«, sagte er mit sanfter Stimme.

Sie entspannte sich an seiner Brust, genoss seine Nähe, obwohl ihr wie stets bewusst war, dass das Herz in seiner Brust nicht schlug und die einzige physisch existente Wärme von ihrem Körper stammte. Wenn Wünsche Sterne wären, dachte sie, könnten wir für immer gemeinsam strahlen. »Aber das ist nicht der Fall«, sagte sie, »also müssen wir damit fertig werden.«

»Ich werde dich nicht allein lassen«, sagte er, und sie konnte an seinem Tonfall erkennen, dass er sich auf keinen Fall umstimmen lassen würde. »Ich werde in der Nähe sein. Immer.«

Sie löste sich von ihm, hielt aber noch immer seine Arme fest. »In Ordnung«, sagte sie schließlich. »In der Nähe ist gut. Aber misch dich nicht ein, egal, was auch passiert.« Ihre

Finger umklammerten seine kalten Arme, fühlten die Kraft seiner Muskeln. »Wie war das noch früher? Wenn ich verliere, darfst du mein ... Sekundant sein?«

Er lächelte angespannt. »Dein Begleiter?«

»Immer«, sagte sie und meinte es auch so. Lächelnd dachte sie darüber nach, wie anders es doch war, wenn Angel sich für sie stark machen wollte, und nicht Spike. »Du wirst immer einen Platz in meinem Herzen haben, weißt du. Wenn sie mich besiegt, dann kannst du eingreifen und tun, was ich nicht tun konnte. Und falls ...« Ihre Stimme versagte ihr den Dienst, und sie musste neuen Mut sammeln, um die Worte auszusprechen, die ihr auf der Zunge lagen.

»Falls der schlimmste Fall eintritt und ich sterbe, dann sorg dafür, dass ich ... dass ich nicht ... zurückkomme, Angel, du musst dafür sorgen, dass ich niemals zurückkehre.«


Anya schluckte und versuchte, vor dem Dämon zurückzuweichen, aber das war ein ziemlich schwieriges Unterfangen, gefesselt, wie sie war. Sie sollte wirklich nicht fragen, nein, sie sollte auf keinen Fall fragen, sie sollte einfach nur dasitzen und die Klappe halten, aber ... »Was genau tust du, wenn du Kopfschmerzen hast?«

»Ich neige dazu, bissig zu werden.«

Dunphy fletschte die Zähne, und Anya zuckte unwillkürlich vor dem Anblick zurück. »Und ich neige dazu, sehr schlimme Kopfschmerzen zu bekommen, wenn jemand an mir herumnörgelt. Verstanden?« Er hatte den ganzen Mund voller krummer Zähne, die sich in einer erstaunlichen Vielzahl wenig ansprechender Farben präsentierten. Sein Gebiss erinnerte sie an eine Fernsehsendung über Warane und darüber, dass der Biss eines solchen Tieres nicht allein tödlich sein müsse, wohl aber die daraus resultierenden Entzündungen. Der Waran nagte sein Opfer nur kurz an, folgte ihm gemütlich und wartete, bis es an Blutvergiftung oder was auch immer zu Grunde ging. Verglichen damit war kaum vorstellbar, welche Art von Bazillen eine glückliche Familie im behaglichen Heim von Dunphys äußerst ungesund aussehendem Rachen bildeten.

»Ich denke, ich werde jetzt still sein«, sagte Anya heiter. »Ich habe gehört, Aspirin wäre ein hervorragendes Heilmittel gegen Kopfschmerzen.«

»Davon wird mir schlecht«, entgegnete Dunphy gereizt, zog sich aber zur Couch zurück, wo er eine weitere fast leere Tüte mit Knabberzeug fand – Käsecracker oder so etwas – und anfing, sich durch ihren verbliebenen Inhalt zu fressen.

Von Aspirin wird ihm schlecht?, grübelte Anya. – Sie hockte da und gab sich alle Mühe, still zu sein, während Dunphy seine Cracker verspeiste, bis er wieder aufstand und eine Flasche mit einer klumpigen weißen Masse aus dem schmutzigen Kühlschrank der Küchenzeile des Einzimmerapartments holte, obwohl *Loch* sicher eine passendere Bezeichnung für diese Höllengrube gewesen wäre. Von dem Kühlschrank und dem ebenso abscheulich schmutzigen Herd abgesehen, fand sich hier wenig von den üblichen Einrichtungsgegenständen einer von Menschen bewohnten Behausung; offenbar schlief der Dämon nicht in einem Bett, aber es gab eine Pritsche mit dunklem, stinkenden Bettzeug in der anderen Ecke. Anya war überaus dankbar, dass er sie an den Stuhl gefesselt hatte, statt sie dort abzulegen – sie wollte gar nicht daran denken, was für widerliche gruselige Kreaturen in dem schmierig aussehenden Stoff lauern mochten, der vermutlich noch nie eine Waschmaschine von innen gesehen hatte.

Gegenüber dem Kunststoffsessel, auf dem Dunphy es sich bequem gemacht hatte, stand ein Fernseher, aber sie konnte das Bild von ihrer Position aus nicht erkennen. Zu schade, den sie hätte wirklich ein bisschen Ablenkung vertragen können. Momentan hatte sie viel zu viel Zeit, um über ihre missliche Lage nachzudenken und zu überlegen, ob Xander und die anderen auch nur eine Ahnung hatten, wo sie war. Sicher, Spike hatte schon früher mit diesem hirnamputierten Monster gesprochen, aber wusste er auch, wo die Kreatur lebte? Vermutlich nicht – er hatte lediglich eine Bar besucht und ein Bier mit ihm getrunken oder was nach Fisch stinkende Monstren wie Dunphy auch immer bevorzugen mochten. Sie war ziemlich sicher, dass niemand gesehen hatte, wie er sie entführt hatte, und als sie einen oder zwei herzhafte Schreie von sich gegeben hatte, bevor er ihr eine seiner dreckigen Socken in den Mund stopfte – was sie ziemlich abrupt zum Schweigen brachte – hatte offenbar niemand ihre Rufe gehört.

Sie saß hier fest, und so sehr sie sich auch bemühte, positiv zu denken – sie hatte schon öfter gehört, dass optimistisch eingestellte Menschen länger lebten, und als Sterbliche brauchte sie jede Hilfe, die sie kriegen konnte – lautete die schlichte Wahrheit doch, dass Anya keineswegs so positiv über ihre Aussichten zu denken im Stande war, und dass sie nicht damit rechnen konnte, hier lebend wieder herauszukommen.

Immerhin hatte sie aus Dunphy herausbekommen, dass sie entführt worden war, um als Druckmittel gegen Buffy eingesetzt zu werden, die dadurch gezwungen werden sollte, noch heute Nacht auf den Friedhof zu gehen und sich Celina zu stellen. Sollte Buffy jedoch nicht auftauchen, so wäre Anya Geschichte. Aber das war nicht so schlimm – Anya hatte ziemlich großes Vertrauen in Buffy. Als Jägerin und als Mensch war Buffy extrem zuverlässig – Anya kannte eine Menge Leute, die viel von ihr lernen konnten. Aber wenn Buffy sich mit dieser Celina traf, und selbst wenn es Buffy gelang, die Blutsaugerin im Kampf zu schlagen, würde dieses scheckige Stück seewassergetränkten Dämonenfleisches sie tatsächlich gehen lassen? Sie einfach losbinden und ihr erlauben, von hier zu verschwinden, als wäre ihre Anwesenheit nur ein schlichter Freundschaftsbesuch gewesen, und, da wir gerade dabei sind, hey, alles bestens hier?

Zu großes Risiko.

Wenn er klug war, würde Dunphy viel zu viel Angst haben, dass Anya sich gegen ihn wandte, sobald sie zu Xander und Buffy und dem Rest ihrer Freunde zurückgekehrt war. Er musste wissen, dass sie ihn als ihren Kidnapper verraten und er als püriertes Katzenfutter, Geschmacksnote: Fischdämon, enden würde, sollte er je einem ihrer Freunde über den Weg laufen. Also, überlegte Anya, war ihr Schicksal auf jeden Fall besiegelt.

Die Stunden zogen sich quälend langsam dahin, und sie wand sich unbehaglich auf dem Stuhl und wünschte, sie könnte aufstehen, ins Badezimmer gehen, die Beine ausstrecken, und am besten geradewegs aus diesem verfluchten Rattennest hinausspazieren. Und die ganze Zeit verfolgte sie eine späte Einsicht: Hätte sie gewusst, dass sie hier enden würde, verschnürt wie ein Rollbraten, dann hätte sie D'Hoffryns Angebot möglicherweise angenommen und wäre nie in diese saublöde Lage geraten. Aber nein, ich musste hingehen und ihn wegschicken, und nun sieht es aus, als wäre ich weit besser dran, wenn ich sterben würde wie eine Wanze, ging ihr durch den Kopf.

Dunphy wiederum ignorierte sie beständig und widmete sich voll und ganz der Vernichtung sämtlicher halbwegs genießbarer Lebensmittel in der ganzen Wohnung – sie hätte nicht ansatzweise so viel in sich hineinstopfen können, und sie verstand nicht, warum dieser Dämon keine fünfhundert Pfund auf die Waage brachte wie Balthazar, dieser Kloß von einem Dämon, gegen den die Gang früher einmal vorgegangen war. Sie hatte eine Zeichnung von ihm in einem von Giles' Büchern gesehen – widerlich! Aber im Grunde widerte sie sowieso diese ganze Fresssucht an. Hatte der Kerl so etwas wie einen dämonischen Bandwurm im Leib?

Mitternacht rückte immer näher – war er denn immer noch nicht satt? Wenn dieses Scheusal immer noch hungrig war, und ihm das Essen ausging, dann ...

Ja, was würde er dann tun?

»Okay«, sagte Dunphy überraschend. Sie zuckte zusammen, als er sich auf die Beine mühte, die letzte Lage Krümel von seinen Händen wischte und Bruchstücke von in scharfer Soße getränkter Schweineschwarte in alle Richtungen davonflogen. »Gut, die Vorspeisen sind erledigt, also denke ich, wird es Zeit, die Show auf die Beine zu stellen. Oder ...«, er bedachte sie mit einem schaurigen, von Essensresten gezierten Grinsen, »... das Hauptgericht auf den Teller zu bringen.«

»Das Hauptgericht?«, wiederholte Anya furchtsam.

Ein ungläubiger Blick traf sie. »Mann, für einen ehemaligen Dämon, der zum Menschen geworden ist, bist du verdammt dämlich. Hast du wirklich geglaubt, ich würde dich brav wieder in deiner netten, gemütlichen Behausung abliefern? Und dabei hast du die ganze Zeit so getan, als wärest du wer weiß wie gewitzt.« Er schüttelte den Kopf. »Du musst das verstehen, Celina hat gesagt, wenn sie nicht selbst zurückkommt, um sich der Ware – das bist du – anzunehmen, könnte ich nach Mitternacht mit dir machen, was ich will. In einer Viertelstunde ist es so weit. Ich nehme an, damit habe ich lange genug gewartet.«

Anya nickte. »Ich hoffe, du wirst dich ehrenhaft verhalten und mich gehen lassen. Ich habe Freunde, die dich dafür belohnen werden.«

Dunphy lachte laut und sehr feucht. »Was denn, bin ich plötzlich das Stuntdouble für Lancelot?«

»Hör mal ...«

Er hob seine schmutzige Hand, um sie am Reden zu hindern. »Widerworte sind zwecklos, Süße. *Du* bist meine Belohnung. Du kannst mir nicht genug Geld geben, um mich für das zu entschädigen, worauf ich so lange gewartet habe, das garantiere ich dir. Sieh mal, ich weiß, wer du bist und wer du gewesen bist. Ich habe gute Verbindungen, und es gibt einen Kreis Fleisch fressender Dämonen, die gut für dich bezahlen werden. Sie lieben dieses Ex-Dämonenfleisch.« Er zuckte die Schultern. »Ich schätze, der einzige Grund, warum sie mich in Ruhe lassen, ist, dass sie keine aktiven Dämonen fressen wollen – das erinnert zu sehr an Kannibalismus. Sie bevorzugen die Ehemaligen, und zu denen gehörst du, die berüchtigte Anyanka. Oh, ja, du wirst mir ein Jahr lang die Miete bezahlen, und sie haben versprochen, mir ein paar Schinkenschnitzel zu überlassen.«

Anyas Lippen formten ein verschrecktes *Oh*.

»Ihr wollt Schnitzel aus meinem ... aus meinem ...«

»Arsch«, sagte Dunphy vollkommen emotionslos.

Was kümmerte es sie, ob er Kopfschmerzen bekam? Anya klappte den Mund auf und schrie.

# 13

»So musst du sie aufstellen«, sagte Willow zu Dawn. Das Mädchen hielt fünf Kerzen in der Hand, deren Farben von Weiß bis Blutrot reichten. »Eine an jede Spitze des Pentagramms, und die Weiße muss ganz oben sein.«

»Okay.« Dawn stellte jede Kerze an ihren zugewiesenen Platz, sorgsam darauf bedacht, alles richtig zu machen. Das Herz schlug ihr bis zum Hals, trotzdem versuchte sie, sich zu konzentrieren, aber sie konnte die Angst nicht unterdrücken, Buffy könnte plötzlich zur Tür hereinkommen und sie auf frischer Tat ertappen. Willow und Tara wussten, dass Buffy ihr verboten hatte, mit so etwas herumzuspielen ... oder nicht? Eigentlich war sie viel zu aufgeregt, daran zu denken, und eigentlich wollte sie die beiden auch gar nicht daran erinnern, für den Fall, dass sie es vergessen hatten. Außerdem war das hier schließlich keine große Sache wie ein richtiger Zauber oder ein Fluch oder so etwas in der Art. Nur eine Art Glücksbringer, ein Segenszauber. Ja, das war alles. »Und was jetzt?«

»Jetzt vergewissern wir uns, dass auf unserem Altar alles am richtigen Platz ist«, sagte Tara, während sie die diversen Gegenstände inspizierte, die sie mit akribischer Genauigkeit auf dem karmesinroten Samt, der auf dem Tisch ausgebreitet war, verteilt hatten. Dann tippte sie kurz auf jeden einzelnen Gegenstand und erklärte seinen jeweiligen Zweck. »Die weiße Kerze an der Spitze des Pentagramms steht für die Reinheit der Gedanken und Absichten – eine sollte in jedem Zauber oder Segenszauber enthalten sein, weil sie hilft, böse Energien abzuwehren. Die meisten Leute glauben, Schwarz würde das Böse repräsentieren, aber das stimmt nicht. Schwarz ist einfach das universelle Farbsymbol der Nacht. Wir benutzen die schwarze Kerze zu dem gleichen Zweck wie die Weiße – um uns zu schützen und die Finsternis abzuwehren, und nicht, um sie herbeizulocken.«

»Die rote Kerze dient auch dem Schutz«, fügte Willow hinzu. »Und sie wird Buffy helfen, ihre Kraft und ihren Mut aufrechtzuerhalten, selbst wenn sie es mit einem wirklich beängstigenden Gegner zu tun bekommt. Die Orangefarbene haben wir aufgestellt, um ihr zusätzliche Energie zu schenken.«

»Okay.« Dawn studierte die Anordnung. »Und wofür ist die Gelbe?«

»Gelb repräsentiert im Allgemeinen den Intellekt. In diesem Fall benutzen wir es aber als Symbol für die Sonne, eine Bitte, Buffy zu erleuchten, damit sie immer sehen kann, was passiert, egal, wie gut sich jemand tarnen mag.«

»Und das andere Zeug?«, fragte Dawn.

»Meersalz, ein Zauberstab, eine Glocke, eine Schale mit reinem Weihwasser. Ein kleiner Topf, um Weihrauch und Kräuter zu verbrennen – vor allem Salbei, um den Geist rein zu halten – und natürlich das rituelle Messer.«

»Da wir gerade davon sprechen«, sagte Dawn ein wenig nervös. »Wofür genau wird das gebraucht?«

Willow lächelte. »Heute? Gar nicht. Es ist nur da, sozusagen als Teil des Altars, an seinem üblichen Platz.«

Dawn wirkte erleichtert. »Gut. Ich hasse es, wenn Blut fließt. Das tut weh.«

Tara schenkte ihr ein beruhigendes Lächeln. »Bei dem Segenszauber heute Nacht geht es vor allem darum, Blutvergießen zu vermeiden. Besonders Buffys Blut.«

Dawn deutete auf den Tisch. »Wozu sind die Kiesel?«

»Steine«, korrigierte Willow. »Kiesel sind eher wie … na ja, so ein Zeug, was sie auf Plätzen verstreuen. Kies. Das hier sind besondere Stücke aus der Erde. Wie die Kerzen hat jeder eine bestimmte Bedeutung und kann seine Energie weitergeben.«

»Der Goldene ist ein Beryll«, erklärte Tara. »Er dürfte Buffy eine große Hilfe sein, weil er ihr helfen kann, sich vor mentalen Angriffen durch Celina zu schützen. Wir haben auch einen kleinen Beryllsplitter in den Talisman gepackt, den wir für sie gemacht haben.«

»Und das?« Dawn streckte die Hand nach einem purpurfarbenen und einem grün gefärbten Stein aus.

Willows Hand ging dazwischen, ehe Dawn den Stein berühren konnte. »Du darfst die Steine nicht berühren, sonst unterbrichst du ihren Energiefluss. Das hier ist Flussspat – er wird Buffy helfen, einen klaren Blick und klare Gedanken zu behalten, und dafür sorgen, dass sie sich nicht verwirren lässt oder sich im Fall eines Falles schnell wieder aus diesem Zustand löst.« Sie betrachtete den Altar. »Der dritte Stein ist ein Katzenauge. Auch ein Schutzstein. Es gibt Zauber für diesen Stein, die dafür sorgen, dass die Person, die ihn trägt, unsichtbar wird.«

»Wirklich?« Dawns Augen waren vor Staunen weit aufgerissen. »Macht ihr das auch mit Buffy? Macht ihr sie unsichtbar? Das wäre so beeindruckend …«

»Beeindruckend ist es«, sagte Tara mit einem angedeuteten Grinsen. »Aber nicht heute Nacht, fürchte ich. Das ist viel zu kompliziert, und wir haben nicht genug Zeit.«

»Oh.« Für einen Moment war Dawn sichtlich enttäuscht, doch dann hellte sich ihre Miene wieder auf. »Aber wenn ihr genug Zeit habt, könnt ihr so etwas machen? Ich meine, könnt ihr mich auch unsichtbar machen?« Ihre Augen funkelten schelmisch. »Wow, wenn ich nur an all die Dinge denke, die ich in der Schule anstellen könnte. Dann gibt es statt dem unsichtbaren Mann die unsichtbare Dawn, das sollen mir die anderen erst einmal nachmachen …«

»Es wird keine unsichtbare Dawn geben«, sagte Willow streng. »Du darfst nicht vergessen, dass die Macht der Wicca keinen Missbrauch gestattet. Deine Absichten müssen rein sein, denn was du anderen tust, kehrt dreifach zu dir zurück.«

Dawn strich sich mit wenig überzeugter, beinahe sogar rebellischer Miene das Haar zurück. »So? Und was ist mit den ganzen Leuten, die Magie für böse Taten benutzen?«, verlangte sie zu erfahren. »Vielleicht steht auf meiner Stirn das Wort naiv geschrieben, aber ich habe noch nie erlebt, dass die bestraft werden.«

»Sie werden ihre ... *Belohnung* erhalten«, sagte Tara sanft. »Wenn nicht hier, dann im Leben nach dem Tod. Manchmal sind sie durch ihre Gier und ihre Macht so geblendet, dass sie es erst merken, wenn es zu spät ist.«

In der Stimme der jungen blonden Frau schwang etwas Bedrohliches mit, das Dawn die Nackenhaare zu Berge stehen ließ. »Oh.«

Willow räusperte sich. »Also, kümmern wir uns um den Segenszauber, okay?« Sie schenkte Dawn ein aufmunterndes Lächeln. »Weißt du, es ist gut, dass du hier bist – der Segen wird machtvoller, wenn ihn drei Leute anstelle von zweien durchführen.«

Das gefiel Dawn. »Wirklich?«

»Und wie. Drei ist die Zahl der Macht. Jetzt kommt.« Sie kniete an der Spitze des Pentagramms nieder, und Tara ging zu ihrer Rechten ebenfalls in die Knie. »Du kniest dich hierher, und dann fassen wir einander an den Händen an.« Als alle drei ihren Platz eingenommen hatten, fuhr Willow fort. »Jetzt schließt eure Augen und stellt euch einen weißen Lichtpunkt in der Mitte unseres Kreises vor. Macht euch im Geist ein Bild von ihm. Er schimmert und glüht und wächst, bis er uns mit einer schützenden Blase umgibt.«

Am Boden kniend, hielt Dawn die Hände ihrer älteren Freundinnen. Sie rechnete nicht damit, irgendetwas zu spüren. Schließlich war sie keine Hexe. Sie durfte so etwas nicht einmal tun. Dann aber musste sie sich zwingen, die Augen geschlossen zu halten, als sie ein warmes Prickeln fühlte und ein Bild – exakt das Bild, das Willow beschrieben hatte – vor ihrem geistigen Auge auftauchte. Hitze breitete sich über ihre Wangen und ihre Nase aus, kroch langsam über ihr ganzes Gesicht, den Hals und die Vorderseite ihres Oberkörpers, als würde im Inneren des Pentagramms ein Lagerfeuer brennen. Sie fragte sich, ob sie den Ball, von dem Willow gesprochen hatte, auch dann sehen würde, wenn sie die Augen öffnete, sozusagen als eine physische Wiedergabe ihres geistigen Bildes zu diesem Zeitpunkt? Ein verlockender Gedanke, aber sie wagte nicht, es auszuprobieren – dafür hatte sie viel zu viel Angst, sie könnte den Segenszauber ruinieren und Willow und Tara würden sie für eine dumme Gans halten.

Die Sekunden zogen dahin, und Dawn wartete, in einer Wärme badend, als säße sie im hellen Sonnenschein. Endlich sagte Willow leise: »Du kannst jetzt die Augen wieder öffnen, Dawn.«

Dawn schlug die Augen auf und unterdrückte im letzten Moment ein überraschtes Keuchen. Sie hatte Recht gehabt – sie waren alle drei von einem schimmernden, kaum sichtbaren Schleier aus Licht umgeben, beinahe wie ein kuppelförmiges Zelt aus einem glitzernden Stoff. Es war ein erschreckender Anblick ... und gleichzeitig von so überragender Schönheit, dass es ihr den Atem verschlug. Sie wollte etwas sagen, irgendetwas, darüber, wie unglaublich cool das war, aber wieder fühlte sie die Angst – sie könnte den Segen stören oder die Stimmung oder was auch immer. Besser, sie blieb still und erfreute sich an der Tatsache, dass Willow und Tara sie an dieser unfassbaren Erfahrung teilhaben ließen. Außerdem war es ein ganz harmloser Segenszauber, und Buffy musste nichts davon erfahren. Immerhin taten sie es sowieso nur für sie.

»Konzentriere dich auf die Kerzen und die Steine«, wies Tara sie mit kaum hörbarer Stimme an. »Achte auf die Worte und ihre Bedeutung, und sieh das Ergebnis in deinem Geist.«

Dawn nickte. Das war ihre Chance, tatsächlich einmal etwas tun zu können, um ihrer Schwester zu helfen, statt immer nur in der Gegend herumzustehen und sich so nutzlos wie ein Kropf vorzukommen. Sie war nicht ganz sicher, wie viel sie zu diesem Zauber beisteuern konnte – vermutlich nicht gerade viel –, aber sie hatte immer noch furchtbare Angst zu patzen.

»Wir danken euch, Götter und Göttinnen, dass Ihr unsere Worte in dieser Nacht erhört, und wir bitten Euch, uns vor bösen Energien zu schützen«, intonierte Willow. »Wir haben uns zusammengefunden, um Eure Unterstützung für unsere geliebte Freundin Buffy, die Jägerin, im Kampf gegen das Böse zu erflehen.«

Dawn riskierte einen knappen Blick in Willows Richtung und glaubte, ein Feuer in den Augen der rothaarigen jungen Frau flackern zu sehen. Vielleicht war es nur eine Reflexion der Kerzenflammen oder des schimmernden Schleiers, der die drei Mädchen noch immer umgab. Andererseits, vielleicht auch nicht – als die letzte Silbe über Willows Lippen kam, schossen die Flammen der weißen und der schwarzen Kerze zu einer fast zehn Zentimeter hohen Feuersäule empor. So brannten sie etwa fünf Sekunden lang, ehe sie wieder auf ihre normale Höhe zusammenschrumpften.

Willow sah Tara an, und ihre Freundin beugte sich vorsichtig vor, ohne dabei die Hände der anderen loszulassen. »Wir bitten Euch, gebt Buffy Kraft und Licht, um das Unsichtbare zu sehen, in den sichtbaren und den verborgenen Sphären.« Dieses Mal flackerten die gelbe und die orangefarbene Kerze auf, und Dawn sah fasziniert zu, wie sie einige Sekunden so strahlend brannten, dass jede ihr wie eine Miniatursonne am oberen Ende eines farbigen Wachsgebildes erschien.

Als die Kerzenflammen sich wieder beruhigt hatten, drückte Willow ihre Hand. »Du bist dran, Dawn.«

»Du darfst die Hoffnung nicht aufgeben, Xander.«

»Oh, das tue ich nicht«, sagte Xander zu Giles. »Nennen Sie mich einfach Xander Hoffnungsvoll.« Doch entgegen seiner gut gelaunten Worte, war Xanders Miene erbittert und sein Haar zerzaust, da er sich ständig mit den Händen über den Kopf fuhr. Er schien seine Augen nicht davon abhalten zu können, immer wieder ruhelos von einer Seite zur anderen zu blicken, selbst wenn es absolut nichts Neues zu sehen gab und kein unkontrollierter Schatten und keine noch so kleine finstere Ecke ihren Weg säumte.

»Kopf hoch, Knurrhahn.« Spike steckte sich eine Zigarette in den Mund und zündete sie an, während sie eiligen Schrittes den Block hinuntermarschierten. »Wir haben noch nicht alle dunklen Ecken überprüft. Es gibt mindestens noch ein halbes Dutzend mehr.«

Xander holte tief Luft, als er sah, dass Giles bemüht unauffällig zur Uhr blickte. »Vielleicht«, sagte er. »Aber die Orte, die am ehesten in Frage kommen, haben wir überprüft ... erfolglos. Und uns bleibt nicht gerade viel Zeit übrig.«

»Dass wir bisher noch nichts von ihr gehört haben, bedeutet nur, dass ihr Entführer nicht gerade zu den klügsten Gossenbewohnern zählt«, sagte Spike nüchtern. »Wir haben zwar noch keine Spur von Dunphy gefunden, aber es gibt einen ganzen Haufen anderer schleimiger Kreaturen, die sie irgendwo aufgelesen haben könnten ...«

Giles stieß hörbar die Luft aus. »Spike, deine Kommentare sind nicht gerade hilfreich.«

Der Vampir starrte ihn mit großen Augen an, begriff, und setzte eine zerknirschte Miene auf. »Oh, sorry, Kumpel.«

»Du musst daran glauben, dass wir sie finden werden«,

sagte Giles zu Xander, nachdem er Spike noch einen Moment lang finster angeblickt hatte.

Xander konnte nicht verhindern, dass sein Lächeln ein wenig verkümmert ausfiel. »Sie hören sich schon an wie Anya. Sie hat vor ein paar Wochen einige New Age Selbsthilfebücher gelesen. Danach habe ich mir tagelang anhören müssen, dass optimistische Menschen länger leben – denk positiv, glaub an dich. Blablabla.«

»Nun«, sagte Giles, als Spike nachdenklich vor einer Nebenstraße stehen blieb und schließlich beschloss, sie zu betreten. »Ich denke schon, dass es da einen Zusammenhang gibt. Menschen, die eine optimistische Grundeinstellung wahren, sind im Allgemeinen glücklicher. Glückliche Menschen leben gesünder und neigen weniger zu stressbedingten Erkrankungen wie Herzerkrankungen und dergleichen.«

»Richtig«, stimmte Xander zu, und seine Stimme klang in seinen eigenen Ohren schon mehr als sarkastisch. »Glücklich auf dem Höllenschlund, so sind wir.«

»Nur Mut, Freunde«, sagte Spike leise und deutete mit dem Kinn auf ein paar schattenhafte Gestalten, die etwa einen halben Block entfernt an der Einmündung einer kleinen Seitenstraße herumlungerten. Sie versuchten offensichtlich, gleichzeitig unbekümmert auszusehen und in der Dunkelheit zu verschwinden und erreichten auf recht überzeugende Weise keines von beidem. »Ich glaube, wir haben hier ein paar Typen aufgetrieben, die eine kurze Unterhaltung wert wären.«

Giles stierte in die Finsternis. »Was tragen die da? Federn? Masken?«

»Beides«, sagte Spike. »Erkennen Sie den Aufzug nicht? Die Typen waren ursprünglich Irokesenkrieger aus dem achtzehnten Jahrhundert. Sie sind zu Dämonen aufgestiegen, weil sie ihre Kriegsgefangenen gefoltert und ihr Fleisch gegessen haben.«

»Wenn das ein Aufstieg ist, möchte ich nicht erleben, wie ein Abstieg aussieht«, murmelte Xander.

»Kannibalismus?« Giles runzelte die Stirn. »Warum weiß ich nichts über diese Dämonen?«

Spike bedachte ihn mit einem schiefen Blick. »Da zeigt sich der Brite in Ihnen, Wächter. Ich schätze, Sie sollten mal ein wenig amerikanische Geschichte pauken.«

»Wozu die Masken?«, fragte Xander.

»Sie wurden bei Ritualen oder so benutzt. Den Gerüchten zufolge tragen sie die Masken, weil sie besessen sind – sie können sie nicht abnehmen. Im wahren Leben hatten die Menschen immer Angst vor ihnen. Ich schätze, sie hatten gute Gründe.«

»Es ist nicht so, dass ich nichts über die Geschichte der Indianer wüsste«, sagte Giles verärgert. »Es gibt verschiedene Berichte über Kannibalismus, in denen die Frage behandelt wird, ob er in bestimmten Stämmen verbreitet war oder nicht, besonders im Nordosten ...«

»A: Dies ist nicht der Nordosten, und B: Dies ist auch nicht der passende Zeitpunkt für eine Geschichtslektion, Giles.« Xander fuhr sich wieder einmal, ohne es zu merken, mit den Fingern über den Kopf und zupfte an seinen Haaren. Die Sorge zeigte sich deutlich in seiner angespannten Miene und zeichnete dunkle Ringe um seine Augen, während sein Haar durch die fortdauernde Misshandlung hier und dort wild vom Kopf abstand, als wäre er an einer Quelle statischer Energie vorbeigegangen.

»Bei diesen Typen sollte man sich gut in Acht nehmen«, sagte Spike zu Xander und Giles, als sie sich den beiden Gestalten näherten. »Sie sind hinterlistig und besonders bösartig – denen darf man nicht über den Weg trauen.«

»Als könnte man irgendeinem Dämon oder einem anderen Geschöpf der Nacht trauen.« Xander verdrehte die Augen. »Können wir es jetzt endlich hinter uns bringen? Denen zu vertrauen steht auf meiner Liste erwünschter

Tätigkeiten nicht besonders weit oben. Informationen über Anya sammeln schon.«

Spike senkte die Stimme noch weiter, als sie die letzten Meter hinter sich brachten. »Normalerweise lassen die sich im Freien nicht blicken. Ich wette, sie warten auf etwas. Oder auf jemanden.«

»Wenn sie Kannibalen sind, könnte es sich um ihre nächste Mahlzeit handeln«, stellte Giles halb flüsternd fest. »Wir sollten aufpassen, dass wir nicht dazu werden.«


»Ich?«, wisperte Dawn. Panik stieg in ihrer Brust auf, und das Herz klopfte ihr bis zum Hals. »Ich soll etwas tun? Etwas sagen? Was?«

»Zuerst musst du dich mal entspannen.« Taras Stimme klang ruhig wie ein sanfter Sommerwind. »Sag einfach ein paar Worte zu der roten Kerze. Du weißt doch, das ist die, die Buffy Kraft und Mut spenden soll. Hab keine Angst, wir helfen dir.«

»O-okay.« Dawn gab sich größte Mühe, ihrer Stimme einen ruhigen Klang zu verleihen, aber sie konnte das Beben nicht verhindern. Alles, was sie nun tun konnte, war, ihr Bestes zu geben. »Bitte helft Buffy, stark und furchtlos zu sein, ganz egal, was passiert.« Nach einer kurzen Pause fügte sie hinzu: »Und an sich selbst zu glauben.«

Einen langen qualvollen Moment passierte gar nichts. Dann fühlte Dawn ... *etwas*. Eine Woge der Macht, wie ein elektrischer Schlag, jagte durch ihre Hände. Die Flamme der roten Kerze flackerte hoch auf, und sie atmete erleichtert aus, obwohl sie nicht einmal gemerkt hatte, dass sie die Luft angehalten hatte. War ich das? Immerhin hatte sie schon gezaubert, als ihre Mutter gestorben war. Sie hatte Schwarze Magie genutzt, die ihre Mutter beinahe zurückgebracht hätte – oder das, was aus ihr geworden war, nachdem sie von der Finsternis berührt worden war. Gott sei Dank war sie wieder zur Vernunft gekommen, bevor Buffy die Haustür geöffnet hatte, denn sie hatte unmöglich voraussagen können, was passiert wäre, wenn sich irgendeine schaurige Kreatur aus dem Grab ihrer Mutter ausgegraben und in ihrer Gestalt ins Haus gekommen wäre.

Aber jetzt, heute Nacht? Dawn nahm an, dass die ganze Sache vermutlich nicht viel mit ihr zu tun hatte – wahrscheinlich hatten Willow und Tara die Magie geschaffen und ihre mehr als ausreichenden Energien durch sie kanalisiert, um den Segenszauber für Buffy zu vervollständigen. Aber das war okay – Dawn hatte immer noch das Gefühl, geholfen zu haben, und schließlich zählte doch nur das Endergebnis. Das Schlimmste an dem Gefühl, nicht real zu sein, eine Unperson zu sein, war, dass sie scheinbar immer da war, aber nie etwas tat. Dieses Mal hatte sie einen eigenen Beitrag geleistet.

Oder etwa nicht?

»Entspann dich«, flüsterte Tara. »Du hast alles richtig gemacht.«

Der Rest des Segenszaubers – ein kurzer, abschließender Dank und das Öffnen einer Tür in dem schützenden Schleier, den sie um sich herum errichtet hatten – war im Nu erledigt, und schon bauten Willow und Tara den Altar ab und verpackten die gereinigten Bestandteile. Dawn saß am Tisch und sah ihnen zu, ohne ein Wort zu sagen. Dieses Mal fragte sie nicht, ob sie helfen könnte. Sie fühlte sich irgendwie komisch, beinahe träge, so, als hätte sie gerade einen riesigen Teller Spaghetti in sich hineingeschaufelt und fiele nun zufrieden in ein Sättigungskoma.

Als alles zusammengepackt war, setzten sich Willow und Tara zu ihr an den Tisch. »Wie fühlst du dich?«, fragte Willow.

»Okay, nehme ich an.« Dawn zögerte, ehe sie sagte: »Irgendwie schläfrig oder so.«

Tara nickte. »Wenn du einen Segen oder einen anderen Zauber erfolgreich durchgeführt hast, ist das für die Seele ziemlich anstrengend, besonders, wenn du es zum ersten Mal machst.«

Der Teenager faltete die Hände und sah die beiden Hexen hoffnungsvoll an. »Also hat es wirklich funktioniert? Ich ... wir haben ihr geholfen?«

Willow und Tara wechselten einen ernsten Blick. Dann legte Willow Dawn eine Hand auf die Schulter. »So gut wir konnten, Dawn«, sagte sie leise. »Den Rest des Weges ... na ja, am Ende kommt es allein auf Buffy an. Wie immer.«


»N'abend, die Herren«, sagte Spike mit lauterer Stimme. »Wie geht's denn so?«

Die beiden Gestalten drehten sich um und starrten sie an, aber es war unmöglich, ihre Reaktion zu deuten, weil die hölzernen Masken ihre Gesichter vollständig verdeckten. Die Masken selbst waren alles andere als schön – beide bestanden aus dunklem Holz und zeigten groteske, einseitige Parodien eines Lächelns unter überdimensionierten Augen und einer nach rechts verdrehten Nase. Die Lippen, Augenbrauen und Augen waren in dunklen Farben aufgemalt und erinnerten vage an etwas, das ein böser Clown tragen könnte. Langes, schmutziges Haar wogte wirr hinter dem Holz hervor, doch war nicht erkennbar, ob es zu den Dämonen oder zu ihren Masken gehörte. Hier und dort hingen fleckige kleine Beutel, die mit Schnüren verschlossen waren, an derben Lederstreifen. Die Ränder der Masken waren abgenutzt. Splitter ragten aus dem Holz hervor wie Zündhölzer.

»Wenn das Ohrringe sind, dann habt ihr einen seltsamen Geschmack in Bezug auf Schmuck«, bemerkte Xander mit einem halbherzigen Lächeln.

»Das sind Tabaksbeutel«, quetschte Giles aus dem Mundwinkel. »Wenn ich die Geschichte recht in Erinnerung habe ...« Wieder traf Spike ein vernichtender Blick. »... enthält jeder Beutel eine Rassel aus einem Schildkrötenpanzer.«

»Haut ab«, sagte die Gestalt, die ihnen am nächsten stand. Die Stimme der Kreatur drang nur gedämpft durch das Holz. »Wir haben kein Interesse an Gesellschaft.«

»Komischer Ort, um rumzustehen, mitten im Nirgendwo, sozusagen. Wartet ihr auf jemanden? Zigarette?« Spike streckte ihnen seine zerdrückte Zigarettenschachtel entgegen.

»Was bist du, verrückt?«, fauchte der Zweite ihn an und wich zurück. »Wir rauchen nicht. Unsere Gesichter sind aus Holz!«

Für Dämonen kannten sich diese Scheusale gut in der englischen Sprache aus; natürlich hingen sie schon seit ein paar Hundert Jahren hier herum, und wenn Dämonen auch kaum Gelegenheit hatten, ihre Essgewohnheiten zu ändern, waren viele von ihnen durchaus im Stande, ihre kommunikativen Fähigkeiten zu schulen. »So ist das«, sagte Spike mit einem kumpelhaften Grinsen. »Nach allem, was man so hört, seid ihr dafür bekannt zu wissen, wie man hier an eine, äh, etwas ausgefallenere Mahlzeit kommt. Spezialitäten, sozusagen. Ihr wisst schon, die Art von leckerem Fleisch, die man üblicherweise nicht abgepackt im Lebensmittelgeschäft bekommt.«

»Wie kommst du darauf, dass wir so etwas wissen?«, fragte der Erste in unverkennbar streitsüchtigem Tonfall. In Xanders Augen waren die beiden nur durch die Farben ihrer Hemden – beide waren in einem vagen indianischen Folklorestil gehalten – zu unterscheiden. »Wir haben hölzerne Masken anstelle von Köpfen. Wir können nicht einmal kauen.«

Spike verschränkte die Arme vor der Brust. »Und? Ich habe gehört, ihr steht mehr auf pürierte Speisen und benutzt Strohhalme.«

»Okay«, flüsterte Xander Giles zu. »Ich weiß nicht, wie es Ihnen geht, aber mein Ekelpegel hat gerade das Dach durchstoßen.«

»Was interessiert euch das?« Maskengesicht Nummer eins

legte den Kopf schief, aber das erleichterte den Versuch einer Konversation mit einer Person – oder einem Ding –, die nicht die geringste Mimik aufwies, auch nicht sonderlich. Zumindest bekam Xander allmählich eine Vorstellung davon, was es bedeutete, wenn jemandem eine hölzerne Miene bescheinigt wurde.

Spike bedachte die beiden Gestalten mit einem weiteren freundlichen Lächeln. »Meine Freunde und ich wollen selbst einen Kauf tätigen. Aber wir wollen nur ultrafrisches Fleisch.«

»Vorzugsweise lebendig«, fügte Giles hinzu.

»Na ja ...«, sagte der zweite Dämon mit einem verschlagenen Blick auf seinen Begleiter. »Ich schätze, das können wir arrangieren.«

»Vielleicht könntet ihr uns mit eurem Lieferanten bekannt machen«, schlug Spike vor. »Er verdient einen Extra-Dollar, wir bekommen, was wir wollen, und ihr kriegt vielleicht noch einen kleinen Bonus.«

Die Augen der Dämonen leuchteten hinter den Masken auf. »Zum Beispiel?«, fragte einer von ihnen.

»Zum Beispiel euer Leben«, knurrte Spike und setzte sein Vampirgesicht auf. Seine Hände schossen vor, und seine Finger schlossen sich unter der Kinnlinie des nächsten Maskenträgers; er riss ihn mit so viel Wucht nach vorn, dass jeder das schaurige Geräusch von krachendem Holz hören konnte, als sich die Maske teilweise vom Gesicht des Dämons löste.

Der Dämon schrie auf und versuchte, Spikes Hände wegzuschlagen, aber der Griff des Vampirs hielt stand. Er schüttelte die wehrlose Kreatur hin und her und verschlimmerte die Verletzung mit jeder Bewegung. »Ich schätze, du willst ...«, ein Stoß nach links und dann wieder nach rechts, »... uns helfen. Bevor ich dieses Stück Brennholz von deinem Gesicht reiße!«

»Lass ihn los!« Das andere Scheusal riss ein gefährlich aussehendes Jagdmesser aus der Lederscheide an seinem Gürtel, aber Giles und Xander hatten seine Unterarme gepackt, ehe er irgendeinen Schaden anrichten konnte. Giles zerrte den Dämon vorwärts und schlug die Hand mit der Waffe so lange auf sein Knie, bis die Klinge nutzlos zu Boden fiel.

Spike zog immer noch an dem Gesicht des ersten Dämons. Inzwischen drang eine schmierig aussehende, gelbliche Masse an allen Seiten hinter der Maske hervor und verklebte die schmückenden, wenngleich angefressen wirkenden Federn. »Wirst du jetzt mit uns reden, oder muss ich dieses Ding erst ganz abreißen und einer völlig unvorbereiteten Welt zeigen, wie du wirklich aussiehst?«

»Auauauauau!«, heulte die Kreatur und ruderte wild mit den Händen, wann immer Spike an der Maske zog. »Was wollt ihr? Ich kann euch alles sagen. Aber bitte hör auf, mir das Gesicht abzureißen!«

Spike hörte auf, an der Maske zu zerren, ließ den Dämon aber nicht los. »Schon besser. Kooperation ist dein Freund. Nicht wahr, Jungs?«

Ein paar Meter von ihm entfernt kämpften Giles und Xander darum, den anderen maskierten Dämon festzuhalten. Der Bursche war ziemlich stark, selbst für zwei menschliche Gegner. »Können wir das Gerede lassen?«, keuchte Giles. »Komm endlich zur Sache.«

»Oh, ja, richtig.« Spike versetzte seinem Opfer einen kleinen Stoß. »Nun?«

»Wir sollen hier jemanden treffen«, wimmerte der Dämon widerstrebend. »Sein Name ist Dunphy. Hat gesagt, er hätte ein ganz besonderes Festmahl für uns, wenn wir genug bezahlen, eine Menschenfrau, die früher ein Dämon war.«

»Anya!«, platzte Xander heraus.

Spike verzog das Gesicht. »Ich wusste doch, dass Dunphy damit zu tun hat.«

»Oder Anyanka, wie auch immer«, fuhr bereits der Dämon fort, ehe er probeweise zurückzuckte, um festzustellen, ob er sich befreien konnte, was ihm jedoch nur weitere Schmerzen einbrachte. »Hey!«

»Wenn du nicht willst, dass ich dir wehtue, dann hör auf, auf den Busch zu klopfen und rede«, sagte Spike mit gefährlich ruhiger Stimme. »Du bist noch nicht am Ende.«

»Was seid ihr? Halb verhungert?«, knurrte der Dämon, den Giles und Xander nun mit der Maske voran zu Boden drückten. »Ich habe fünf Dollar in der Tasche. Nehmt sie und geht in ein Restaurant.«

»Schnauze, Splitterzahn«, schnappte Xander und rammte sein Knie in den Rücken des Dämons, um ihn daran zu hindern, sich aus seinem Griff zu befreien. »Ich schätze, dein Kumpel ist vernünftiger als du.«

»Ja, ja, schon gut«, sagte der andere mit schriller und immer noch weinerlicher Stimme. »Dieser Dunphy, er ist ein Fischdämon, richtig? Muss eine Art Aasfresser sein, weil er lediglich ein paar Stücke Fleisch von dem tranchierten Fleisch wollte. Er wollte Anyanka hierher bringen ...«

Xander hatte den Arm seines Gefangenen auf den Rücken gedreht und spannte nun den Griff so weit an, dass der Dämon unter ihm aufstöhnte. »Besser, sie ist am Leben, wenn er sie herbringt.«

»Sie wird leben«, versicherte der Dämon eilig. »Wir haben Lebendfang bestellt – wir essen kein Aas, so wie er. Er ist ein Schwein – er frisst einfach alles, lebend, tot oder schon letzte Woche gestorben.«

Spike riss noch einmal heftig an der Maske des Monsters. »Wann?«

»Er müsste in ein paar Minuten hier sein«, verriet der Dämon. »Das hat er jedenfalls heute Morgen gesagt, als er auf der Suche nach einem Käufer durch die Straßen geschlichen ist.«

»Hervorragend«, sagte Giles mit angespannter Miene. »Und was machen wir inzwischen mit diesen beiden? Sie werden sich vermutlich nicht an unsere Anweisungen halten, wenn wir sie nur auffordern, in aller Stille das Weite zu suchen.«

»Wenn du nur mein Gesicht loslässt, werde ich mich mehr als glücklich schätzen, euch aus dem Weg zu gehen«, widersprach der Dämon, der sich immer noch in Spikes Gewalt befand. »Kein Ärger, kein Groll, versprochen.«

Spike überlegte und sagte dann: »Ich sage dir was, mein Freund. Wir werden einfach dafür sorgen, dass du dich nie mehr in unserer Gegenwart blicken lässt.« Ehe der Dämon auch nur ahnte, was ihm bevorstand, zog Spike mit der freien Hand ein Feuerzeug aus der Tasche. Sein Daumen glitt über das Zündrad, der Docht flammte auf, und Spike hielt die Flamme dicht an die ausgefransten Ränder der Maske. Erst, als das zersplitterte Holz um sein Gesicht herum in Flammen ausbrach, ließ er den Dämon los.

Die Kreatur schrie auf und rannte blindlings die Straße hinunter, während sein Kumpel vor Angst beinahe verrückt wurde, als Spike sich ihm näherte. Er wand sich, bäumte sich auf, versuchte verzweifelt, sich aus Xanders und Giles' Griff zu befreien. »Nein! *Nein!* Ich verschwinde, ich schwöre es. Ihr werdet mich nie wieder sehen! Ich ...«

Spike ließ ihm keine Zeit, mit seiner Stammelei fortzufahren. Bevor die beiden anderen recht wussten, was sie tun sollten, streckte der Vampir die Hand aus, hielt das Feuerzeug an die Maske des zweiten Dämons und riss gleichzeitig einen der Tabaksbeutel ab. Giles und Xander zogen hastig die Hände zurück, als die Flammen das Gesicht der Kreatur säumten und der Dämon aus vollen Lungen heulend seinem Artgenossen folgte. Binnen kürzester Zeit war von beiden nichts mehr zu sehen, und die Straße lag wieder verlassen da.

»Nun ja«, sagte Giles. »Das war ein wenig ... kaltherzig, sogar für deine Verhältnisse, Spike.«

Spike zuckte mit den Schultern. »Hey, wenn ich schon nur noch Dämonen gegenüber ekelhaft werden kann, weil ich diesen Vorschlaghammer in meinem Schädel habe, dann muss ich die wenigen Gelegenheiten, die mir bleiben, wenigstens auskosten.« Er steckte sein Feuerzeug weg. »So eine kleine Verbrennung ist eine wunderbare erzieherische Maßnahme, und außerdem reicht ein satter Sturz mit dem Gesicht voran ins nasse Gras, um das Feuer zu löschen.«

Xander bückte sich und sammelte das Jagdmesser auf, das sie zurückgelassen hatten. Es war ein bösartiges Ding mit einer gekrümmten, zwanzig Zentimeter langen Klinge und einem cremefarbenen Heft. »Was ist das? Elfenbein? Wissen diese Wichser nicht, dass Elefanten vom Aussterben bedroht sind?«

»Es scheint in der Tat seltsam, dass sie das nicht interessiert«, entgegnete Giles trocken.

Bevor Xander etwas antworten konnte, hatte Spike ihm schon das Messer abgenommen. »Gib das lieber mir, bevor du dich damit verletzt.«

»Hey«, protestierte Xander. »Ich habe dir schon einmal gesagt, ich benutze jeden Tag Werkzeuge, mit denen ich dir eine ganz neue und viel ansprechendere Optik verpassen könnte.« Trotzdem war er gar nicht so unzufrieden damit, das Messer in Händen einer anderen Person zu sehen.

»Da kommt jemand«, sagte Giles leise. Die Geräusche kamen von der Nebenstraße, und die drei wichen hastig zurück, auf der Suche nach einer geschützten Ecke oder einem dunklen Hauseingang, in dem sie sich verstecken konnten. Es dauerte nicht lang, und sie erkannten Anyas Stimme, in der ein panischer Unterton mitschwang.

»… Kopfgeld«, sagte sie gerade. »Hast du diesen Begriff schon einmal gehört? Es gibt sogar einen Film mit dem Titel. Ich glaube, Mel Gibson hat mitgespielt. Es geht darum, dass Leute enorme Summen bezahlen, um entführte Personen zurückzubekommen. Du solltest dich darüber informieren.« Die Worte sprudelten kaum noch verständlich aus ihr hervor, durchbrochen von dem einen oder anderen Keuchen, wenn sie versuchte, zu Atem zu kommen.

»Wirst du jetzt endlich aufhören, in die andere Richtung zu zerren?« Die andere Stimme, die irgendwie feucht und unerfreulich klang, musste einem Dämon gehören, vermutlich Dunphy. »Du zögerst das Unausweichliche nur hinaus – kannst du nicht einfach akzeptieren, dass du zum Abendessen serviert wirst und aufhören zu lamentieren?« Nun konnten sie den Dämon sehen; er hatte Anya die Arme auf den Rücken gefesselt und schubste sie vor sich her, doch alle drei Schritte schaffte sie es irgendwie, einen Schritt zurück zu machen.

»Du hast meine Frage über das Kopfgeld nicht beantwortet«, entgegnete Anya hartnäckig, während sie sich unentwegt zu wehren versuchte. »Hast du so etwas noch nie im Fernsehen gesehen? Oder im Kino? Ich habe dir doch gerade gesagt, da gibt es diesen tollen Film mit Mel Gibson, der versucht, seinen Sohn zurück …«

»Ich habe ihn gesehen, aber das Leben funktioniert nicht wie im Film«, knurrte Dunphy und schubste Anya so heftig, dass sie stolperte. Dann änderte er die Taktik und versuchte, sie hinter sich herzuziehen. Anya schrie auf, als ihre Knie auf den Boden prallten.

In seinem Versteck gab Xander einen kehligen Laut von sich und machte Anstalten, hinauszustürmen, aber Giles hielt ihn zurück. »Noch nicht«, flüsterte der Wächter. »Lass ihn erst näher kommen – wir dürfen ihn nicht entwischen lassen. Wir kennen seine Vereinbarung mit Celina nicht, und wir können nicht riskieren, dass er sie warnt.«

»Aber er tut ihr weh«, zischte Xander.

»Ruhig, Junge«, sagte Spike kaum hörbar. »Denk an seinen Absatzmarkt. Dunphy wird die Lebensmittel nicht allzu schlimm beschädigen, weil er befürchtet, sonst nicht bezahlt zu werden.«

»Oh, ich werde ihn schon bezahlen.« Trotzdem zog sich Xander wieder zurück und zwang sich zu warten. Seine Hände waren zu Fäusten geballt, seine Miene völlig erstarrt.

Fünfzehn Meter entfernt kämpfte sich Anya auf die Beine, angespornt von Dunphy, der offenbar entschieden hatte, dass es besser war, wenn sie sich auf ihren eigenen Beinen fortbewegte. »Bei solchen Geschichten springt nie ein gutes Lösegeld heraus, weil der Böse – das bist du – immer viel zu dumm ist, geschickt vorauszuplanen«, verkündete Anya. »Wenn ich du wäre ...«

»Das bist du aber nicht!«, schnappte Dunphy. »Also halt endlich die Klappe!« Dieses Mal trat er hinter sie und benutzte beide Hände, um sie die Gasse hinunterzustoßen. Anya hatte keine andere Wahl, als weiterzulaufen, wollte sie nicht mit der Nase auf dem schmutzigen Asphalt landen.

Als sie das Versteck der drei Männer erreichten, fing sie erneut zu sprechen an, aber ihre Worte verloren sich in einem überraschten Aufkeuchen, als Spike gemächlich aus dem Schatten hervortrat. »Hey, Dunphy«, sagte er in gleichgültigem Ton. »Was tut ein widerlicher Dämon wie du mit einem hübschen menschlichen Mädchen wie ihr?«

Dunphy blieb ruckartig stehen und zerrte Anya zurück, um sich hinter ihr wie hinter einem Schild zu verstecken. Anya wand sich in seinem Griff und ächzte angewidert. »Lass mich los, du verfaultes Stück Fischfutter!«

»Klappe!«, sagte Dunphy, wenngleich er vor allem damit beschäftigt war, Spike im Auge zu behalten. »Hey, ich kenne dich aus der Bar – was zum Teufel machst du hier?«

Spike zuckte die Schultern. »Och, ich treibe mich nur ein bisschen in der Gegend rum. Treffe ein paar Freunde. Das Übliche, du weißt schon.«

»So, schön, dann mach das irgendwo anders«, gab Dunphy im Befehlston zurück. »Ich treffe hier selbst ein paar Leute, und ich will nicht, dass du in der Nähe bist, wenn sie kommen. Sie würden dich fressen und deine Einzelteile auf die Straße spucken.«

»Ist das wahr?« Spike bedachte ihn mit einem bösartigen Grinsen. »Ich glaube, das dürfte ihnen ziemlich schwer fallen.« Er hielt den Tabaksbeutel hoch, den er einem der Maskendämonen entrissen hatte, und ließ ihn vor Dunphys Nase baumeln. »Kommt dir das irgendwie bekannt vor?«

Dunphys hervorquellende Augen wurden größer, als er sah, was Spike da in der Hand hielt. Gleich darauf schluckte er hörbar, als Giles und Xander aus ihrem Versteck kamen und neben ihn traten.

»Xander!« Anyas Miene leuchtete vor Glück auf, nur um sich gleich darauf wieder zu verfinstern. »Xander, er hat mich den ganzen Tag festgebunden und mir an den Handgelenken wehgetan. Er wollte mich gegen ein Stück Schinkenschnitzel austauschen.«

Xander trat drohend einen Schritt näher. »Zeit, sie loszulassen, Köderfresse.«

Dunphy drehte sich zu ihm herum und riss Anya mit sich, sodass sie weiterhin vor ihm stand. »Nicht so schnell, Mensch. Was denn? Ihr habt ein oder zwei von den Jungs verprügelt, mit denen ich mich treffen wollte? Sie vielleicht sogar getötet?« Dunphy lachte. »Und ihr haltet euch für so schlau?«

Xander umkreiste den Dämon linksherum, und Dunphy versuchte, seinen Schritten zu folgen, aber er bewegte sich irgendwie ruckartig und unsicher – offensichtlich fiel es ihm schwer, Giles und Spike gleichzeitig im Auge zu behalten.

»Willst du uns damit sagen, dass noch mehr von deinen Freunden hierher unterwegs sind?«, fragte Giles.

Dunphy drehte sich zu dem Wächter um. »Darauf kannst du wetten. Sie ...«

Spike schleuderte sein Jagdmesser in die Luft, das sich im nächsten Augenblick in die rechte Hüfte des Dämons bohrte.

»*Argggh!*« Dunphys Hände flogen hoch, und er griff nach seinem Bein, während Xander gleichzeitig vorstürmte, um Anya außer Reichweite zu bringen. »Auuuuh, warum hast du das getan?« Er stolperte zur Seite, stürzte, das Messer immer noch im Bein, und wand sich am Boden vor Schmerz.

Giles packte Xander und Anya am Arm und drängte sie vorwärts. »Komm schon, Spike«, drängte er. »Wir müssen von hier verschwinden.«

»Wozu die Eile?« Spike betrachtete den hässlichen Dämon. »Ich denke, wir sollten ihm erst den Rest geben. Vielleicht sollten wir ihn tranchieren, so, wie er es mit Anya vorhatte.« Er trat vor und packte den Schaft des Messers. Der Dämon gab gurgelnde Schmerzenslaute von sich, als Spike die Klinge aus der Wunde riss und hochhielt. »Wir haben sogar das passende Werkzeug.«

»Aber keine Zeit.« Giles deutete die Straße hinunter. »Siehst du? Ich glaube, der Rest des Stammes kommt gerade.«

Spike und die anderen blickten in die Richtung, in die Giles deutete, und sahen eine Reihe Schatten, die sich am anderen Ende der Straße bewegten und in beängstigender Geschwindigkeit von einem Punkt zum nächsten huschten. »Zeit, aufzubrechen«, verkündete Spike auffallend zufrieden. »Ich schlage vor, wir überlassen Dunphy den wilden Horden.«

»Das klingt gut«, stimmte Xander zu.

»Ihr wollt ihn einfach hier lassen?«, fragte Anya verwundert. »Ihr werdet ihn nicht wenigstens ... verprügeln oder so was? Xander, er wollte mich an Kannibalen verkaufen – oder was auch immer das waren.«

»Sind«, korrigierte Xander. »Und sie sind unterwegs hierher.« Er zog sie mit sich und sah sich kurz über die Schulter zu dem Dämon um, der Anya entführt hatte und sich nun unter Schmerzen am Boden wälzte. »Dunphy bekommt seine Strafe, glaub mir. Verdammt schnell sogar.«

Verständnislos blickte sich auch Anya um. »Wovon redest du ... *oh!*«

Als Xander ihrem Blick folgte, hörte er Dunphy schreien

und sah, wie seine am Boden liegende Gestalt buchstäblich unter einer Masse wogender Finsternis verschwand, die aus ungefähr einem Dutzend oder noch mehr Maskendämonen bestand. »Bäh«, sagte er, als sie weiterliefen. »Ich bin nicht einmal sicher, ob er es verdient hat, bei lebendigem Leib verspeist zu werden.«

»Oh, gleich fange ich an zu weinen«, entgegnete Spike. »Aber ich bin sicher, dass sie ihn erst umbringen werden. Und du kannst mir glauben, die Welt ist mit einem modrig stinkenden Monster weniger bestimmt besser dran.«

Xander musterte ihn wütend. »Und was bist du?«

Spikes Kinn ruckte vor. »Ich bade wenigstens.«

»Stimmt«, sagte Anya. »Die meisten Vampire neigen dazu, sich ähnlich zu verhalten wie in ihrem vorangegangenen Leben, also ...«

»Können wir uns später über die Verhaltensweisen von Vampiren unterhalten?«, fragte Giles ungeduldig. »Im Moment könnten wir unsere Zeit besser nutzen, wenn wir zum Friedhof gehen und nachsehen würden, ob wir Buffy helfen können.« Er sah jedem seiner Begleiter kurz in die Augen, als sie das Ende der Straße erreichten und Dunphys Schreie hinter ihnen abrupt verstummten. »Die Nacht ist noch jung, und unsere Jägerin muss sich einem der schrecklichsten Gegenspieler ihres Lebens stellen.«

# 14

Irgendwo in der Stadt, ja, aber hier... konnte eine Nacht auf dem Friedhof, wo der Tod allgegenwärtig war, überhaupt so etwas wie schön sein?

Nur in meiner Welt, dachte Buffy und lächelte, während sie zwischen den Grabsteinen hindurchschlenderte. Sie hatte es nie jemandem erzählt, nicht einmal ernsthaft darüber nachgedacht, aber sie hatte so viel Zeit an diesem Ort verbracht, im Guten wie im Bösen, dass sie angefangen hatte, die schlichte, kühle Schönheit der Statuen und Monumente zu schätzen, die Art, wie der Mondschein selbst die einfachsten Gebilde mit einem bläulichen Schimmer ätherischer Eleganz umgab.

Sie hatte sich von Angel vor einer knappen halben Stunde am Haupttor getrennt und sich nur einen einzigen Blick zurück gestattet, als sie den Weg betreten hatte, der sie in die Mitte des Friedhofes führen sollte. Dieser eine Blick hatte nicht dazu gedient, sich zu vergewissern, dass er ihr nicht doch auf der Stelle folgen würde – sie vertraute ihm blind, wusste, dass er an dem Punkt bleiben würde, wo er sein sollte, statt an einem anderen Ort aufzutauchen, wo er nicht sein sollte – sondern allein dazu, sie zu beruhigen. Anders als Lots Frau würde sie nicht bestraft werden, weil sie sich umgesehen hatte. Niemand würde sie für die Ewigkeit in eine Salzsäule verwandeln, weil sie dem Wunsch nicht widerstanden hatte, noch einmal zu sehen, was sie zurückgelassen hatte. Nein, sollte sie versagen, lauerte in der Ewigkeit weit Schlimmeres auf sie.

Dann und wann erklang der leise Ruf einer Eule in der

Finsternis. Allein auf ihren nächtlichen Patrouillen hatte sie sich immer gefragt, wohin es die Vögel zog – vermutlich hielten sie sich hoch oben in den Baumkronen auf, verbargen sich tief im Geäst, wo sie sich sicher und behaglich in die Traumgefilde ihrer Gattung zurückziehen konnten. Die einzigen Vögel, die sie bei Nacht auf Friedhöfen zu sehen bekam, waren Amseln und Krähen, und sie mochte beide nicht, weder bei Nacht noch bei Tag. Vielleicht war sie abergläubisch – und Gott wusste, dass sie Grund genug dazu hatte –, aber sie erinnerte sich, irgendwann gehört zu haben, dass, sollte sie je drei dieser Vögel in einer Reihe sitzen sehen, eine geliebte Person ihr Leben verlor.

Vor einem besonders großen Grabstein blieb Buffy stehen und starrte an ihm hinauf. Es war ein überaus kunstvoller Stein, ein übergroßer Engel aus weißem Marmor mit grünen Einschlüssen, nur die Flügel waren aus makellosem, schneeweißen Marmor gemeißelt. Seine Augen blickten gen Osten, in die Richtung, in die er auch die Arme ausstreckte. Die Grabesengel hatten ihr schon immer Rätsel aufgegeben – beherbergten sie einen Geist oder eine Seele, enthielten sie etwas, um die Seele des Menschen zu schützen, dessen Körper unter ihnen ruhte? Dieser sah irgendwie besorgt aus, als wäre es seine Aufgabe, jeden Morgen den Horizont im Auge zu behalten, um sicher zu gehen, dass die Sonne aufging. Buffy fragte sich, was dieser große steinerne Wächter tun würde, wenn der bang erwartete Sonnenaufgang nicht eintrat.

Buffy wäre gewiss selbst die Erste, die eingeräumt hätte, dass sie erst hatte lernen müssen, dem besonderen Jägerinnensinn zu vertrauen, der ihr verriet, wenn sich ein Vampir anschlich, sei es aus einem Gestrüpp in drei Metern Entfernung oder direkt von hinten. In dieser Nacht aber war Buffy überaus darauf bedacht, dass alle Systeme einwandfrei funktionierten, und so war sie gewarnt, als sich ... *etwas* näherte, etwas Mächtiges. Vielleicht lag es daran, dass sie

Celina treffen würde, einen Vampir, der selbst einmal eine Jägerin gewesen war, vielleicht auch daran, dass es heute Nacht um weit mehr als nur um die bloße Konfrontation ging. Der Kampf dieser Nacht fand auch nicht allein um Anyas willen statt – dieser Kampf war für sie selbst, und er war entscheidend für ihre geistige und seelische Gesundheit. Jeder dieser Punkte war schon so einige Male in Frage gestellt worden, seit sie zur Jägerin berufen worden war und das Chaos ihr Leben beherrschte, doch hier ging es darum, dass Celinas Existenz allein ein grausames Zerrbild all dessen darstellte, was Buffy war, sie war ein Schlag in das Gesicht eines jeden Einzelnen, für den sie gekämpft hatte. Zu behaupten, sie würde sich deshalb in dieser Nacht zum Kampf stellen, klang klischeehaft und ausgelutscht ... aber so war es nicht, jetzt nicht und auch in Zukunft nicht. Heute Nacht, genau jetzt, kamen alle drei Punkte zusammen, heute Nacht hingen all diese schwer fassbaren aber unglaublich kostbaren Dinge vom Ablauf der nächsten Viertelstunde ab.

Richtig oder Falsch.

Licht oder Finsternis.

»Ich weiß, dass du da bist«, sprach Buffy in die vollkommene Stille.

Sie drehte sich um, sah jedoch nichts außer den reglosen Monumenten und Gedenksteinen, den dürftig belaubten Bäumen, die noch immer einen Teil ihrer sommerlichen Blätter besaßen. Wind kam auf, kalt und scharf, und ...

Celina trat hinter dem kunstvollen Grabstein eines Gemeinschaftsgrabes hervor.

»Ich habe dich beobachtet«, sagte die Blutsaugerin.

»Ich weiß.«

Sie starrten einander an, Jägerinnen, die geschworen hatten, zu bekämpfen, was aus der anderen geworden war. Einander in der Stille vor dem Kampf so anzusehen, war auf seltsame Weise so, als würden sie eine Bindung eingehen.

Beide wussten es, beide erkannten die Gemeinsamkeiten, wenn auch nicht im Äußeren, so doch im Geist. Was war es, das sie verband ... die Seele einer Jägerin? Oder ihre Essenz, etwas, das tiefere Ursprünge hatte als der menschliche Geist? Auf Buffy mochte das zutreffen, doch Celina hatte das alles vor langer Zeit verwirkt, und war es einmal verloren, so gab es kein Zurück mehr.

»Wir haben herausgefunden, wer du bist«, verkündete Buffy. Wie Celina bewegte sie sich nicht. »Cassia, nicht wahr?«

Celina lächelte, und Buffy blieb ein Moment, ihre unglaubliche Schönheit zu bewundern – ihr Haar war wie Seide, trotz des Oxidationsmittels, ihre Augen blickten klar und strahlend, ihre Haut wies keine einzige Narbe, keinen einzigen Schönheitsfehler auf. Nach fünfhundert Jahren war sie immer noch perfekt. Es war traurig, dass so eine Schönheit nur durch die schändlichsten Taten bewahrt werden konnte, während eine Seele, die auf natürlichem Wege von dannen zog, ihr Gefäß zurückließ, auf dass es verrottete und schließlich für immer verschwand. Irgendwie war das nicht fair.

»Cassia bin ich schon sehr lange nicht mehr.« Celinas Hand strich mit einer zarten Bewegung über den Grabstein, und Buffy glaubte, einen Hauch der Bewunderung zu spüren, die sie selbst manchmal für diese Monumente empfand. »Ich habe sie in Griechenland zurückgelassen. Das muss schon eine Million Jahre her sein.«

»Hast du sie verloren?«, fragte Buffy leise. »Oder ist noch etwas von ihr in dir? Du warst eine Jägerin. Jemand besonderes. Eine von wenigen. Kann so etwas jemals sterben?«

Celina starrte einige Augenblicke ins Leere, während sie nachdachte. »Zum Teil schon – zu einem wichtigen Teil. Aber zu einem anderen Teil ...« Sie grinste, doch das war *kein* schöner Anblick. »Da sind die Gefühle und Fähigkeiten, die lebendig bleiben, ja. Aber sie verändern sich.« Sie kniff die Augen zusammen. »Ich glaube nicht, dass du diese Veränderung voll zu würdigen verstehst, Buffy. Es ist beinahe wie eine Metamorphose – die Verwandlung von etwas Schönem, aber jämmerlich Schwachem, in etwas anderes, das überwältigend ist und überaus stark – *herrlich*. Als würde sich ein bunter, aber nutzloser Schmetterling in eine geschmeidige und tödliche Mischung aus einer Tarantel, einem Falken und einer Wespe verwandeln.«

Buffy verzog das Gesicht. »Den Vergleich hätte ich sicher nicht gewählt.«

Celina lachte. »Das liegt nur daran, dass du nicht wirklich verstehst, was sich hinter allem und jedem in der Welt verbirgt – Beute und Raubtier, Opfer und Jäger. Als Jägerin in Griechenland war ich die Beute, und es war ohne Bedeutung, wie stark ich war. Als Vampir bin ich das Raubtier.« Sie lächelte. »Ich fürchte, du bist immer noch Beute.«

Buffy bewegte sich ein wenig nach links, und Celina folgte ihr; unbewusst umkreisen sich die beiden Gegnerinnen. »Warum?«, fragte Buffy. »Warum hast du mich gesucht? Ich meine, bei dir lief doch alles wie am Schnürchen, richtig? Der Rat hat nicht einmal von dir gewusst, bis wir herausgefunden haben, wer du bist. Allerdings kannst du sicher sein, dass sie inzwischen Bescheid wissen – dafür hat mein Wächter gesorgt.« Sie blickte die andere Frau forschend an. »Neuigkeiten wie diese verbreiten sich wie Rauch an einem windigen Tag. Du kannst das nicht aufhalten, selbst wenn du es wolltest. Du hättest für immer im Verborgenen bleiben können, aber die Chance hast du dir zerstört. Das ist, als hättest du gewollt, dass man dich findet.« Sie starrte Celina an und fragte noch einmal: »Warum?«

Celina betrachtete sie gedankenverloren, und Buffy war positiv überrascht, dass die Blutsaugerin offenbar nicht glaubte, sie könnte die derzeitige Jägerin mit einer billigen Lüge oder einer hingeworfenen Ausrede abspeisen. »Die Wahrheit lautet, dass ich nicht gewusst habe, wie sehr die

Jagd nach dir aus dem Ruder laufen würde«, gestand sie und sah dabei tatsächlich ein wenig verwirrt aus. »Es ging alles sehr schnell. Eine Jägerin hat üblicherweise keine Freunde, weißt du? Oder Liebhaber oder Ex-Liebhaber oder was auch immer. Von uns wird erwartet, dass wir allein leben und allein arbeiten und auch allein sterben. Hast du überhaupt eine Vorstellung, was für ein Glück du hast? Du bist nur eine kümmerliche Sterbliche, aber du hattest alle möglichen Chancen, die ich verloren habe ... oder nie hatte.« Ihre Mundwinkel zuckten. »All diese Möglichkeiten, und du weißt sie nicht einmal zu schätzen. Du bist nur ein unreifes kleines Mädchen, dass seine Jägerinnenmacht als Selbstverständlichkeit betrachtet und sowohl die lichten als auch die finsteren Welten zum Gespött macht. Du bist eine Störung und eine Karikatur für jede Jägerin, eine Beleidigung und eine Scheinheilige, dass du einen Angehörigen jener Art von Kreaturen liebst, die zu töten dir die Ehre gebietet.«

Buffy schüttelte den Kopf, während sie unentwegt Celinas graziösen Bewegungen folgte. Sie waren wie zwei Löwinnen, die einander taxierten, ehe sie um ihren Stolz und ihr Leben kämpfen würden. »Vielleicht warst du nie ein Mensch, der Freunde verdient hat, Celina. Was den Rest betrifft ... die Zeiten ändern sich. Das hier ist nicht mehr die Welt, in die du hineingeboren wurdest – wir haben inzwischen elektrischen Strom und so was. Und Kommunikationswege.«

Celina kicherte. »So ist das. Das macht tatsächlich etwas aus. Ich habe immer geglaubt, ich könnte mich allem anpassen, aber inzwischen habe sogar ich Probleme, Schritt zu halten. Ich bin von einem Ort zum anderen gewandert, von einem Jahrhundert ins nächste gezogen, habe Länder und Kontinente gesehen, von denen du nur träumen kannst, England, Frankreich, Deutschland, Spanien, Südamerika, sogar Alaska und Finnland, Thailand und Malaysia ... Oh, das war ein Zeitalter.« Für eine Sekunde schlich sich ein verträumter Ausdruck in ihre Augen, der jedoch gleich wieder verschwunden war. »Ich habe mein Aussehen ständig verändert wie ein Chamäleon ..., aber jetzt weiß das Tier, das ich töten will, von mir und meinem Aufenthaltsort, bevor ich es niederstrecke.«

»Ich nehme an, du sprichst von mir«, sagte Buffy.

»Nichts für ungut.«

»Kein Problem. Ich wurde schon von schlimmeren Dämonen beleidigt.«

Dieses Mal blieb Celinas Miene ernst. »Aber ich werde der Letzte sein.«

Und sie griff an.

Buffy war bereit, und sie war nicht dort, wo Celinas Stiefel sie hätte treffen sollen. Doch der Erfolg war nur von kurzer Dauer; sie wich zurück in der Absicht, Celina ihrerseits einen kräftigen Schlag zu verpassen, wenn diese ihr Bein senkte, aber sie bekam keine Gelegenheit dazu. Statt das Bein zu senken, setzte sie die Trittbewegung fort, schwenkte das Bein in einem einzigen geschmeidigen Zug herum, die Fäuste zur Deckung vor ihrem Gesicht, während sie Buffy mit beinahe tänzerischer Grazie folgte.

Der Tritt, der sie nie hätte treffen sollen, riss Buffy von den Beinen und schleuderte sie gute zweieinhalb Meter zurück. Ihr blieb ein Augenblick der Dankbarkeit für das mühsame Bauchmuskeltraining – wären diese Muskeln nicht so stark, hätte ihr Hosenknopf nach diesem Tritt Kontakt mit der Wirbelsäule geschlossen. Dann war sie wieder auf den Beinen und stand Celina erneut gegenüber. Sie war getroffen und ein bisschen außer Atem, aber nicht verletzt. Vorerst.

Celina hatte offensichtlich genug geredet. Sie stürzte sich wie ein Wirbelwind auf Buffy. Ihre Hände und Füße bewegten sich blitzartig, schneller, als Buffy es je zuvor gesehen hatte. Buffy blockte ab, noch einmal und immer weiter, wehrte Schläge und Tritte ab, die aus allen Richtungen auf sie einzuprasseln schienen. Dann und wann musste sie einen schmerzhaften Treffer in die Rippen oder an den Unterkiefer einstecken, wenn sie ihre Hände nicht schnell genug oben hatte, oder wurde von einem Tritt in die Knie gezwungen, dem sie nicht flink genug ausgewichen war, aber sie war vollkommen außerstande, in die Offensive zu gehen – dieser Vampir war zu schnell … und viel gewandter als Buffy es je gewesen war.

Buffy flitzte hinter einen Grabstein, was ihr eine beklagenswert kurze Erholung einbrachte. Sie nutzte die Gelegenheit, ein paar Male durchzuatmen, wohl wissend, dass der Vampir auf solche Ruhepausen verzichten konnte – Celina brauchte keinen Sauerstoff, weder in der Lunge noch in den Muskeln, und ihr würde die Puste bestimmt nicht so schnell ausgehen wie Buffy.

»Komm schon, Jägerin«, spottete Celina. »Du solltest sowieso schon längst tot sein – warum ersparst du uns beiden nicht den mühseligen Kampf und stellst dich einfach würdevoll deinem Ende?« Den Worten folgte ein Tritt, der Buffy vage an eine lange zurückliegende Lektion im Thai-Boxen erinnerte – binnen eines Sekundenbruchteils war Celinas Führungsbein hinten, und es war verdammtes Glück, dass Buffy sich gerade geduckt hatte, denn der Stiefel, der über ihren Kopf hinwegsauste, trug Celinas ganzes Körpergewicht mit sich. Celina schwang sich noch während des Tritts herum, und selbst wenn Buffy im Stande gewesen wäre zu kontern, war Celinas anderes Bein doch viel zu schnell wieder abwehrbereit.

Buffy krabbelte auf dem Hinterteil rückwärts, alles andere als würdevoll. Im direkten Kampf war sie dieses Mal hoffnungslos unterlegen – fünfhundert Jahre hatten Celina eine Menge Zeit gelassen, Kampftechniken zu trainieren, die zu erlernen Buffy einfach noch nicht lange genug gelebt hatte. Sie musste sich außer Reichweite halten, oder sie würde wieder bewegungslos im Griff der Blutsaugerin landen, wie bei ihrem letzten Kampf gegen sie … nur war dieses Mal der rettende Sonnenaufgang zu viele Stunden entfernt.

Buffy riss ihr Bein zu einem hohen Tritt hoch und hatte Glück – Celina hatte sich offenbar schon zu sehr daran gewöhnt, sie in der Defensive zu sehen, und ihre Erwartungen zu tief angesetzt. Buffys Tritt erwischte sie auf der rechten Seite des Unterkiefers, aber er war leider nicht hart genug gewesen, um irgendeinen Schaden anzurichten. Zumindest verschaffte er ihr die Zeit, drei Meter zwischen sich und die untote Jägerin zu bringen, und diese zwei Sekunden reichten, um mit der Hand in ihre Hosentasche zu greifen.

Ihre Finger schlossen sich um den Samtbeutel, den Willow ihr gegeben hatte, und sie zerrte ihn heraus. Was für einen Knoten ihre Freundin auch benutzt haben mochte, um den Beutel zu verschließen, er öffnete sich in dem Moment, in dem sie ihn aus der Tasche zog. Willow hatte ihr gesagt, dass sie lediglich eine winzige Portion des Inhalts freisetzen müsse, um Celinas Wahrnehmung empfindlich zu stören, aber Buffy wollte kein Risiko eingehen. Celina kam bereits wieder auf sie zu, und Buffy schwenkte ihren Arm hastig vor sich hin und her, während der Abstand zwischen den beiden Frauen immer kleiner wurde. Ihre ruckartigen Bewegungen jagten eine Wolke von schwarzem Staub durch die Luft, und der Vampir lief geradewegs mitten hinein, während Buffy automatisch vor dem Pulver zurückwich.

Für einen kurzen Augenblick funkelte die Luft vor ihr karmesinrot. Das Funkeln war so schnell verschwunden, wie es gekommen war, aber Buffy bezahlte bitter für die Sekunde, in der sie sich durch die Lichterscheinung hatte ablenken lassen, da ein mächtiger rechter Haken Celinas ihren Brustkorb traf. Der Schlag riss sie von den Beinen. Vor Schmerzen keuchend stürzte sie zur Seite und hoffte verzweifelt, dass sie sich keine Rippe gebrochen hatte. Zu allem Elend krachte sie mit dem rechten Wangenknochen gegen den Sockel einer Statue, jenes Engels, den sie wenige Minuten vor Celinas Ankunft noch bewundert hatte. So viel zu der schützenden Funktion von Grabmonumenten.

Celina kam erneut auf sie zu, und Buffy versuchte, sich wieder aufzurichten und auszuweichen, als sie einen heftigen Schmerz in dem Arm verspürte, mit dem sie unglücklich auf dem Boden aufgekommen war. Celina setzte zu einem ihrer überaus gefährlichen Tritte an ...

... und verfehlte ihr Ziel.

Der Vampir wirbelte um die eigene Achse und richtete sich instinktiv auf, aber für eine Mikrosekunde hatte Buffy einen Ausdruck der Verwirrung auf ihren Zügen gesehen. Sie rollte sich zur Seite, und Celina trat erneut zu ...

... und verfehlte ihr Ziel.

»Was zum Teufel ...?« Dieses Mal zögerte Celina und tänzelte ein Stück weit zurück. Noch immer bewegte sie sich leichtfüßig wie eine Tänzerin.

»Hast du Probleme mit den Augen?« Buffy richtete sich auf, stemmte sich auf die Füße, umkreiste Celina wieder einmal, ohne dabei ihren Sicherheitsabstand aufzugeben.

»Was hast du mir in die Augen gestreut?«, fauchte Celina.

»Nur eine Kleinigkeit, um dir das Sehen zu erleichtern«, entgegnete Buffy. »Wir dachten, da du all diese Jahre auf beiden Seiten des Zauns gearbeitet hast – dem des Lichts und dem der Finsternis – solltest du auch fähig sein, auf beiden Seiten zu sehen.«

Celina blinzelte aufgebracht, aber Buffy machte sich nicht zu einem Angriff bereit, noch nicht. Sie wollte sicher sein, dass Willows Pülverchen seine Arbeit tat, dass es seine Wirkung voll entfaltete, ehe sie sich wieder in Celinas Reichweite begab.

»Also musstest du auf fremde Hilfe zurückgreifen, um gegen mich anzutreten«, sagte Celina erbittert. »Du glaubst nicht genug an dich, um dich allein zum Kampf zu stellen.«

»Ich bin vielleicht nicht so alt wie du, aber ich bin auch nicht dumm«, konterte Buffy. »Ich lerne wirklich schnell, und mehr als diese eine Lektion habe ich nicht gebraucht. Außerdem, was hättest du davon, wenn du in mir nur noch so eine unterlegene menschliche Gegnerin gehabt hättest, die du mühelos schlagen kannst? Dein Ende soll doch wenigstens interessant aussehen.«

»*Mein* Ende?« Celina feuerte eine ganze Reihe schneller Schläge auf sie ab. Sie war unglaublich flink, und Buffy musste einige harte Treffer einstecken ..., aber die meisten konnte sie abwehren, denn sie wusste, dass die Blutsaugerin alles doppelt sah und dass es ihr immer schwerer und schwerer fiel, abzuschätzen, wo Buffy sich befand. »Du bist ein Feigling«, knurrte Celina. Wieder schlug sie nach Buffy, aber die Jägerin war nicht an der erwarteten Stelle. Die Frustration wurde sichtbar, als jeder Hieb unsicherer ausfiel, bis Celinas Arme wild durch die Luft droschen, immer auf der Suche nach dem Unbekannten. »Ein gewöhnlicher menschlicher Feigling.«

Buffy lachte. »Für jemanden, der nicht einmal sein Ziel findet, hast du eine verdammt große Klappe! Ich dachte, du wärest auf jeden Kampf vorbereitet, und jetzt höre ich dich nur darüber jammern, dass ich nicht fair spiele. Du hast gedacht, ich wäre nur ein menschlicher Schwächling? Du bist schon so lange am Leben – oder so was Ähnliches – du müsstest doch die Redensart *In der Liebe und im Krieg ist alles erlaubt* kennen.«

»Das ist unwichtig«, knurrte Celina. »Ich kann dich auch blind schlagen.«

»Du meinst, wenn ich blind wäre, könntest du«, konterte Buffy. Allerdings bezahlte sie für die sarkastische Bemerkung, da Celina mit dem Bein ausholte und einen weiten Bogen beschrieb. Dieser Tritt verfehlte sein Ziel, aber die Blutsaugerin setzte mit dem anderen Bein nach, und das bewegte sie in die entgegengesetzte Richtung. Als Buffy zurücktaumelte, ging ihr langsam auf, dass es sie immer noch einige Mühe kosten dürfte, Celina zu schlagen, so sehr diese auch durch das Pulver gehandikapt war. Buffy kam nicht umhin, eine widerwillige Bewunderung für die Frau zu empfinden. Und trotz ihrer eigenen großen Klappe wusste sie sehr wohl, dass es nie gut war, sich zu siegesgewiss zu fühlen, so wie es immer gut war, Hilfe anzunehmen, wenn sie angeboten wurde ... und man sie annehmen konnte. Sie hätte Angel nicht guten Gewissens an ihrer Seite kämpfen lassen können, aber das Pulver, das Willow und Tara für sie gemischt hatten, könnte ihr in dieser Nacht durchaus das Leben retten.

Celina trat wieder nach ihr, aber dieses Mal war Buffy vorbereitet, und sie würde kein zweites Mal auf die gleiche Kombination hereinfallen. Sie schlug das Bein der Blutsaugerin nach rechts, glitt selbst nach links und holte zu einem scherenartigen Tritt aus. Ihr linkes Bein schoss hoch und legte sich über Celinas Hüften, während ihr rechtes von hinten in die Knie ihrer Gegnerin prallte; sie gingen beide zu Boden, aber dieses Mal lag der Überraschungsmoment bei Buffy. Celina kam gerade noch dazu, ein Grunzen von sich zu geben, als Buffy sich bereits aufgerichtet hatte und sie mit gegrätschten Beinen am Boden festnagelte. Die Vampirin versuchte, sich zu befreien, und erstarrte, als sie die Spitze von Buffys hölzernem Pflock an dieser ganz besonderen Stelle im Zentrum ihres Brustkorbes fühlte.

»Soll mich der Teufel holen«, sagte der Vampir bestürzt.

»Das hat er schon.« Buffy hob die Hand, um zum tödlichen Schlag auf das stumpfe Ende des Pflocks auszuholen.

»Warte«, sagte Celina verzweifelt. »Das ist nicht fair.«

»Willst du noch mal von vorn anfangen?«, fragte Buffy. Aber sie zögerte. Schließlich war das nicht irgendein Vampir. Ein Monster ... ja. Untot ... ja. Aber Celina war einmal eine Jägerin gewesen. Eine Jägerin, so wie sie eine war. Und deshalb musste Buffy einfach fragen. »Warum?«, drängte sie und presste die Spitze des Pflocks ein wenig fester in den Leib des Vampirs, der darauf mit einem schmerzgepeinigten

Keuchen reagierte. »Warum hast du die Seiten gewechselt? Ausgerechnet du? Warum, Celina?«

Celina lag unbeweglich unter Buffys Gewicht, und plötzlich wich die Spannung aus ihrem Körper. Als sie nicht gleich antwortete, drängte Buffy sie nicht. Immerhin hatte sie die Oberhand, nicht Celina, und sie wollte ihr für ihre letzten Worte genug Zeit lassen, sie mit Bedacht zu wählen.

»Weil es nicht fair war«, sagte Celina. Zuerst dachte Buffy, die Frau hätte sich lediglich wiederholt. Erst als Celina fortfuhr, erkannte Buffy, dass dem nicht so war. Statt sie anzusehen, schien der Blick der Frau geradewegs durch sie hindurchzugehen, weit fort zu einem fernen Geheimnis, das zu enthüllen Buffy nie beschieden sein würde. »Die Vampire – sie hatten alles, sie nahmen sich alles. Meine Familie, damals, als ich noch gelebt habe, wurde umgebracht, weißt du? Von Vampiren.«

»Das tut mir Leid«, sagte Buffy und meinte es auch.

»Nein, tut es nicht«, gab Celina zurück. Buffy wusste, die Frau würde ihr nicht glauben, also beließ sie es dabei. Celinas Blick konzentrierte sich wieder auf Buffy, und ihre Lippen verzogen sich zu einem hässlichen Ausdruck. »Du bist nur höflich. Warum solltest du dich für mich interessieren oder dafür, was mir passiert ist, beinahe sechshundert Jahre, bevor du den Bauch deiner Mutter gefüllt hast? Ich habe alles in meiner Welt an die Vampire verloren, und dann, am Ende, stand ich vor dem letzten, endgültigen Verlust. Und wofür?« Sie lachte heiser. »Für eine Menschheit, die sich geweigert hat zu glauben, dass es Vampire gibt? Die mich als Hexe auf dem Scheiterhaufen verbrannt hätte, wenn ich versucht hätte, die grausame Wahrheit zu erzählen? Ich hatte keine Familie, keine Freunde mehr, aber dafür eine Wächterin mit dem weichherzigen Gefühlsleben und dem Verständnis einer gewöhnlichen Bäuerin. Und dafür sollte ich sterben?«

Nun verstand Buffy. Cassia Marsilka war nicht zu diesem

Dasein gezwungen worden. Sie hatte sich dafür entschieden, war schwach geworden und freiwillig in die Finsternis gegangen. Der Gedanke allein war erschütternd, und Buffys Hand spannte sich um ihren Pflock. »Du hättest für die gute Seite sterben sollen«, sagte sie erbost. »Stattdessen hast du dich für diesen feigen Ausweg entschieden.« Sie war wütend, ja, und sie schaffte es, eine ausdruckslose Miene zu wahren, aber ... konnte sie auch das Bedauern leugnen, das sie für den Vampir am anderen Ende des Pflocks empfand? Warum hatte sie aufgegeben? Die Antwort war offensichtlich – sie war allein gewesen, einsam, viel zu einsam. Ohne die Hilfe und Unterstützung durch Giles und die anderen wäre Buffy selbst vielleicht auch schon vor langer Zeit verloren gewesen. Celina oder Cassia, wie sie damals hieß, deren Schicksal es war, in einer Zeit geboren zu sein, die weit grausamer war als die heutige, hatte ohne Liebe oder Hilfe oder Unterstützung durch die Welt wandeln müssen. Sie musste unendlich einsam gewesen sein. Und sie hatte verloren.

»Die gute Seite?« Celina spie die Worte aus, als hätten sie bitter auf ihrer Zunge gelegen. »Gut ist nichts weiter als ein geistiges Konzept. Denk darüber nach, Buffy Summers. Gut ist nur das, was die Leute dir auftragen, seit sie herausgefunden haben, dass du mehr Macht besitzt als sie.«

Buffy sah sie lange an, ehe sie den Kopf schüttelte. »Nein, du irrst dich. So ist es ganz und gar nicht.«

»Nicht?« Der Mond bahnte sich einen Weg durch die Wolken und ließ Cassias Augen aufleuchten. Dann schloss sich die Wolkendecke wieder, und die Nacht wurde stockfinster. »Was haben die – dein Wächter, der Rat – je für dich getan, außer dir dein Leben wegzunehmen und dir zu sagen, was du tun und was du sein sollst? Tagein, tagaus scheuchen sie dich von einem Vampir zum nächsten, aber haben sie je an deine Träume und deine Wünsche gedacht? An deine Zukunft?« Die Blutsaugerin lachte freudlos. »Nein, natürlich nicht. Sie haben nicht einen Gedanken daran verschwendet, und du weißt genau, warum, auch wenn du dich dieser Wahrheit nicht stellen willst. Sie haben sich die Mühe gespart, *weil du keine Zukunft hast.* Für eine Jägerin gibt es nur einen Grund zu leben, sie muss sterben, das ist der ganze Sinn deines Daseins.«

Buffy öffnete den Mund zu einem Protest, brachte aber nichts heraus. Giles hatte sein Bestes gegeben, um sie zu unterstützen, hatte alles getan, um ihrem von Vampiren aus dem Gleichgewicht gebrachten Leben so etwas wie Normalität zu verleihen, doch am Ende waren all seine Bemühungen vergeblich. Zu viel Wahrheit steckte in Celinas Worten – wie viele ihrer Träume waren ihrer Jägerschaft zum Opfer gefallen? Alle, einfach alle – Liebe, College, Karriere. Karriere? Ein echter Brüller. Erst hatte sie die Schule vernachlässigt, dann ihre Vorstellung vom College modifiziert – leb wohl, Northwestern University – und schließlich alles aufgegeben, als ihre Mutter gestorben war. Sie liebte Dawn, aber in einem geheimen Winkel, tief in ihrem Herzen, konnte sie nicht abstreiten, dass Dawn nicht wirklich … na ja, Dawn war ein Teil von Buffys Leben, weil Buffy die Jägerin war. Wäre sie nicht zur Jägerin berufen worden, wäre sie nicht als Jägerin geboren worden, welche wunderbaren Erfahrungen hätten sie dann erwartet, welche wunderbar menschliche Erfahrung könnte sie gerade in dieser Sekunde machen? Stattdessen hockte sie auf einem Friedhof auf den Knien und rang mit einer Bestie, deren Existenz der überwiegende Teil der Menschheit leugnen würde, genau, wie Celina gesagt hatte. Aber wenn die Leute diese Kreaturen nicht wahrnahmen, wie konnten sie dann je anerkennen, was sie für sie alle aufgegeben hatte?

»Schließ dich mir an, Buffy.«

Buffy blinzelte verblüfft. »W-was?«

»Schließ dich mir an«, wiederholte Celina mit sanfter, beinahe hypnotischer Stimme. Seit der Begegnung mit Dracula hatte Buffy keine so machtvolle Verlockung mehr erlebt.

»Denk an all das, was du werden kannst – unsterblich, machtvoll, für immer jung. Und denk an den Mann, den du liebst, Angelus. Würdest du nicht gern die Ewigkeit mit ihm verbringen? Warum lässt du dann zu, dass die jämmerlichen Beschränkungen menschlicher Sterblichkeit euch voneinander trennen?«

Gott, steh ihr bei, plötzlich konnte Buffy an nichts anderes mehr denken. Angels attraktive Züge füllten ihren Geist aus, die wirren weichen Haare, die in alle Richtungen standen, wenn er geschlafen hatte, sein Geruch – lag es an seiner Seele, dass er so anders roch als andere Vampire? So sauber? Es war nur ein einziges Mal gewesen, aber sie erinnerte sich genau, wie sich seine Haut an der ihren angefühlt hatte, wie sie sich in dieser einen Nacht geküsst hatten, in der sie ganz zusammen gewesen waren.

»So könnte es wieder sein«, sagte Celina so leise, dass Buffy sie kaum hören konnte. »Nie mehr getrennt. Tausend Jahre lang, zehntausend, wenn all die Menschen, die dich zu ihrem Vorteil benutzen, längst zu Staub zerfallen sind, wenn nicht einmal eine Erinnerung an sie bleibt, wäre Angelus noch immer an deiner Seite. Du könntest die Vorzüge beider Welten haben, Buffy Summers. Dir steht alles offen.«

Mit einem unbestimmten Gefühl losgelöster Resignation spürte Buffy, wie ihre Entschlossenheit nachzulassen drohte. Sie konnte all die Möglichkeiten, die durch ihren Kopf wirbelten, nicht leugnen – Macht und Unsterblichkeit, die hingebungsvolle Hemmungslosigkeit, die es ihr erlauben würde, all ihre Fähigkeiten und ihre Macht zu nutzen ... und natürlich ... Angel.

*Angel.*

Trotz ihres hohen Alters und ihrer Erfahrung gab es Dinge, die Celina nicht verstand. Aber Buffy hatte sie nicht vergessen, oh, nein. Nicht weit entfernt lag der inzwischen leere Samtbeutel am Boden, den Willow ihr gegeben hatte. Es gab noch andere Kräfte, die sie und ihre Freunde anzapfen konnten; sollte sie zu einem Vampir werden, würde Willow ihre Seele dann mit der Thesulah-Kugel wieder einfangen, so wie sie Angels Seele zurückgeholt hatte?

Der Gedanke war unendlich verführerisch.

Wenn Willow das für sie tun konnte, für sie tun würde, könnte Buffy nicht nur mit Angel zusammenbleiben, sondern sie wäre ein Vampir wie er und eine Jägerin außerdem. Gemeinsam könnten sie für immer leben und sich lieben und gegen das Böse kämpfen, und Angel wäre nicht in Gefahr – aber das Gute in ihm würde nie zulassen, dass er in ihren Armen noch wahres Glück empfände. Sie kannte Angel, und sie wusste, dass ein Teil von ihm ihre Verwandlung in einen Vampir ewig bedauern und den Verlust der Menschlichkeit, die sie geopfert hätte, um an seiner Seite zu sein, beklagen würde. Dieser winzige Hauch von Schmerz würde nie zulassen, dass er die Grenze zur Ekstase überschritt und erneut seine Seele verlöre.

Andererseits, wozu brauchte sie eine Seele? Sie machte sich doch nur etwas vor; und was war überhaupt eine Seele? Ein Gewissen, ein unenträtselbares Stück ... irgendwas, das nur einschränkte und seinen Träger mit Dingen wie Schuld und niemals endendem Bedauern belastete. Dazu musste sie nur Angel ansehen und die Tatsache, dass er sich sogar mit einer Seele unentwegt von der dunkleren Seite seiner selbst in Versuchung geführt sah. Auch Buffy hatte so eine Seite – das hatte ihr die Erste Jägerin verraten, eine Begegnung, an die sie in ihren Träumen wieder und wieder erinnert wurde. Das Schicksal war so eine komische und unbeständige Sache ... war sie wirklich zur Jägerin geboren worden? Oder war ihr eine dunklere ... und vielleicht auch größere Existenz bestimmt? Vielleicht konnte sie Angel sogar von seiner Seele befreien, und dann konnten sie wahrhaftig zusammen sein, ohne sich um Licht und Finsternis oder Gut und Böse zu sorgen. Frei von der Verantwortung, die mit dem Gewicht einer ganzen Welt auf ihren Schultern lastete.

Es gab so vieles zu bedenken, und doch raste ihr mögliches Schicksal und, durchaus vorstellbar, das der ganzen Welt, in nur einem einzigen Augenblick durch ihren Geist. Sie fühlte, wie sie immer schwächer wurde, wie die dunkelste Seite ihrer Seele versuchte, sich einen Weg in den Vordergrund zu bahnen. Immer noch über Celina gebeugt, immer noch bereit zum tödlichen Hieb, betrachtete sie das Gesicht der Blutsaugerin, als sich die Wolken über ihnen teilten. Das süße, warme Licht des Mondes fiel auf ihre wunderschönen Gesichtszüge, als würde Honig aus einem Glas auf etwas Köstliches fließen.

Nur …

Nur war das, was sich unter dieser schönen Oberfläche verbarg, unendlich böse.

Sie war schön, ja, aber diese Schönheit war unrein, war besudelt. Während dieser ganzen Sache – dem Kampf, der Unterhaltung, Celinas vorsichtigem Versuch, Buffys Gedanken zu manipulieren – hatte sich die Blutsaugerin große Mühe gegeben, ihre menschliche Fassade aufrechtzuhalten, sich nie auch nur für einen flüchtigen Moment in einen Vampir zu verwandeln und die Wahrheit über ihr Dasein und ihre Erscheinung zu offenbaren. Aber das zeigte nur zu deutlich, was das menschliche Gesicht Celinas tatsächlich war – eine Maske, hinter der sie sich versteckte, denn das, was sie in Wirklichkeit war, innerlich und äußerlich, war zu abscheulich, es offen zu zeigen, zumindest nicht in Gegenwart all der anderen Dinge in der Welt, die Schönheit widerspiegelten. Sie war wie ein vollkommener Undercover-Agent – eine Person, die sich kleidete und verhielt, wie es ihr Arbeitsgebiet forderte, und sich doch nie wirklich in das Hoheitsgebiet des Feindes einfügen, sich nie entspannt in ihm bewegen konnte.

Und sollte Buffy ihrem Beispiel folgen, sollte sie ihr nachgeben, einfach zusammenbrechen, und genauso werden wie sie … nein, schlimmer! Sie wäre eine Ausgestoßene unter

Ausgestoßenen, von den Menschen, die zu schützen sie gelobt hatte, ebenso gehasst wie von den Vampiren, die zu töten sie sich geschworen hatte. Verhasst für alle Zeiten. Die verabscheuenswürdigste Kreatur auf der ganzen Welt. Was jetzt noch ihresgleichen war, würde sie noch mehr hassen als jeden normalen Vampir – falls das Wort *normal* auf Vampire anwendbar war – weil sie schwach geworden war; und ihre so genannten neuen Brüder und Schwestern würden ihr niemals über den Weg trauen und sie bis in alle Ewigkeit verfolgen.

Das Glück, das Celina ihr verhieß, war nichts weiter als eine Lüge.

Und Celina erkannte sogleich, dass Buffy sie durchschaut hatte.

Sie verwandelte sich und versuchte, Buffy zur Seite zu stoßen. Buffy kippte und streckte instinktiv eine Hand zur Seite aus, um das Gleichgewicht zu halten. Celina krümmte sich hin und her und wäre beinahe entkommen, aber dieses Mal erholte sich Buffy schneller – auf keinen Fall würde sie der Blutsaugerin gestatten, sie wieder in einen schmerzvollen Knochenbrechergriff zu nehmen. Celina dachte, sie hätte gewonnen, als Buffy sich zusammen mit ihr überschlug, aber das hatte sie nicht. Sie griff nach Buffys ausgestreckter Hand, und Buffy ließ sie gewähren, ließ sich näher an sie heranziehen, näher, noch näher …

Bis der Pflock, den Buffy die ganze Zeit sicher gehalten hatte, sich tief in Celinas Brust bohrte.

Die Frau, die einst die Jägerin gewesen war, starrte die derzeitige Jägern bestürzt an. Ihr blieb nur ein einziger, sehr kurzer Augenblick, noch einen Laut von sich zu geben.

»*Oh!*«

Und alles, was Celina ausgemacht hatte, fand ein düsteres, staubiges Ende.

Lange blieb Buffy dort am Boden sitzen und betrachtete die Stelle, an der sich der Staub zu Boden gesenkt hatte.

Celina war nur noch Asche und Staub und hatte keine Ähnlichkeit mehr mit einer Frau, andererseits war die Kreatur, die sich unter dem femininen Äußeren verborgen gehalten hatte, schon seit langer Zeit keine reale Frau mehr gewesen. Sie war etwas anderes, etwas Lebloses, Böses und Unaussprechliches, und als Buffy klar wurde, wie nahe sie daran gewesen war, genauso zu werden, schauderte sie und rollte sich wie ein Baby auf dem kalten Boden zusammen. Sie fühlte sich, als hätte sie sich irgendwie selbst von einem endlosen Abgrund zurückgezerrt, und alles, was sie nun noch wollte, war die Augen zu schließen und sie nie wieder zu öffnen. Sie konnte sich nicht vorstellen, dass sie sich je irgendeiner Sache mehr schämen konnte, als sie es jetzt tat.

»Buffy.«

Sie wollte die Augen öffnen ...

Nein, sie wollte nicht.

Sie fühlte einen Lufthauch auf ihrem Gesicht, als Angel sich neben sie kniete. Dann strichen ihr seine Fingerspitzen den Staub aus dem Gesicht, den letzten Hinweis auf die Existenz Celinas. Er schob seine Hände unter ihre Schultern und zog sie in eine sitzende Position. Die Augen noch immer fest geschlossen, fühlte sie sich ein wenig, als würde sie im leeren Raum schaukeln, und war das nicht genau das, was sie gerade erst erlebt hatte?

»Buffy, sieh mich an.«

Dieses Mal schüttelte Angel sie vorsichtig, worauf ihre Lider unwillkürlich zuckten. Zuerst erkannte sie nur einen hellen Streifen, umgeben von Dunkelheit. Dann wurde sein Gesicht zu einem breiteren, weißen Oval vor dem Hintergrund des Friedhofs. »Angel«, flüsterte sie. »Angel, ich hätte beinahe ...«

»Schhhh«, machte er und legte ihr einen Finger auf die Lippen. »Du hast nicht beinahe irgendwas. Egal, was du denkst, es gibt kein beinahe bei der Wahl, die du heute zu treffen hattest – du tust es, oder du tust es nicht. Und du hast es nicht getan.«

»Aber ich war so nahe dran, Angel.« Ihre Augen suchten die seinen und trafen auf einen Blick, der erfüllt war von der Schwärze der Nacht, und in dem doch noch etwas anderes schimmerte, so als würde die Präsenz seiner Seele Sterne in dem Dunkel zum Leuchten bringen, gleich einem Fingerzeig des Guten, das in ihm weiterleben würde, so lange er mit dieser unsichtbaren Essenz verbunden war.

»Jeder gerät dann und wann in Versuchung«, sagte Angel. »Wenn wir nie in Versuchung geführt würden, wie sollten wir dann erkennen, ob wir stark genug sind, ihr zu widerstehen?«

Ehe sie sich eine Antwort überlegen konnte, trug der kühle Wind, der um die Grabsteine strich, aufgeregte Stimmen herbei. Buffy ließ sich von Angel auf die Beine helfen, und die vertrauten Laute kamen näher, und als Giles und der Rest ihrer Freunde sie und Angel schließlich gefunden hatten, stand sie aufrecht vor ihnen, den Rücken gerade und voller Stolz. Sogar ihre Frisur hatte sie notdürftig gerettet.

»Buffy!« Giles war ziemlich außer Atem, als er eilends auf die beiden zustürmte. »Ist mit dir alles in Ordnung? Bist du verletzt? Bist du ...«

»Mir geht es gut«, versicherte sie ihm und wühlte in ihrem Inneren, bis sie ein Lächeln zu Tage förderte, das sie für überzeugend genug hielt. »Ich bin vollkommen in Ordnung.«

»Hast du sie erledigt?«, fragte Anya, während sie sich an Xander vorbeidrängelte. »Hast du die böse Ex-Jägerin erledigt?«

»Sie hat sie erledigt«, sagte Angel und sah Buffy an, und nur sie allein wusste, dass er hinter ihrem Rücken nach ihrer Hand gegriffen hatte und sie zärtlich drückte. »Und es war kein Problem für sie.«

# Epilog

»Ich glaube, ich werde noch ein paar Nachforschungen über Cassia Marsilka anstellen«, verkündete Giles, als sie zur *Magic Box* zurückkehrten. »Ich wette, ihre Wächterin war nicht gerade überragend, wenn nicht ganz und gar nachlässig.«

»Celina hat so etwas erwähnt«, sagte Buffy. »Ich glaube, sie hat gesagt, sie wäre kalt und gefühllos gewesen.«

Giles sah sie überrascht an. »Dann hast du dich richtig mit ihr unterhalten? Ihr habt nicht nur gekämpft?«

»Es war nur eine kurze Unterhaltung, aber sehr... aufschlussreich.« Mehr wollte sie dazu nicht sagen.

Die anderen warteten schon in der *Magic Box*, als Buffy, Angel und der Rest der Gang dort ankamen. Es war ein gutes Gefühl, hineinzugehen und zu sehen, wie die besorgten Mienen der Erleichterung Platz machten, und ihre kleine Schwester zu umarmen, die ihr sofort entgegenlief. »Wie ist es gelaufen?«, fragte Dawn aufgeregt. »Ich hoffe, du hast nicht mehr als ein bisschen Staub für die Kehrschaufel von ihr übrig gelassen.«

Buffy lachte. »Ja, das trifft die Sache ziemlich gut.«

»Dieser widerwärtige Fischdämon wollte mich als Frischfleisch verkaufen«, empörte sich Anya. »Ich hätte bestimmt nicht gut ausgesehen, wenn ich in Plastikfolie gehüllt gewesen wäre.«

»Interessante Vorstellung«, kommentierte Spike mit lüsternem Blick.

Xander musterte ihn finster. »Konzentrier du deine niederen Interessen gefälligst auf etwas anderes, Chiphirn.«

Giles räusperte sich. »Nun, jedenfalls bin ich sehr froh, dass diese Sache nun endgültig vorbei ist. Ich werde dafür sorgen, dass die Aufzeichnungen des Rates umgehend korrigiert werden.«

»Da fragt man sich doch, wie sorgfältig sie all diese Jahrhunderte mit so unfehlbaren Werkzeugen wie Feder und Tinte umgegangen sind«, meinte Willow. »An welcher Stelle rangiert denn so ein Fehler beim Rat der Wächter? Unter den Top Ten?«

Angel, der bisher keinen Ton gesagt hatte, schnüffelte plötzlich neugierig. »Was ist das für ein Geruch?«

»Geruch?« Buffy sah sich um. »Ich kann nichts – nein, wartet. Ja, ich rieche auch etwas. So wie ...«

»Ich schätze, das kommt von dem Salbei und den Kräutern, die wir in der Räucherschale verbrannt haben«, sagte Dawn ohne nachzudenken.

*Ups.*

»Keine Sorge«, sagte Willow rasch. »Nur ...«

»Halt«, sagte Buffy scharf, und ihr Blick huschte zwischen Willow und Tara hin und her. »Tara, bevor ich gegangen bin, hast du etwas von einem Segenszauber erzählt, aber hier riecht es, als hättet ihr das ganze Programm magischer Spielereien abgezogen.«

»Nein, es war wirklich nur ein Segenszauber. Keine große Sache, ehrlich.« Tara gab sich alle Mühe, nicht nervös zu klingen, aber sie schaffte es nicht.

»Ein Segenszauber«, sagte Buffy gedehnt. »Und ihr habt nicht zufällig Dawn an diesem kleinen Segenszauber beteiligt?« Sie starrte Willow finster an.

»Buffy, schimpf nicht mit ihnen. Ich wollte unbedingt helfen«, ging Dawn dazwischen. »Es war nicht ihre Idee ...«

»Oh, doch, das war es«, unterbrach Willow mit ruhiger Stimme und trat vor. Scham und Stolz spiegelten sich gleichermaßen in ihren Zügen. »Tut mir Leid, Buf. Ich weiß, du willst nicht, dass Dawn irgendetwas mit ... Magie oder was auch immer zu tun hat. Aber wir brauchten drei Personen, um den Segenszauber zu aktivieren. Weiße Magie, das schwöre ich. Wir würden Dawn niemals mit schwarzer Magie behelligen.«

»Ich will nicht, dass Dawn überhaupt mit irgendeiner Magie behelligt wird«, schnappte Buffy. »Jetzt nicht und auch nicht in Zukunft. Verstanden?«

Willow nickte zerknirscht. »Vollkommen.«

Buffys Züge entspannten sich. »Versteh mich nicht falsch, Wil. Ich bin nicht undankbar, es ist nur…« Sie legte den Arm um Dawn und zog sie an sich. »Ich will einfach nicht, dass sie sich in Dinge verwickeln lässt, die alle möglichen abscheulichen Ergebnisse hervorbringen können. Ich will, dass sie ein normales Leben führt. Ein langweiliges, sogar.«

Sie drückte Dawn noch fester, bis diese sich gegen die Umarmung wehrte. »Hey, vorsichtig, die schwächere Schwester muss auch atmen.«

»Sorry.« Buffy ließ Dawn los und sah ihr nach, wie sie zu einem Stuhl ging und sich setzte. Sie sah so hübsch aus, so unschuldig und rein. Aber so nah am Höllenschlund konnte sich das binnen kürzester Zeit ändern. Im Grunde war das nur eine Frage von Sekunden.

»Keine Magie mehr für Dawn«, sagte Buffy in endgültigem Ton. »Jeder braucht jemanden, der auf ihn aufpasst, und in Dawns Fall bin ich das. Ich bin ihre …« Sie blickte zu Angel auf und sah ein schwaches Lächeln auf seinen Lippen. »… Gefährtin.«


»Es tut so gut, wieder zu Hause zu sein«, sagte Anya und kuschelte sich tief unter die Decke. »Ich dachte, ich würde den Gestank von diesem ekelhaften Kerl nie wieder loswerden. Vergammelter Fisch – iiihhhh. Er hat sich in meinen Klamotten festgesetzt. Ich glaube, ich werde sie verbrennen.«

Neben ihr grinste Xander. »Beschränken wir uns darauf, sie wegzuwerfen. Das erspart uns Ärger mit dem Vermieter.«

»Du kannst dir gar nicht vorstellen, wie schrecklich das war, Xander«, nörgelte sie. »Schmutzig und stinkend und dunkel und überall waren Käfer...«

»Ich weiß, dass ich dich beinahe verloren hätte.«

Staunend nahm sie den Ernst in seiner Stimme wahr und fühlte, wie sehr sie ihn liebte. »Oh, ich weiß, ich habe eine Menge Lärm veranstaltet, aber ich habe nie wirklich daran gezweifelt, dass du mich rechtzeitig finden wirst.«

»Das meine ich nicht«, sagte er mit ernster Miene. »Ich weiß, dass dein Ex-Boss dir einen Job angeboten hat, Anya.«

»Wie ...?«

»Ich habe ein bisschen Detektiv gespielt.« Xander fing an, nach und nach die Gelenke seiner Finger krachen zu lassen. »An einem Tag ist Anya noch völlig in Ordnung. Am nächsten spielt sie Anyanka und fängt an, Freunde auszufragen, die einmal vor einer Entscheidung standen, die ihr ganzes Leben verändert hätte. Da blieben nicht viele Fragen offen.«

Obwohl Xander sich ziemlich gelassen gab, schien er nicht bereit zu sein, die Antwort zu hören, also schwieg Anya zur Abwechslung einmal.

»Ich würde nur gern wissen«, fuhr Xander fort, »warum du dich für mich entschieden hast. Du hast Dutzende Male davon geschwärmt, wie toll es war, ein Rachedämon zu sein und dass du ein ewiges Leben gehabt hättest und sofort wieder zum Dämon werden würdest, wenn man es dir anbieten würde. Und dann bekommst du endlich die Chance, auf die du so lange gewartet hast. Warum hast du sie nicht genutzt?«

»Weil ich dich liebe.« Sie meinte wirklich ernst, was sie sagte, doch die Worte kamen nur im Flüsterton über ihre Lippen. Erst, als sie das Strahlen in seinen Augen sah, fand sie die Kraft, lauter zu sprechen. »Weil das ewige Leben ohne dich nur ... leer wäre. Das wäre überhaupt kein Leben.«

Plötzlich setzte sie ein herrlich sündhaftes Lächeln auf und zog die Bettdecke über ihre beiden Köpfe.

»Und außerdem, wo würde da der Spaß bleiben?«


»Was hättest du getan«, fragte Buffy Angel, als sie wieder unter sich waren, »wenn ich es nicht ... geschafft hätte?«

»Ich wusste, du würdest es schaffen«, drückte sich Angel um die Antwort herum. »Daran habe ich nie gezweifelt.«

»Aber das habe ich nicht gefragt«, hakte Buffy hartnäckig nach.

Angels Lippen bildeten eine schmale Linie, ehe er sich wieder entspannte. »Ich hätte getan, worum du mich gebeten hast«, sagte er. »Ich hätte mich nicht eingemischt ..., aber ich hätte deine Bitte erfüllt.«

»Du hättest sie getötet.«

»Ja.« Sie schwiegen beide. Dann sagte Angel: »Und dann dich.«

Sie atmete tief ein und genoss den scharfen, kühlen Geruch der Nacht, das Gefühl der kalten Luft in ihren arbeitenden, lebenden Lungen und die herausströmende warme Atemluft. »Gut.«

Hinter ihnen strahlten die Fenster der *Magic Box* in hellem Licht, und die Geräusche von Leben drangen durch die offene Tür hinaus, umrahmt von Gelächter, Zeichen der Freude über ihren Sieg. Zurzeit waren sie alle einfach glücklich – Anya war in Sicherheit, die Welt war in Sicherheit, Dingdong, die Hexe war tot. Irgendwie schien es seltsam, dass sie nicht die geringste Ahnung hatten, wie nahe ihre Heldin daran gewesen war, nachzugeben und sich in die zweite unsterbliche Ex-Jägerin zu verwandeln, vorausgesetzt, es gab nicht noch mehr.

»Ich sollte allmählich aufbrechen«, sagte Angel sanft.

»Ich weiß.« Buffy bedachte ihn mit einem traurigen Lächeln. Wie sehr ihr Herz sich auch dagegen wehrte, war es doch sinnlos, darüber zu streiten. So wie die Dinge lagen, so würden sie vermutlich immer sein. Sie und Angel hatten keine gemeinsame Zukunft. Ihre Pfade mochten sich kreuzen, aber darüber hinaus ...

Sie legte den Kopf in den Nacken, und seine Lippen berührten die ihren, sanft und kalt, doch immer mit einer Innigkeit, die dafür sorgte, dass seine Berührung und sein Geschmack sie bis tief ins Herz erwärmte. Und dann war er, wie immer, einfach ...

Verschwunden.

Buffy hatte ihn nicht gehen sehen, das tat sie nie. Aber es war in Ordnung, denn so schrecklich die Nacht auch verlaufen war, sie hatte etwas Wichtiges gelernt, etwas Lebenswichtiges. Aus irgendeinem Grund hatte sie trotz all der Dinge, die ihre Welt in den zurückliegenden Jahren erschüttert hatten, diese unfassbar bedeutsame Lektion bisher nie gelernt.

Licht oder Finsternis, sie konnte in Frieden mit sich und der Welt leben, denn sie würde nie, niemals allein sein. Sie hatte Giles und Xander und Willow und all ihre anderen Freunde. Und, was noch wichtiger war, sie hatte Dawn.

Und natürlich würde auch Angel immer da sein.

Ihr Gefährte.

# Die Geschichte von Buffy und Faith

Buffy – Im Bann der Dämonen
Die Ankunft der zweiten Jägerin
ISBN 3-8025-2940-5

**Egmont vgs verlagsgesellschaft, Köln**

**www.vgs.de**